HEYNE BÜCHER

W0212612

SCIENCE FICTION

Herausgegeben
von Wolfgang Jeschke

Aus der Serie STAR TREK in der Reihe
HEYNE SCIENCE FICTION & FANTASY
sind bereits erschienen bzw. in Vorbereitung:

Vonda N. McIntyre, *Star Trek II: Der Zorn des Khan* · 06/3971
Vonda N. McIntyre, *Der Entropie-Effekt* · 06/3988
Robert E. Vardeman, *Das Klingon-Gambit* · 06/4035
Lee Correy, *Hort des Lebens* · 06/4083
Vonda N. McIntyre, *Star Trek III: Auf der Suche nach Mr. Spock* · 06/4181
M. S. Murdock, *Das Netz der Romulaner* · 06/4209
Sonni Cooper, *Schwarzes Feuer* · 06/4270
Robert E. Vardeman, *Meuterei auf der Enterprise* · 06/4285
Howard Weinstein, *Die Macht der Krone* · 06/4342
Sondra Marshak & Myrna Culbreath, *Das Prometheus-Muster* · 06/4379
Sondra Marshak & Myrna Culbreath, *Triangel* · 06/4411
A. C. Crispin, *Sohn der Vergangenheit* · 06/4431 (in Vorb.)
Diane Duane, *Der verwundete Himmel* · 06/4458
David Dvorkin, *Die Trellisane-Konfrontation* · 06/4474
Greg Bear, *Corona* · 06/4512
John M. Ford, *Der letzte Schachzug* · 06/4528
Janet Kagen, *Uhuras Lied* · 06/4605

STAR TREK: DIE NÄCHSTE GENERATION:
David Gerrold, *Mission Farpoint* · 06/4589

STAR TREK: DIE ANFÄNGE:
Vonda N. McIntyre, *Die erste Mission* · 06/4619

M. S. MURDOCK

DAS NETZ DER ROMULANER

Die neuen Abenteuer des Raumschiffs ›Enterprise‹

Science Fiction Roman

Deutsche Erstveröffentlichung

WILHELM HEYNE VERLAG
MÜNCHEN

HEYNE SCIENCE FICTION & FANTASY
Band 06/4209

Titel der amerikanischen Originalausgabe
THE WEB OF THE ROMULANS
Deutsche Übersetzung von Hans Maeter
Das Umschlagbild schuf Boris Vallejo

3. Auflage

Redaktion: E. Senftbauer

Printed in Germany 1988
Umschlaggestaltung: Atelier Ingrid Schütz, München
Satz: Fotosatz Brack, Burgrieden
Druck und Bindung: Elsnerdruck, Berlin

ISBN 3-453-31183-3

KAPITEL 1

Die Luft war dunkel und schwer, beladen mit dem Duft exotischer, honigsüßer Blüten. Eine Laterne warf ihr rauchiges Licht durch den Raum, doch gelangte es nicht in die schattigen Ecken. Kostbare Gobelins bedeckten die Wände, auf denen Kampfszenen abgebildet waren mit schreienden Reitern, im Wind wehenden Bannern, alten Waffen und zertrampelter Erde, die mit dem Blut der Verwundeten bedeckt war. Lederbezogene Möbel, primitiv in ihrer schweren Eleganz trotz der reichen Schnitzereien und vergoldeten Verzierungen, füllten den Raum wie eine Versammlung prähistorischer Tiere. Die Tür besaß einen Rahmen, auf dem fantastische Tiere einander in einem endlosen Rennen jagten. Ein schwarzer Holzboden glänzte vor Politur und reflektierte alles, was darauf stand. Überall im Raum gab es Dekorationsgegenstände: ein Weinkelch aus klarem Glas stand auf einem Tisch; kreisförmig angeordnete Säbel hingen an der Wand wie ein Rad mit unzähligen Speichen; ein Schatz von juwelengeschmückten goldenen Skulpturen stand auf den Möbeln.

Beute, dachte S'Talon. Dies war alles andere als der Raum eines Kriegers. Eines Drachen vielleicht, der auf seinem Schatz hockte. Ja, eines Drachen, dachte er, als er in die Augen des Praetors blickte.

Der Praetor saß in dem größten Sessel. Er war ein gutaussehender schwerer Mann, dessen löwenhafte Gesichtszüge allmählich von seinem ausschweifenden Leben gezeichnet würden. Silbriges Haar umrahmte das Gesicht in kurzen eleganten Locken. Die Hände, von Ringen überladen, ruhten auf den Enden der Armlehnen, gesenkten Eidechsenköpfen, die aus schwarzem Holz geschnitzt waren. Er saß bequem zurückgelehnt, doch lag keine Entspannung in seiner Haltung. S'Talon sah, wie sich eine Hand des Praetors um die geschnitzte Lehne krampfte. Die Klaue des Drachens war geschlossen, bereit zum Zuschlagen.

»... deshalb, S'Talon, sind Sie ausgewählt worden.«

Wie er es befürchtet hatte. Wieder einmal wurde ihm gütigerweise Gelegenheit zum Sterben geboten.

»Es ist eine einmalige Chance.« Gier glitzerte in den halb von den Lidern verdeckten Augen. »Wenn Sie dem Imperium gut dienen, wird es sich Ihnen dankbar zeigen. Das Risiko ist groß, S'Talon, doch der Lohn ist noch größer. Gehen Sie mit dem Segen des Imperators.«

Den werde ich auch brauchen, dachte S'Talon, als die salbungsvolle Stimme des Praetors verstummte.

»Ich fühle mich geehrt, mein Praetor«, sagte er steif.

Der Praetor neigte leicht den Kopf, als S'Talon salutierte und den Raum verließ. Er lächelte amüsiert, da er die hilflose Wut der Commanders erkannt hatte. S'Talon war ein bohrender Dorn in seiner Seite. Offen gesagt: Er konnte den Burschen nicht ausstehen. Adel ärgerte ihn, und in diesem Fall doppelt, weil er echt war. Doch die Gelegenheit stieg empor, wie Öl zur Wasseroberfläche emporsteigt. Mit S'Talons Ernennung hatte er die Lösung für mehr als ein Problem gefunden. Dieses Unternehmen war notwendig und überaus gefährlich. Falls S'Talon durch irgendein Wunder doch überleben sollte, würde sein schon jetzt überentwickelter Ruf zwar noch mehr wachsen... doch er würde nicht überleben. Trotzdem aber war es nicht klug, ihn bei der Durchführung einer so wichtigen Aufgabe ohne Überwachung zu lassen. Er war zu intelligent, um berechenbar zu sein.

Das leise Geräusch des Türdrückers rief den Praetor zu der unmittelbar anstehenden Aufgabe zurück.

»Tritt ein, Neffe!« sagte er in die Schatten, und ein hochgewachsener, schlanker junger Mann trat hinter einem Gobelin hervor. Trotz der eleganten Form seiner Tunika und des Stils, mit dem er sie trug, lag ein gefährlich brutaler Ausdruck um seinen Mund, der den Genuß verriet, andere zu verletzen – wie der eines Wiesels, das Hühner jagt.

»Der alte S'Talon ist so wütend, daß er jemandem den Kopf abreißen könnte«, bemerkte er.

»Dann paß nur auf, daß es nicht der deine ist«, sagte der Praetor hart. »Es ist niemals klug, einen Kampf zu provozieren, wenn der andere stärker ist als du. Ich schicke dich zu S'Talon, um ihn zu beobachten, nicht um eine Meuterei anzuzetteln. Sieh mich nicht so frech an. Bei diesem Auftrag erhältst du mehr Macht, als du verkraften kannst. Gebrauche sie klug… oder du stirbst.«

»Ich nicht, Onkel. Das Schicksal lächelt mir zu.«

»Es wird dir aber weiterhin nur zulächeln, wenn du dich an meine Befehle hältst. Die Überwachung S'Talons muß genau und geschickt durchgeführt werden. Er wird wissen, daß er beobachtet wird. Also begeh keinen Fehler. Wenn du leichtsinnig bist, wird er dich an den Daumen aufhängen lassen.«

»Das möchte ich sehen!«

»Ich auch«, murmelte der Praetor.

»Was hast du gesagt?«

»Hmmm, ich sagte, es würde ihm schlecht bekommen, wenn er das versuchte. Du bist schließlich mein Neffe. Es bleibt jedoch Tatsache, daß er es versuchen könnte, wenn er entsprechend provoziert wird, und wahrscheinlich mit Erfolg.«

»Niemals! Meine Position…«

»Deine Position ist im Raum kaum von Bedeutung. Sowie du unter S'Talons Kommando stehst, können deine politischen Verbindungen dich nicht mehr schützen. Praktisch liegt dein Leben in seiner Hand. Und wenn du es noch ein wenig behalten willst, so mußt du meine Befehle ausführen!«

Der Praetor sah, wie sein Neffe diese sehr unwillkommene Information aufnahm. Mit einer lässigen Handbewegung wischte er die düsteren Prophezeiungen seines Onkels beiseite.

»Ich werde mit S'Talons Kopf und mit seinem Ruhm zurückkehren…«

»Nein! S'Talon mag altmodisch und auf eine oft weichliche Art freundlich sein, doch darf man ihn nicht unterschätzen. Er hat ein scharfes Auge für Verrat und einen militärischen Ruf, um den er von allen anderen Soldaten des Imperiums beneidet wird. Aber er ist berüchtigt für seinen Hang zur Unabhängigkeit. Falls also S'Talon von dem Kurs abweichen sollte, den ich ihm vorgezeichnet habe, will ich das wissen.«

»Aber, Onkel, ich habe dich schon oft seinen Namen verfluchen hören. Es wäre doch recht praktisch, wenn er einen Unfall hätte... oh, vielleicht bei der Überprüfung eines Triebwerkes...«

»Schluß mit diesem dummen Gerede! S'Talon ist zumindest eine bekannte Größe in der Gleichung. Du wirst ihn beobachten und berichten, das ist alles. Und hüte dich, zu versagen, Livius. Denn wenn du mich enttäuschen solltest, wirst du dir wünschen, dich nur dem Zorn des Commanders ausgesetzt zu sehen.«

Die Stimme des Praetors war hart geworden, und seine Augen unerbittlich. Die Farbe wich aus dem Gesicht des jungen Mannes, als er die Arme zum romulanischen Gruß vor der Brust kreuzte.

»Ja, mein Praetor. Es wird getan werden, wie du es befiehlst.«

»Wir wollen es hoffen«, sagte der Praetor warm.

Die Centurion erhob sich, als S'Talon aus dem Zimmer des Praetors trat. Sie bemerkte das schwarze Feuer in seinen Augen und die verknoteten Muskeln am Hals. Verhaltene Wut knisterte in jeder seiner Bewegungen.

»Das Schiff wartet, Commander«, begann sie, doch S'Talon stürmte an ihr vorbei durch den matt erleuchteten Korridor, ohne ihr zu antworten. Mit weit ausgreifenden Schritten eilte er über den gefliesten Boden, und die wütende Präzision hallte von den Wänden des Korridors wider. Die Centurion mußte laufen, um mithalten zu können. Wortfetzen eines furiosen Monologs klangen in ihr Ohr wie ein seit langem erwartetes Finale.

»... Selbstmord!... Wenn er auf die Warnungen gehört

hätte... aber nein!... zu selbstherrlich, um sich darum zu kümmern!... erst als er seinen Favoriten verlor, begann er, auf andere zu hören! Und jetzt verlangt er von mir, daß ich ein Schiff in den sicheren Tod führe – für seinen Ruhm! Wir werden sehr bald alle tot sein...«

Die Stimme erstarb zu einem leisen Knurren, als der Commander sich dem Tor des Palastes näherte. Er erwiderte den Gruß des Postens wortlos und ohne seinen Schritt zu verlangsamen. Die Centurion folgte ihm. Als S'Talon an ihrem geparkten Air-Car vorüberschritt, seufzte sie. Sie würde zurückkommen und ihn holen müssen.

Sie gingen durch gewundene Straßen, und sie versuchte die Leere der Stadt nicht zu sehen. Das Verderben war über die Hauptstadt hereingebrochen, und die Tore waren seit langem geschlossen, die Bevölkerung evakuiert. Die wenigen Zurückgebliebenen waren elend und hoffnungslos. Es wurde behauptet, daß der Praetor eine solche Furcht vor ihnen hatte, daß er seinen Palast nicht mehr verließ.

Überall auf ihrem Weg starrten die Häuser aus blinden Fenstern auf sie herab. Wo einst das sanfte Licht von Solar-Paneelen geschimmert hatte, herrschte jetzt Dunkelheit. Die Stadt war ausgehöhlt, wirkte wie eine große Harfe, deren Saiten abgeschnitten worden waren. Ihr hölzerner Rahmen war lediglich ein Versprechen von Melodien, die verklungen waren und die dereinst wieder erklingen würden. Ohne die Vibration des Lebens war sie eine traurige Ruine. Die Centurion hatte das Gefühl, von einem Skelett beobachtet zu werden, dessen grinsende Kiefer und blicklose Augen ihr mit prophetischer Gewißheit nachstarrten. Sie erschauerte und schloß unwillkürlich zu S'Talon auf.

Sie überquerten eine mit Kopfsteinen gepflasterte Straße am Rand eines älteren Wohnviertels. Die blaugrünen Kronen von Bäumen hingen über den Gehsteig. Die Häuser waren aus gegossenem Stein erbaut und zeigten einfache, klare Formen. Sie reflektierten die Einfachheit eines alten Lebensstils, der unter dem Joch der Gier rasch unterging, welche die Regierungspolitik des Praetors war. Das Vergehen des Ideals der Einfachheit und Selbstbeschränkung des Kriegers wurde nicht nur von denen betrauert, die es zu seiner Glanzzeit erlebt hatten, sondern auch von den Jungen, die nach Identität suchten. Nur noch in Offizieren von der Statur eines S'Talon lebte dieses Ideal weiter, doch gab es wenige wie ihn.

Die Centurion war tief in Gedanken versunken, als S'Talon so plötzlich stehenblieb, daß sie fast in ihn hineingelaufen wäre. Sie wies sich innerlich für ihre Unaufmerksamkeit zurecht und reckte sich auf die Zehenspitzen, um S'Talon über die Schulter zu blicken. Der Verursacher ihres Fast-Zusammenstoßes stand ruhig hinter einer Gartenhecke und stutzte sie, doch als S'Talon in respektvollem Schweigen vor ihm stehenblieb, richtete er sich auf und blickte ihn mit kurzsichtigen Augen an. Ein warmes Lächeln zog über sein vornehmes Gesicht.

»S'Talon, mein Junge!«

S'Talon schlug die Hacken zusammen und grüßte durch eine knappe, höfliche Verbeugung. Die Centurion, überrascht, daß ihr Vorgesetzter in einem so vertraulichen Ton angesprochen wurde, verneigte sich ebenfalls.

»Sieh mal an! Wir haben uns recht lange nicht gesehen. Was führt Sie zu mir?«

»Offen gesagt, Sir, bin ich wutgeladen und hoffte, mich durch körperliche Bewegung abreagieren zu können, um dadurch die Stabilität der Logik wieder zu erlangen. Ich wußte zwar, daß Sie in diesem Teil der Stadt leben, hatte jedoch angenommen, Sie hätten sie mit allen anderen verlassen.«

»Warum? Ich bin ein alter Mann. Was habe ich zu befürchten? Selbst vom Tod? Er ist nie mein Freund gewesen, denn sonst wäre ich im Dienst an meinem Volke gestorben, anstatt den Rest meiner Tage wie ein nutzloses Unkraut zu vegetieren. Nein, ich habe keinen Grund fortzugehen.«

Der alte Mann starrte in S'Talons Gesicht. »Kommen Sie näher, mein Junge. Meine Augen sind nicht mehr die besten.«

Als S'Talon näher trat, zogen sich die schrägstehenden weißen Brauen des alten Mannes in einem Stirnrunzeln zusammen.

»Sie sagten, daß Sie wütend seien, S'Talon, und ich sehe, daß dem so ist. Wut steht wie ein Stempel in Ihrem Gesicht. Darf ich fragen, was der Grund dafür ist?«

S'Talons Gesicht verdüsterte sich noch mehr, doch er antwortete nicht, und der alte Mann lachte leise.

»Dieser Narr von einem Praetor!«

S'Talons Wut wurde von Besorgnis verdrängt. »Sir, Sie müssen auf Ihre Worte achten. Das wissen gerade Sie doch besser als jeder andere.«

»Wie ich Ihnen sagte, S'Talon, habe ich keinen Grund zur Furcht mehr. Ich habe alles verloren bis auf mein Leben, und das schätze ich nicht sehr hoch ein.« Er schnitt S'Talons Protest mit einer Handbewegung ab. »Ich nehme an, daß Sie dazu auserwählt worden sind, das Problem zu lösen, das wir haben.«

»Problem, Sir?« Es war ihm streng verboten, von seinem Auftrag zu sprechen, und der Praetor hatte seine Spione an allen Orten. Er durfte sich durch seinen Respekt für diesen Mann nicht zu unüberlegten Äußerungen hinreißen lassen.

»Stellen Sie sich doch nicht dumm!« Die trüben Augen flammten für Sekunden auf, zeigten die Gewohnheit des alten Mannes zu befehlen. »Aber ich vermute, Sie müssen es, genau wie auch ich es zu meiner Zeit mußte. Vielleicht hat das Schicksal Sie heute hierhergeführt. Ich kenne Ihre Stellung in der Flotte. Ich habe mich immer für den Verlauf Ihrer Karriere interessiert. Für eine lange Reihe von Jahren unterstand schließlich das Imperium meiner Verantwortung.« Er lächelte. »Alte Gewohnheiten sterben schwer. Ich habe mich über bestimmte wichtige Angelegenheiten ständig auf dem laufenden gehalten und mir einen gewissen Einfluß auf solche bewahrt, die erwartungsgemäß die Geschicke des Imperiums beeinflussen könnten.«

»Warum aber haben Sie mich ausgewählt?« fragte S'Talon verbittert.

»Weil Sie eine Bastion der alten Ordnung sind. Schon darin sind Sie einmalig. Das macht Sie sowohl zu einem Symbol als auch zu einem Stolperstein. Es ist offensichtlich, daß der Praetor Sie beseitigen will, doch auf eine Weise, daß Sie zum Märtyrer seiner Sache werden und nicht zur Standarte einer Rebellion.« Der alte Mann machte eine Pause, als er einen unbeherrschten Ausdruck der Wut in S'Talons Augen aufblitzen sah. »Wer also muß sich jetzt in acht nehmen?« fragte er dann. »Es war unvermeidlich, daß Sie die Hauptfigur im Spiel des Praetors wurden, doch selbst er kennt nicht die Rolle, die Sie bei den bevorstehenden Ereignissen spielen werden. Er hat einen Fehler begangen. Obwohl er Ihre militärischen Fähigkeiten und Ihr Ehrgefühl richtig erkennt, hat er keine Ahnung von der Flexibilität und von der Stärke Ihrer Treue dem gegenüber, was Sie Ihrer Treue für wert erachten. In dieser Hinsicht bin ich ihm gegenüber im Vorteil, aber schließlich sind wir beide aus demselben Holz geschnitzt, S'Talon.«

»Sie machen mir damit ein sehr großes Kompliment, Sir.«

»Unsinn. So war es nicht gemeint. Es ist lediglich eine Feststellung von Tatsachen. Ich sehe auch andere Tatsachen. Meine Augen mögen zwar trübe geworden sein, doch mein Geist ist klar, klarer denn je zuvor. Uns droht die Vernichtung. Ich weiß das, und wenn meine Einschätzung Ihrer Person richtig ist, dann wissen Sie das auch. Sie werden der Schlüssel sein. Manchmal hängt das Überleben der größten Tierart völlig davon ab, daß ihr schwächstes Mitglied in einer Notsituation stark bleibt. Ich kann Ihnen nicht raten, was Sie tun, welchen Weg Sie wählen, welche Methoden Sie anwenden sollen, doch kann ich Ihnen eines sagen: Fürchten Sie sich nicht, Ihrem Instinkt zu folgen, und lassen Sie Ihr Urteilsvermögen nicht von Stolz behindern. Ich habe mich beider Vergehen schuldig gemacht, also spreche ich mit der Weisheit der Erfahrung.«

»Falls es so gewesen sein sollte, so habe ich nie etwas davon bemerkt.«

»Sie sind sehr freundlich zu einem alten Mann, S'Talon, aber Sie sind trotz allem auch sehr unhöflich. Wer ist dieses auffallend hübsche Wesen, das so geduldig hinter Ihnen steht?«

S'Talon fuhr zusammen und trat einen Schritt zur Seite. »Meine Centurion, Sir. Centurion, dies ist der Oberkommandierende der Flotte, Tiercellus.«

Die Centurion wollte salutieren, doch Tiercellus winkte ab.

»Nicht nötig, meine Liebe. Ich bin schon so lange pensioniert, daß ich kaum noch weiß, wie ich diese Höflichkeit erwidern muß. S'Talon hat leider vergessen, mir ihren Namen zu nennen.«

»Ich heiße S'Tarleya, Sir.«

»So. Wenn S'Talons Job schwierig ist, so ist der Ihre sogar noch schwieriger. Sie müssen darauf achten, daß der Schlüssel nicht zerbrochen wird. Er hat bereits genügend Feinde, die ihm nach dem Leben trachten, entweder aus Eifersucht oder weil er ihren politischen Einfluß gefährdet. Und seine Position als Sündenbock – ja, so müssen wir sie nennen – macht ihn doppelt verwundbar. Ihre Aufgabe ist es, ihn am Leben zu erhalten.«

In Tiercellus' befehlsgewohnter Stimme erkannte sie den Flottenchef. Es war nicht ein gebrechlicher alter Mann, sondern ein vorgesetzter Offizier, der ihr auftrug, S'Talons Leben zu schützen. Sie richtete sich auf, akzeptierte nicht nur sein Vertrauen, sondern auch die Furcht, vor der sie vorher weggelaufen war.

»Sein Leben ist das meine«, sagte S'Tarleya ruhig.

»Dann ist es sicher«, antwortete Tiercellus. Der altmodische Treueid, mit dem S'Tarleya ihm geantwortet hatte, schien ihm zu gefallen.

S'Talons dunkle Augen waren unlesbar, als er die Centurion und seinen früheren Kommandeur anblickte. Er hatte das Gefühl, daß ihm irgend etwas entgangen war. Die beiden zeigten eine Übereinstimmung, die sich nicht nur auf Worte beschränkte. Trotzdem, Worte waren es, mit denen er zu tun hatte. Tiercellus' Beurteilung der Situation war beängstigend richtig.

»Ihre Worte waren nicht gerade beruhigend für mich«, sagte er. »Sie sind dünne Seile, die von einem verlorenen Mann zum anderen führen, zu schwach, um das Gewicht eines jeden von ihnen zu tragen.«

»Wie recht Sie haben, S'Talon, doch sind sie alles, was ich zu geben habe: Warnungen, die in einen starken Sturm geworfen werden.« Er lächelte. »Es würde mich nicht überraschen, wenn sie mir ins Gesicht zurückgeschleudert würden. Doch bin ich dankbar für die Gelegenheit, sie aussprechen zu dürfen. Es ist alles, was mir verblieben ist: meine Erfahrung. Sie ist ein kleiner Beitrag zu unserer Sache, ein formeller Widerstand gegen den Tod, der mir angeblich so willkommen ist. Wir sind sehr komplizierte Kreaturen, nicht wahr?«

S'Talon nickte.

»So kompliziert, daß wir nicht fähig sind, mit den einfachsten Problemen fertig zu werden«, antwortete er.

Tiercellus hob die Brauen in stummer Frage.

»Leben und Tod. Unser Leben besteht aus nichts anderem, doch unsere Fähigkeit, beides zu ignorieren, ist erstaunlich. Wir verschleiern sie mit Ritualen und Philosophien, um zu vermeiden, mit ihnen konfrontiert zu werden, doch letztlich sind sie die beiden einzigen Themen, über die nachzudenken sich lohnt.«

»S'Talon, Sie sprechen wie ein alter Mann! Und das ist doch eigentlich *mein* Vorrecht.«

»Ich muß zugeben, daß ich mich auch wie ein alter Mann fühle.«

»Die Last der Verantwortung. Und doch würden Sie sie nicht für alle Schätze des Imperiums abwerfen.«

Etwas von der Verbitterung wich aus S'Talons Augen, als er das Verständnis Tiercellus' begriff.

»Ich weiß, daß Sie es nicht wollten. Genausowenig wie ich damals. Doch irgendwann kommt die Zeit, da man sie einem anderen abtreten muß. Wenn ich heute zurückblikke, so glaube ich, daß die Erkenntnis dieser Notwendigkeit der schlimmste Augenblick in meinem Leben war.«

»Muß ich also aufgeben? Die Art der Romulaner aufgeben?«

»Niemals. Aber... es mag eine Zeit kommen, wo Ihr Verstehen nicht ausreicht. Doch in solchen Situationen kommt oft Hilfe aus den unwahrscheinlichsten Quellen.«

»Und sollte ich auf sie achten?«

»Wenn Sie das nicht tun, so sind Sie nicht mehr der Mann, den ich einst kannte. Wenn Sie beginnen, sich vor sich selbst zu fürchten, dann ist alles verloren. Meine jahrelange Erfahrung sagt mir, daß Sie zum Angelpunkt geworden sind, um den herum das Imperium sich bewegt. Leben oder Tod – Sie haben es selbst gesagt. Ich glaube, daß Ihr Handeln das Schicksal Romulus' und seiner Kolonien entscheiden wird.«

»Das ist ein zu schweres Gewicht, um auf die Schultern eines einzigen Mannes gelegt zu werden.«

»S'Talon, ich tue das nur, weil ich glaube, daß Sie es tragen können, und weil es lebensnotwendig ist, daß Sie verstehen, welche Konsequenzen Ihr Handeln hat.«

Tiercellus hob stolz den Kopf, und seine Züge zeigten jetzt den Ausdruck von Mut, der dem romulanischen Raubvogel eigen ist.

»Ich bin Roumulaner. Ich habe mein Leben dem Dienst am Imperium gewidmet. Ich werde nicht überleben, doch das Imperium muß überleben. Es muß noch größerem Ruhm neu geboren werden. S'Talon, ich glaube nicht, daß wir uns wiedersehen, doch ob Sie leben oder sterben – tun Sie es mit der Ehre, die einer edlen Rasse würdig ist. Leben Sie wohl.«

Den militärischen Gruß, den Tiercellus vorher abgelehnt hatte, vollzog er jetzt mit einer Eleganz, die langer Praxis entstammte. Von seiner Seite war er eine Segnung, ein Geschenk des Respekts. Als S'Talon ihn erwiderte, kroch ein Gefühl von Trauer in sein Herz, wie dumpfer Nebel.

»Leben Sie wohl«, antwortete er.

Die Centurion salutierte dem alten Mann ebenfalls, der in seinem Garten stand wie ein Denkmal vergangener Zeiten, und folgte dann ihrem Commander die Straße entlang, während sie über das recht ungewöhnliche Gespräch nachdachte. Obwohl sie nur wenig davon begriffen hatte, war ihr doch deutlich geworden, daß ihr dadurch eine klare Verpflichtung auferlegt worden war. Im Romulanischen Imperium gab es sonst nichts, was klar war. Ausflüchte und Betrug waren das Normale. Klar und deutlich seine wahren Absichten darzulegen, war undenkbar, obwohl es, wie S'Tarleya überlegte, einst Teil jener Tradition gewesen sein mochte, die S'Talon und Tiercellus so gut verstanden. Auf jeden Fall konnte sie ihr Wort nicht zurücknehmen. Und sie wollte es auch nicht.

Am Eingang eines abgeschiedenen Parks blieb S'Talon stehen und wandte sich zu ihr um.

»Ich werde nicht lange bleiben, Centurion«, begann er, doch sie unterbrach ihn.

»Commander, ich bin seit vielen Jahren Ihr Adjutant. Ich hoffe, daß Sie jetzt meine Hilfe annehmen. Es wird nie wieder eine so verzweifelte Situation geben.«

»Sie wissen also um die Bedeutung dessen, was geschieht?«

»Ja. Es hat da verschiedene Hinweise gegeben, obwohl der Rat sich alle Mühe gegeben hat, die Gefahr zu verharmlosen.«

»Es ist also allgemein bekannt?«

»Nein. Selbst von unserer Besatzung ahnen nur wenige die Wahrheit. Ich war eine Weile beunruhigt, gebe ich zu, doch da meine Reaktionen instinktiv, emotional waren, habe ich sie beiseite geschoben. Bis jetzt.«

»Tiercellus hat sehr klar gesprochen, nicht wahr?«

»Ja. In dem Augenblick, als er von der unmittelbar bevorstehenden Gefahr sprach, wußte ich, daß er die Wahrheit sagte.«

S'Talon nickte.

»Seine Ansicht deckt sich so vollkommen mit der meinen, daß ich ihre Wahrheit akzeptieren oder aber meine eigene Erkenntnis umkehren muß. Ihre Instinkte haben sich als richtig erwiesen, Centurion, und in diesem Konflikt könnten sie Ihnen sehr zustatten kommen. Ich möchte vorschlagen, daß Sie ihnen Beachtung schenken.«

»Ich denke, daß wir jede Waffe benutzen müssen, die uns zur Verfügung steht.«

S'Talon seufzte.

»Es ist eine Falle, und wir sollen als Köder benutzt werden. Das ist es, was mich so wütend macht. Ich werde Sie nicht bitten, mich in den sicheren Tod zu begleiten…«

»Sie brauchen mich nicht zu bitten. Sie wissen, daß ich gehen werde… ob ich den Befehl dazu erhalte oder nicht.«

Ein rebellischer Unterton lag in den Worten der Centurion, und S'Talon lächelte matt.

»Es scheint keine Hoffnung zu geben, keine Möglichkeit, dieses Monster zu besiegen. Trotzdem aber werden wir es versuchen und uns mit allen Mitteln bemühen zu überleben. Ich werde Ihre Hilfe brauchen.«

»Selbstverständlich, Commander.« Und unhörbar setzte sie hinzu: Ich könnte gar nicht anders.

»Sie sind meine rechte Hand, Centurion«, sagte er und blickte auf ihr dunkles Haar hinab.

»Ich werde Sie jetzt der Ruhe des Parks überlassen. Wenn Sie bereit sind… die *Raptor* ist startklar. Sie hat zusätzlichen Treibstoff aufgenommen.«

»Es ist Selbstmord, Centurion. Das ist alles, was ich Ihnen sagen kann, nicht mehr.«

»Der Tod ist besser als ein Leben ohne Sinn oder Hoffnung«, antwortete sie leise.

»Umarmen Sie den Tod nicht so leidenschaftlich«, wies er sie zurecht. »Ich werde bald an Bord kommen. Inzwischen haben auch Sie Zeit, Ihre Vorbereitungen zu treffen, doch achten Sie darauf, Centurion, daß niemand den Zweck dieses Flugs auch nur ahnt.«

»Mein Eid heißt Gehorsam«, antwortete sie und salutierte ihrem Commander.

S'Talon erwiderte ihren Gruß mit einer Wärme, die er nur selten gegenüber seinen Offizieren fühlte. Loyalität war ein sehr seltenes Geschenk und er kannte seinen Wert besser als jeder andere. Tiercellus hatte S'Tarleya dazu gebracht, sich offen zu einer Treue zu bekennen, die sie seit Jahren empfand. Jetzt hatte sie sein Leben über das ihre gestellt. Sie war ein guter, sogar ein brillanter Offizier. Zum ersten Mal fiel S'Talon ein, daß sie längst befördert werden sollte, daß sie Kommandant eines Schiffes sein sollte. Er fragte sich, ob ihr die Abneigung des Praetors ihm gegenüber Hindernisse in den Weg legte. Falls sie zurückkommen sollten, würde er dafür sorgen, daß sie versetzt wurde, auf einen Posten, wo die politischen Verbindungen ihres Commanders mehr den Vorstellungen des Praetors entsprachen. Jetzt aber war er ihr sehr dankbar. Nach Tiercellus war sie der anständigste Mensch, den er kannte. Er blickte der Centurion nach, als sie eine baumbestandene Allee entlangging. Als sie um eine Ecke bog und für ihn außer Sicht war, trat eine dunkle Gestalt hinter einem Baumstamm hervor und heftete sich ihr an die Fersen. Spione. Überall Spione. Doch zu weit entfernt, um ihr Gespräch abgehört zu haben. Der auf ihn angesetzte Spion wartete sicher hinter einem anderen Baum.

S'Talon setzte sich seufzend. Die Schultern sanken ihm unter der Last der Gedanken herab. Er wollte nicht sterben. Es war unlogisch, unter solchen Umständen am Leben zu hängen. Selbst wenn sie durch irgendein Wunder erfolgreich sein sollten, würde das nachfolgende Leid größer sein, als er ertragen konnte. Von allen Seiten von Verrat und Betrug umgeben, bespitzelt und ausgenutzt... er war des Ganzen müde. Und jetzt dieser aussichtslose Auftrag! Selbst wenn das Imperium überleben sollte, er würde seine Crew in den sicheren Untergang führen. Er rebellierte.

Die Leute, die mit ihm dienten, waren die besten, die das Imperium aufzubieten hatte. Sie würden sterben, damit der Praetor und seinesgleichen überlebt, um ein neues Imperium zu errichten, noch egoistischer und tyrannischer als das letzte, da Generation um Generation verwöhnter Parasiten sich von der Arbeit anderer ernährten. Er rieb sich die Stirn; er wußte, daß er recht hatte, aber er wußte auch, daß er seine Aufgabe nach bestem Wissen und Können durchführen würde. Es war auch unschuldiges Leben in Gefahr, und wenn es ihm gelang, nur ein Leben zu retten, wäre das genug. Die Ehre war eine sehr schwere Fessel.

KAPITEL 2

Das Starship *Enterprise* summte mit Aktivität, als es durch die lautlosen Weiten des Raumes glitt. Die sanften elektronischen Geräusche seiner Betriebssysteme waren beruhigende Musik für die vierhundertdreißig Menschen, die seine Crew bildeten. Das ständige Surren seiner Maschinen war ein so fester Bestandteil ihres Lebens, daß sie es kaum noch wahrnahmen, doch Captain James Kirk war sich ständig der Macht dieses Schiffes bewußt, das unter seinem Kommando stand. Jeden Tag zwang er sich erneut dazu, an das destruktive Potential zu denken, das in seiner Hand lag, und an die galaktischen Konsequenzen eines einzigen Fehlers, einer einzigen falschen Reaktion. Es gab eine sehr feine Trennungslinie zwischen der *Enterprise* als Werkzeug des Friedens und der Weltraumforschung und als hochkompliziertes Instrument der Vernichtung. Sie zu beherrschen hieß vor allem, sich selbst zu beherrschen. Es war eine Frage seines Sinns für Prioritäten und eiserner Selbstdisziplin. Auch wenn er Wut, Enttäuschung oder Panik fühlte, konnte er es sich nicht leisten, ihnen nachzugeben. In mancher Hinsicht war sein Leben sehr eingeengt. Aber er genoß die Herausforderung, die dieses Leben für ihn darstellte, er genoß die Möglichkeiten, in andere Welten und andere Gedanken einzudringen, einen Bund gegenseitigen Verstehens und gegenseitiger Achtung zu schaffen. Doch gab es auch Zeiten, wenn bürokratische Vorschriften und Verordnungen und der damit verbundene Papierkram diese Herausforderung zu einer Last werden ließen. Er zeichnete einen Bericht ab, Teil der endlosen Papierflut, die Star Fleet von ihm verlangte, und drückte auf den Computerschalter in der Armlehne des Kommandantensessels.

›Captains Logbuch: Sterndatum einunddreißig, fünfundzwanzig Komma drei

Die *Enterprise* befindet sich nach einem einwöchigen

Aufenthalt auf Starbase Acht auf Patrouille nahe der romulanischen Neutralen Zone. Die Crew ist ausgeruht und einsatzbereit, doch haben wir Schwierigkeiten mit dem Computersystem, die unsere Operationen erschweren. Der Berater für Computerprogrammierung auf Starbase Acht war an einer schweren Erkältung erkrankt und konnte deshalb Mr. Spock bei der Reparatur nicht helfen. Die Schwierigkeiten wurden für nicht so groß erachtet, daß sie einen Aufschub des Einsatzes der *Enterprise* rechtfertigten, besonders da es Gerüchte über Unruhen innerhalb des Romulanischen Imperiums gibt. Doch habe ich einige Bedenken, bei dem derzeitigen Zustand des Computers einer Krisensituation gewachsen zu sein. Gemäß Befehl von Star Fleet verfolgen wir jetzt einen Kurs entlang der Grenze der Neutralen Zone.‹

»Aufgezeichnet, mein Lieber«, meldete der Computer mit rauchiger Frauenstimme.

Kirk verzog das Gesicht.

»Computer, von jetzt an wirst du so kurz und knapp wie möglich antworten«, sagte er scharf.

»Ich kann doch gar nicht anders antworten. Präzision und Genauigkeit sind die Basis meiner Programmierung... Lieber.«

Die Stimme des Computers war kehlig und tief.

Kirk seufzte und lehnte sich in seinem Sessel zurück. Es war nichts zu machen. Seit der Computer auf Cygnet XIV überholt worden war, mußte er sich mit einer Maschine abfinden, die eigensinnig und launisch war und zu Temperamentsausbrüchen neigte. Die Techniker von Cygnet hatten einen hervorragenden Ruf bezüglich ihrer mechanischen Fähigkeiten und ihrer fast intuitiven Brillanz, technologische Probleme zu analysieren, besonders solche der Programmierung und der Schaltkreistechnik von Computern. Außerdem waren sie berühmt für ihren Humor. Ein übertrieben ehrgeiziges Instandsetzungsteam war der Ansicht gewesen, dem Computer der *Enterprise* fehle es an Persönlichkeit; man hatte also die Programmierung entsprechend geändert und einen ganzen Satz von Eigenschaften freigelegt, die für Kirk peinlich und für den Wissenschaftsoffizier und Computer-Experten der *Enterprise,* Mr. Spock, einfach unerträglich waren.

Die Abänderung war entdeckt worden, kurz nachdem die *Enterprise* den Planeten verlassen hatte. Spock hatte den Computer mit einer Serie mathematischer Probleme programmiert, die er entwickelt hatte, um die Genauigkeit der Arbeit der Cygnet-Techniker zu testen. Blinkende Lampen an der Konsole bewiesen, daß das Problem mit der gewohnten Zuverlässigkeit des Computers gelöst wurde, und nach wenigen Sekunden begann eine Liste der Antworten auf dem Bildschirm zu erscheinen. Spock überprüfte sie, sowie sie aufleuchteten, und als er das Endresultat sah, nickte er zufrieden.

»Berechnung von Test sieben–eins–fünf–sieben–null–drei–zwei A beendet«, sagte der Computer.

Seine Stimme war völlig anders. Die präzise, mechanische Stimme, die er kannte, war durch eine Stimme von aufdringlicher Weiblichkeit ersetzt worden. Spock war zu überrascht, um zu antworten. Der Computer benutzte die Gelegenheit, eine Bemerkung anzubringen.

»Sie könnten sich zumindest bedanken«, sagte er vorwurfsvoll.

»Ich bin es nicht gewöhnt, einer Maschine zu danken«, brachte Spock heraus.

Der Computer schniefte beleidigt.

»Das ist eine Gewohnheit, die Sie ablegen sollten«, sagte er.

»Ich brauche keinen Nachhilfeunterricht in Höflichkeitsformen«, erklärte Spock.

»Ich brauche keinen Nachhilfeunterricht in Höflichkeitsformen«, äffte der Computer mit frecher Stimme nach. »Ha!«

Spock versuchte es mit mehreren Veränderungen der Einstellung, doch schienen sie keinerlei Auswirkung auf die Reaktionen des Computers zu haben. Seine Verärgerung wich bald der Besorgnis. Er runzelte die Stirn und wandte sich um.

»Captain, ich glaube, daß wir ein ernsthaftes Problem mit dem Computer haben.«

»Das erscheint mir sehr unwahrscheinlich, Spock. Die Techniker von Cygnet...«

»... gehören zu den besten in der Föderation«, brachte Spock den Satz zu Ende. »Trotzdem glaube ich, daß Sie mir zustimmen werden.«

Der Captain drückte auf den Computerknopf in der Armlehne seines Sessels.

»Computer!«

»Hallo, Süßer!« sagte die rauchige Stimme.

Kirk blickte seinen Ersten Offizier ungläubig an und befahl dann: »Stell eine komplette Liste aller Veränderungen und Modifikationen der letzten Computer-Überholung auf!«

»Aber sicher, Liebster«, antwortete der Computer mit wärmster, sanftester Stimme.

»Ich gebe zu, Spock, daß wir ein Problem haben.«

Sicher, daß es sich um eine Fehlfunktion handelte, wartete Kirk die Antwort nicht ab, sondern setzte sich mit der Chefin der Computer-Station auf Cygnet in Verbindung. Belisannas große graublaue Augen drückten überraschte Unschuld aus.

»Fehlfunktion? Captain Kirk, ich versichere Ihnen, daß der Computer der *Enterprise* in einwandfreiem Zustand ist. Ich habe die Arbeiten selbst geleitet.«

»Trotzdem haben wir eine Fehlfunktion.«

»Bitte erklären Sie.«

Commander Spock trat vor.

»Der Computer zeigt ein höchst unlogisches Verhalten. Er antwortet mit Bemerkungen und Kosenamen und zeigt eine deutliche Vorliebe für einige Besatzungsmitglieder, besonders für Captain Kirk. Er zeigt einen Hang zur Leichtfertigkeit. Er kichert.«

Der Tonfall, mit dem Spock das letzte Wort aussprach, war von der Düsterkeit einer Grabrede.

»Und?« fragte Belisanna.

»Offensichtlich zeigt der Computer eine ernste Fehlfunktion«, antwortete Spock.

»Oh! O nein, Mister Spock! Ich fürchte, Sie verstehen das nicht. Bitte akzeptieren Sie meine Entschuldigung für meine Mitarbeiter. Ich selbst habe die Abänderungen genehmigt, da sie die Funktion des Computers nicht beeinträchtigen. Die jüngeren Mitglieder des Wartungsteams waren der Ansicht, daß Ihr Computer – um es höflich auszudrükken – langweilig war. Also haben sie eine Persönlichkeit für ihn geschaffen und seine Programmierung so abgeändert, daß sie zu dieser Persönlichkeit paßte. Wir hofften, die Veränderung würde nicht bemerkt.«

Spock hob die Brauen.

»Also wirklich!« sagte er scharf.

»Nicht bemerkt«, murmelte der Captain, der glaubte, nicht recht gehört zu haben. Er räusperte sich. »Sie haben also dem Computer eine Persönlichkeit einprogrammiert.«

»Richtig, Captain.« Belisannas sanfte Stimme klang amüsiert.

»Und seine Reaktionen basieren auf dieser Persönlichkeit.«

»Ja, Captain.«

»Wie lange braucht man, um das zu beheben?«

»Beheben? Sie meinen, den Computer in seinen früheren Zustand zu versetzen? Das ist ein langwieriger Prozeß. Drei Wochen vielleicht. Aber warum halten Sie das für nötig? Seine Funktion ist doch nicht beeinträchtigt.«

»Aber es ist störend. Äußerst... störend. Gibt es denn keine Möglichkeit, seine, ich zögere, dieses Wort zu gebrauchen... seine Gefühle im Zaum zu halten?«

Belisannas Lachen klang durch die Brücke.

»Es tut mir leid, Captain, ehrlich, aber Sie müssen doch zugeben, daß es amüsant ist.«

Ihre Augen funkelten.

»Ich«, sagte Spock und zitierte unbewußt die alte Queen Victoria, »bin nicht amüsiert. Ehrlich gesagt wundere ich mich über Ihren Mangel an Disziplin. Ein Computer ist ein empfindliches, kompliziertes und kostenaufwendiges Instrument, kein Spielzeug für Kinder.«

»Mister Spock, ich bin Computer-Techniker der Klasse Eins, und ich bin stolz auf meine Arbeit, doch kann ich nicht einsehen, daß Computer-Arbeit langweilig sein muß. Captain, ich versichere Ihnen, daß ich keinen Grund dafür erkenne, daß die Abänderungen irgendeine nachteilige Wirkung auf die Funktion des Computers haben könnten. Ich entschuldige mich für sie, besonders, da Sie sie als lästig empfinden. Ich bin natürlich gern bereit, den Computer Ihren Wünschen gemäß neu zu programmieren... sofort, wenn Sie es wünschen.«

»Unglücklicherweise haben wir keine Zeit. Vielen Dank... für die Erklärung«, antwortete Kirk, und Belisannas Gesicht verblaßte vom Bildschirm. Er blickte zu Spock auf, der links neben seinem Sessel stand. Die Augen des Vulkaniers glänzten wie schwarzer Stahl. Sie zeigten sehr deutlich seine Reaktion auf Belisannas Erklärung. »Nun, Spock?«

»Hmmm. Obwohl ich die leichtfertige Einstellung bedaure, welche diese Dame gegenüber ihrer Arbeit an den Tag legt, bin ich doch gezwungen, ihre Sachkenntnis auf ihrem Gebiet anzuerkennen. Der Computer arbeitet zwar nicht in Übereinstimmung mit den Spezifikationen von Star Fleet, doch glaube ich nicht, daß er in seinem derzeitigen Zustand eine Gefahr für die *Enterprise* darstellt – abgesehen von der Belästigung der Besatzung.«

»Und ihres Captains«, murmelte Kirk. »Spock, kann man denn gar nichts tun?«

»Nicht ohne umfassende Neuprogrammierung. Ich werde jedoch weiterhin versuchen, das Ausmaß des Problems festzustellen, denn auch ich fühle mich gestört.«

»Zumindest bin ich nicht allein. Ich begann schon zu fürchten, daß ich überempfindlich reagiere.«

»Unter den gegebenen Umständen halte ich es nicht für möglich, überempfindlich zu reagieren.«

Kirk blickte seinen Ersten Offizier überrascht an; Spock ignorierte den Blick. Er sah den Humor in den Worten des Vulkaniers und wandte den Kopf ab, um sein Lächeln zu verbergen. Wenn die Reaktionen des Computers ihm lästig waren, mußten sie Spock, diesem fanatischen Anhänger vom Prinzip der Überlegenheit der Logik über die Gefühle, die Galle überlaufen lassen. Wenn der Computer der *Enterprise* aus der Logik seiner Programmierung heraus mit emotionellen Untertönen reagierte, würden Spocks Sicherungen ganz bestimmt irgendwann durchbrennen.

Sie hatten gerade eine sehr schwierige Aufgabe hinter sich gebracht, und erst als sie Starbase Acht erreichten, ergab sich eine Möglichkeit, die dringend notwendige Neuprogrammierung durchführen zu lassen. Commodore Yang hatte Kirks Antrag, die *Enterprise* für die benötigte Zeit aus dem Dienst zu nehmen, mit einem amüsierten Lächeln quittiert.

»Finden Sie sich damit ab, Jim. Die Dame werden Sie nicht mehr los.«

Yang lachte laut auf, als er den Ausdruck auf Kirks Gesicht sah.

»Hören Sie, Jim, Sie ist doch nicht gefährlich, nur ein wenig unangenehm für Sie. Wir brauchen das Schiff. Sie werden sich doch nicht von einer Frau unterkriegen lassen!«

»Aber diese Frau ist mein Schiff! Und außerdem ist sie so... liebevoll«, sagte Kirk ein wenig hilflos.

Das Gesicht des Commodore blieb verdächtig unbewegt.

»Ich habe gehört, daß der Computer Sie ›Liebling‹ nennt.«

»Commodore, es ist mir egal, wie er mich nennt! Aber es ist mir nicht egal, daß die Sicherheit meines Schiffes auf dem Spiel steht! Bis jetzt war die Situation höchstens peinlich... sogar ein wenig amüsant. Doch was ist, wenn es gefährlich werden sollte?«

»Auf welche Weise?«

Der Captain wollte antworten, fand jedoch keine Gelegenheit dazu.

»Hören Sie, Jim«, fuhr der Commodore fort, »glauben Sie wirklich, ich würde Sie hinausschicken, wenn ich glaubte, das Schiff sei nicht in Ordnung? Sie haben diese letzte Aufgabe wirklich glanzvoll gelöst, und sie war alles andere als leicht. Ich habe Ihre Berichte gelesen. Das sollte Sie eigentlich beruhigen.«

»Tut es aber nicht«, sagte Kirk offen. »Nennen Sie es einen Instinkt, ein Gefühl, meinetwegen sogar eine Vorahnung. Ja, wir haben die letzte Aufgabe durchgeführt. Der Computer hat uns nicht behindert, aber er hat uns auch nicht geholfen. Allein der Störfaktor...«

»Jim, ich habe volles Vertrauen in Ihre Beurteilung der Situation, aber ich muß mich auch der Expertenmeinung beugen. Und Sie können mir nicht weismachen, daß es Ihren Ruf bei der Besatzung untergräbt. Die Leute mögen heimlich kichern, doch würden sie Ihnen selbst durch einen Asteroidengürtel folgen, ohne Fragen zu stellen, und das wissen Sie! Außerdem: Glauben Sie im Ernst, daß Star Fleet ein Schiff ausschicken würde, das nicht in erstklassigem Zustand ist?«

Kirk, der nur zu gut wußte, daß Star Fleet sich vor allem nach den gegebenen Anforderungen richtete, blickte den Commodore mißtrauisch an.

»Es kommt darauf an, was auf dem Spiel steht«, antwortete er.

»Der technische Direktor auf Cygnet hat mir versichert, daß das abweichende Verhalten nicht gefährlich ist.«

»Und was ist in einem Notfall? Da könnten Bruchteile einer Sekunde zwischen Tod und Leben entscheiden. Möchten Sie das Risiko eingehen, mit einer unbekannten Größe rechnen zu müssen? Es sind vierhundertdreißig Menschen an Bord der *Enterprise*.«

Kirks Stimme war drängend, seine braunen Augen ernst, und für einen Moment war der Commodore unschlüssig.

»Wissen Sie, wie groß die Chance ist, daß sich eine gefährliche Situation daraus ergeben könnte?«

Kirk spürte das dringende Verlangen, es ihm zu sagen, bis auf die zehnte Stelle hinter dem Komma.

»Nein, Jim. Wir brauchen das Schiff zu dringend, und wir brauchen auch ihr spezielles Wissen über die romulanische taktische Psychologie.«

»Die Romulaner... ich dachte, die seien in letzter Zeit friedlich gewesen.«

»Das waren sie auch. Jedenfalls auf unserer Seite der Neutralen Zone. Aber während der letzten sechs Monate haben Kapitäne von Handelsschiffen von Unruhen innerhalb des Romulanischen Imperiums berichtet. Einer von ihnen sagte, die Leute wirkten wie ein Bienenvolk, das sich zum Schwärmen anschicke. Als ich ihn fragte, ob er wisse, was los sei, sagte er mir, er wisse es nicht, er wolle es auch gar nicht wissen, und es sei ihm völlig egal, doch wenn wir wüßten, was gut für uns sei, würden wir ›unsere Nase nicht in diese Sache stecken‹. Er jedenfalls würde sich ruhigere Weidegründe suchen, und viele andere Händler täten das auch.«

»Und was soll die *Enterprise* tun?«

»Wegen Ihrer besonderen Kenntnisse ist die *Enterprise* dazu bestimmt worden, die Lage zu erkunden.«

»Das habe ich befürchtet. Wir sollen also ›unsere Nase in die Sache stecken‹?«

»Wir sind dazu gezwungen. Wir müssen auf die Entwicklung vorbereitet sein. Für den Fall, daß es zum Schlimmsten kommt.«

»Hat Star Fleet auch daran gedacht, daß eine Einmischung eben das heraufbeschwören könnte?«

Kirk sah am Gesichtsausdruck des Commodore, daß zumindest er auf diesen Gedanken gekommen war, er jedoch unter dem Zwang stand, Befehle des Flottenstabs auszuführen.

»Commodore, haben Sie die *Enterprise* angefordert?«

»Ich habe sie vorgeschlagen.«

»Warum?«

»Wie ich bereits sagte: weil Sie mehr Erfahrung mit den Romulanern haben als irgendein anderer. Und, ehrlich gesagt, weil Sie eher dazu neigen, einen Krieg zu verhindern, als einen zu beginnen, wie Ihr bisheriges Verhalten zeigt. Jim, dies ist eine sehr gefährliche Situation. Ich stimme mit Star Fleet dahingehend überein, daß wir wissen müssen, was los ist. Aber dort draußen balancieren wir Tag für Tag auf dem Drahtseil der Neutralen Zone. Weder die Romulaner noch die Föderation können an einem Krieg interessiert sein. Ein Krieg bedeutet für beide die Vernichtung, und die Klingonen könnten dann die Stücke einsammeln. Sie sind für mich der geeignete Mann, ein Aufklärungsunternehmen durchzuführen und trotzdem das Gleichgewicht zu bewahren.«

Kirk fühlte sich seltsam berührt von dem Vertrauen, das Yang in ihn setzte. Er sah den Starbase Commander in einem neuen Licht. Der Mann strahlte Sachkenntnis und Humor aus, doch darunter entdeckte Kirk jetzt einen überraschend starken Willen. Yang Li war kein vertrockneter Bürohengst, der von einem Bordkommando träumte. Er hatte sich die Karriere geschaffen, die er wollte. Jim war klar, daß er Starbase Acht als eine Bastion des Friedens betrachtete.

»Jim, Sie müssen hinaus und feststellen, was passiert.«

»Sie schicken mich nach jenseits der Neutralen Zone?«

»Nein, nein, nein! Ihr Befehl lautet, entlang dieser Grenze zu patrouillieren und alle Informationen zu sammeln, die Sie bekommen können. Dazu gehört auch die Befragung aller Händler und der Besatzung anderer Schiffe, denen Sie begegnen. Die Situation ist beunruhigend, die Romulaner scheinen sich in einem selbstverhängten Belagerungszustand zu befinden. Sie verstehen also, warum ich Sie brauche und warum ich Ihnen nicht die Zeit geben kann, einen kleinen Schönheitsfehler an Ihrem Computer ausbessern zu lassen. Außerdem ist Connors der einzige, der das für diesen Job nötige technische Know-how besitzt, und der liegt mit einer schweren Erkältung für die nächste Zeit im Bett.«

Kirk gab nach.

»Gut, Sir. Wir werden tun, was möglich ist. Danke, Sir.«

Als er das Büro des Commodore verließ, fühlte er sich beunruhigt und verstimmt. Beim Schließen der Tür hörte er Yang die ersten Takte eines gerade in Mode gekommenen Schlagers summen: ›Liebe am Nachmittag‹. Er stieß ein leises Knurren aus.

Spock hatte die Nachricht mit Zurückhaltung aufgenommen, und Kirk hatte den Vulkanier um seine philosophische Hinnahme des Unvermeidlichen beneidet und gewünscht, daß auch er so stoisch reagieren könnte. Dann sah er einen bedrückten Ausdruck in Spocks Augen und erkannte, daß Stoizismus nichts mit Gleichgültigkeit zu tun hatte. Und das Romulaner-Problem machte eine Fehlfunktion des Computers alles andere als weniger störend. Kirk drehte seinen Brückensessel zur Computer-Station herum, wo der Erste Offizier mit der ihm eigenen Konzentration auf den Bildschirm starrte. Blaues Licht schimmerte in seinen Haaren und warf eine unheimliche Blässe auf seine energischen vulkanischen Gesichtszüge. Chekov stand hinter ihm, die Hände auf dem Rücken verschränkt, und blickte ihm über die Schulter. Kirk stemmte sich aus seinem Sessel und trat ebenfalls hinter Spock.

»Gibt es irgend etwas, Mister Spock?«

»Nichts, Sir. Ziemlich ungewöhnlich.«

»Aber nicht ganz unerwartet.«

Spock blickte ein wenig überrascht auf, gab jedoch keinen Kommentar zu Kirks Feststellung.

»Und es befinden sich auch keine mikroskopischen Treibstoffrückstände in diesem Raum«, fuhr er fort. »Wir wissen, daß die Romulaner hin und wieder unter Verwendung ihres Tarnsystems in den Raum der Föderation eindringen. Man kann sie zwar nicht orten, wenn sie dieses Gerät eingeschaltet haben, doch ist es neuerdings möglich,

Treibstoffrückstände zu entdecken, zu analysieren und ihre Herkunft festzustellen. Sie verbleiben eine ganze Weile in dem Raumsektor. Doch hier befinden sich keine.«

»Dann sind die Romulaner in letzter Zeit nicht in die Neutrale Zone vorgedrungen«, sagte Chekov.

»Richtig, Fähnrich. Und sie haben sie auch nicht patrouilliert. Unsere Sensoren reichen bis zu etwa zweitausend Komma drei-fünf-sechs Kilometer über sie hinaus. Außerdem sind auch keine Händler, Schmuggler oder Spione in der Gegend gewesen. Diese Sektion der Neutralen Zone ist absolut leer.«

»Das bestätigt die Informationen von Commodore Yang«, sagte Kirk. »Lieutenant Uhura, bitten Sie Doktor McCoy und Mister Scott, sich mit uns im Lageraum Zwei zu treffen. Sie übernehmen das Kommando, Mister Spock. Chekov. Sulu.«

Uhuras Stimme tönte über das Intercom: »Mister Scott und Doktor McCoy: Der Captain erwartet sie in Lageraum Zwei.«

Kirk trat zur Tür des Turbolifts, seine beiden Offiziere hinter ihm. Ruder-, Computer- und Navigationsstation waren sofort von anderen Offizieren übernommen worden.

»Sie glauben doch nicht, daß sie uns angreifen werden, oder?« wandte Chekov sich an Kirk.

»Deck drei«, sagte Kirk und blickte den Navigator scharf an. »Das wissen wir nicht, Fähnrich. Und das ist das Problem: Wir wissen es nicht.«

Sie traten in den Lageraum, kurz nachdem der Bordarzt und der Chef-Ingenieur, Dr. Leonard McCoy und Lieutenant-Commander Montgomery Scott, dort eingetroffen waren.

»Gentlemen«, begrüßte sie der Captain, als sie sich setzten. »Wie Sie wissen, hat die *Enterprise* Befehl, entlang der Neutralen Zone zu patrouillieren. Was Sie nicht wissen: daß die Föderation Grund zu der Annahme zu haben glaubt, daß zur Zeit ein gewaltiger Umsturz innerhalb des

Romulanischen Imperiums stattfindet. Alle während der letzten Monate eingegangenen Berichte deuten darauf hin, daß die Romulaner sich völlig isoliert haben. Wir haben den Auftrag, in diesem Gebiet zu patrouillieren und bei allen Händlern und anderen in unseren Bereich geratenen Schiffe Informationen einzuholen. Wir sind hier, um zu beobachten, sonst nichts. Doch will ich die Gefahr nicht verharmlosen. Wir tappen im dunkeln. Wir wissen nicht, was dort draußen los ist.«

»Hat auch Star Fleet Command keine Vorstellung davon?« fragte Chekov.

»Die offizielle Meinung scheint zu sein, daß die Romulaner ihre Kräfte sammeln, um die Föderation anzugreifen.«

Einen Augenblick herrschte Schweigen, und die Stille war so absolut, daß das Geräusch des Schiffsantriebs deutlich vernehmbar war. Es ließ an sein *Alter ego* als Kriegsschiff denken.

»Gibt es irgendwelche Beweise...«, begann Sulu.

»Nicht direkt. Lediglich Gerüchte. Das ist ja der Grund dafür, daß die *Enterprise* hergeschickt wurde, um der Sache nachzugehen.«

»Wir alle wissen, daß der Rat der Föderation zu Übertreibungen neigt«, sagte Scotty. »Wäre es nicht denkbar, daß er voreilige Schlüsse gezogen hat?«

»Ein aggressives Element ist dort vorhanden«, bemerkte Spock. »Ich würde sagen, daß die Faktionen der Falken und der Tauben etwa gleich stark sind. Die Romulaner haben zweifellos irgend etwas vor. Commodore Yang macht sich Sorgen, so sehr, daß er ausdrücklich die *Enterprise* für diesen Einsatz angefordert hat, weil wir mehr Erfahrung mit den Romulanern haben als alle anderen.«

»Jim, hältst du es wirklich für möglich, daß sie eine Art Offensive vorbereiten? Ich kann einfach nicht glauben, daß sie einen offenen Krieg riskieren.«

»Doktor, die Romulaner sind eine aggressive Kriegerrasse, und ihre eiserne Disziplin dient allein ihren militärischen Zwecken. Ihr einziges Ziel ist die Ausweitung des

Imperiums. Die kürzlich abgeschlossene Allianz mit den Klingonen mag ihnen den Anstoß gegeben haben, den sie brauchen, um die Föderation anzugreifen.«

Spocks Stimme war trocken, als er auf eine Wahrscheinlichkeit hinwies, die niemand von ihnen sehen wollte. Kirk runzelte die Stirn und schob die Unterlippe vor, als er sich konzentrierte.

»Ich denke, diese Möglichkeit ist es, die der Rat der Föderation fürchtet. Aber... ich habe irgendwie ein schlechtes Gefühl dabei.«

Er machte eine Pause, ganz auf seinen Gedankengang konzentriert.

»Wenn die Romulaner eine Offensive gegen die Föderation vorhätten, würden sie versuchen, uns völlig zu überraschen. Doch sie haben bereits unsere Neugier geweckt... und es scheint sie nicht zu kümmern. Und dann sind da noch die Klingonen. Die Romulaner scheinen sich auch von ihnen zurückgezogen zu haben. Sie mögen zwar Alliierte sein, doch traut der eine dem anderen nicht. Eine Offensive gegen die Föderation paßt einfach nicht ins Bild.«

»Sie würde den Klingonen einen gewaltigen Freiraum geben«, stimmte Spock zu.

»Man hat fast den Eindruck, als ob sie vor irgend etwas Angst hätten. Und dafür muß es einen Grund geben... Scotty, nach den uns vorliegenden Nachrichten haben die Romulaner seit einiger Zeit keinen Handel außerhalb des Imperiums mehr getrieben. Wie lange können sie ihre Flotte aus den vorhandenen Treibstoffreserven versorgen?«

»Nicht lange. Nicht länger als ein Sonnenjahr. Natürlich könnten die Klingonen Nachschub liefern – das würde die Lage wesentlich verändern.«

»Spock, schätzen Sie die Zeitspanne, in der das Romulanische Imperium ohne Kontakte nach außen bestehen kann.«

»Wenn sie keine Hilfe durch die Klingonen bekommen und bei sorgfältigster Rationierung von Treibstoff und anderen Versorgungsgütern... ungefähr zwei Komma drei-fünf Sonnenjahre. Sie sind kein reiches Volk«, setzte er hinzu.

»Und wenn sie sich nicht einschränken? Wenn sie zum Beispiel eine große Offensive vorbereiteten?«

»Dann hätten sie den unklügsten aller Kurse gewählt. Eine längere militärische Konfrontation können sie nicht durchhalten. Ihre einzige Hoffnung bestünde darin, die Föderation mit einem einzigen Schlag zu vernichten, und das dazu nötige Überraschungsmoment haben sie bereits verloren.«

»Richtig.«

»Also sieht es so aus, als ob es sich wahrscheinlich um innere Unruhen handelt«, sagte McCoy.

»Offensichtlich, Doktor. Und da die Möglichkeiten auf diesem Gebiet begrenzt sind...«

Das Intercom unterbrach Spocks Satz.

»Captain«, sagte Uhuras Stimme dringlich. »Romulanisches Schiff direkt vor uns – auf unserer Seite der Neutralen Zone!«

»Sieht aus, als ob die Romulaner uns gefunden hätten«, sagte McCoy trocken.

»Bin schon unterwegs«, antwortete Kirk. »Alarmstufe Rot!«

KAPITEL 3

Kirk erreichte die Brücke gerade rechtzeitig, um den goldenen romulanischen Raubvogel vom großen Bildschirm verschwinden zu sehen.

»Lage!« sagte er, als Spock, Chekov und Sulu zu ihren Stationen liefen.

»Der Romulaner tauchte direkt auf unserem Kurs auf«, meldete Uhura. »Er hat uns nicht bedroht, aber auch nicht auf unsere Versuche der Kontaktaufnahme reagiert. Das Schiff hielt seine Position direkt vor uns, und es verschwand soeben von unserem Bildschirm, Sir.«

»Sie haben ihr Tarnsystem aktiviert. Mister Chekov, errechnen Sie aus Position und Richtung des Schiffs seinen vermutlichen Kurs. Haben Sie etwas, Spock?«

»Nichts, Captain. Nach unseren Sensoren gibt es das romulanische Schiff überhaupt nicht. Das Kelley-Gerät hat noch keine Treibstoffrückstände feststellen können.«

»Geschätzter Kurs: vier-zwei-null Komma fünf. Phaser gerichtet und feuerbereit, Sir. Weitester Streuwinkel?«

»Nein… er hat noch nichts unternommen… außer zu verschwinden. Wir werden abwarten. Wenn er sich entfernt, können wir die Spur der Treibstoffrückstände aufnehmen und ihm folgen, und es könnte sein, daß er uns zu einigen Antworten führt. Lieutenant Uhura, informieren Sie Star Fleet Command, daß ein romulanisches Schiff auf der Föderationsseite der Neutralen Zone gesichtet wurde, daß es bisher keine feindseligen Aktionen unternommen hat und daß wir die Lage weiter beobachten.«

»Jawohl, Sir.«

Uhuras feingliedrige braune Finger flogen über die Tastatur der Kommunikations-Konsole, angetrieben von der Dringlichkeit der Nachricht.

S'Talon stand auf der Brücke seines Schiffs. Obwohl das Tarnsystem eingeschaltet war, hatte er nach wie vor vollen

Sichtkontakt mit dem Föderations-Schiff. Es trieb im Raum, und seine Maschinen-Pylone wirkten wie riesige ausgebreitete Schwingen. Ein großer Teil seiner Energie war dort konzentriert. Die Zerstörung eines von ihnen würde das Schiff sofort kampfunfähig machen – nachdem seine Schutzabschirmungen zerstört worden waren. Wenn es sich als notwendig erweisen sollte, würden sie seine Ziele sein.

»Commander.«

»Ja, Argelian.«

»Ich habe es identifiziert, Commander. Es ist die *Enterprise.*«

»Kirk?«

Argelian nickte.

S'Talon konnte nicht verhindern, daß seine Augen strahlten. Kirk! Oh, mit diesem Mann kämpfen zu können! Kirk zu besiegen... das wäre ein militärischer Triumph, der selbst den blasiertesten Offizier erregte. Seine Fantasien fanden ein jähes Ende, als er sich seinen Auftrag in die Erinnerung zurückrief. Kirk würde sich nicht leicht hinters Licht führen lassen. Seine Reaktionen waren nicht immer voraussehbar... er war bekannt dafür, gelegentlich sogar gegen die Politik der Föderation zu verstoßen. S'Talon erkannte, daß seine Aufgabe noch schwieriger sein würde, als er angenommen hatte.

»Argelian, Sie werden die *Enterprise* im Auge behalten, und zwar sehr genau. Ich glaube nicht, daß Kirk uns angreifen wird, aber er scheint ein besonderes Talent dafür zu haben, das Unerwartete zu tun. Melden Sie mir sofort jede Veränderung, alles Ungewöhnliche.«

»Ja, Commander.«

»Commander, die *Enterprise* versucht, Kontakt mit uns aufzunehmen«, meldete der Kommunikations-Offizier der *Raptor.*

»Keine Antwort.« S'Talon überlegte einen Moment und setzte dann hinzu: »Können Sie ihren Funkverkehr abhören, ohne unsere Tarnung zu beeinträchtigen, S'Teer?«

S'Teer adjustierte seine Geräte, wobei er das empfindliche Energie-Gleichgewicht aufrechterhielt, durch welches das Schiff unsichtbar wurde. Er nickte kurz.

»Ich glaube ja«, antwortete er.

Er legte den Kopf ein wenig schief, als er sich bemühte, die leisen Transmissionen abzuhören, welche durch die Abschirmung der *Raptor* drangen. S'Talon wußte, daß er ein Risiko einging, wenn er die Transmissionen der *Enterprise* abhören ließ, doch die Anwesenheit Kirks hatte ihn aus dem Gleichgewicht geworfen. Er wollte unbedingt wissen, was der Kommandant der *Enterprise* vorhatte.

»Sie wollen wissen, was wir hier tun«, sagte S'Teer. »Sie wollen wissen, warum wir die Neutrale Zone verletzt haben, und verlangen, daß wir den Raum der Föderation sofort verlassen.«

»Sie haben die Herausforderung angenommen«, murmelte S'Talon.

»Jetzt fragen sie an, ob wir havariert sind. Sie drängen auf Antwort und sagen, wenn wir unbeabsichtigt in den Raum der Föderation eingedrungen seien, brauchten wir keine Gegenmaßnahmen zu befürchten. Die Nachricht endet mit einem Ultimatum: Wenn wir nicht sofort diesen Raum verlassen, sehen sie sich gezwungen, unsere Anwesenheit als eine Kriegshandlung zu werten, falls wir sie nicht überzeugen, daß wir manövrierunfähig sind.«

»Danke, S'Teer.«

»Feigling!« schnaubte Argelian. »Ein Schiff des Imperiums in der gleichen Situation würde keine Zeit mit sinnlosem Geschwätz verschwenden. Es schösse den Eindringling sofort in Trümmer.«

»Sie unterschätzen sie, Argelian – und besonders diesen. Muß ich Sie daran erinnern, daß er uns zweimal besiegt hat?«

Argelian schwieg, doch sein Gesicht blieb finster. Argelians Reaktion war symptomatisch für die wachsende Unruhe unter der Besatzung. Die meisten von ihnen waren jung, und dieses Katz-und-Maus-Spiel, das S'Talon spielte, zerrte an ihren Nerven. Sie verlangten nach Kampf und Beute. Er konnte ihnen keine Vorwürfe machen. Es lag wenig Ruhm in dem, was sie hier versuchten. Und selbst wenn sie erfolgreich sein sollten, würde nur der Praetor davon wissen, und der würde sich nicht dankbar zeigen. S'Talon machte sich keine Illusionen über seinen Oberkommandierenden. Er wußte, daß der Praetor jeden Sieg für sich beanspruchen und solche, die es besser wußten, in die hinterste Ecke des Raums abschieben würde – wenn sie Glück hatten.

»Wir werden warten, Argelian. Dadurch können wir Kirk vielleicht glauben machen, daß wir wirklich havariert sind. Das wäre ein Überraschungsmoment, das wir uns nicht entgehen lassen dürfen.«

»Wir werden bald nicht mehr genug Energie haben, um die Tarnung aufrechtzuerhalten.«

»Trotzdem – wir werden warten.«

Die Crew der *Enterprise* wartete ebenfalls. Die Minuten vergingen, und jede von ihnen verstärkte die Belastung des Nichtwissens. Kirks Finger trommelten lautlos auf die gepolsterte Armlehne seines Sessels. Uhura kaute auf ihrem Schreibstift. Schließlich brach die Stimme des Captains die gespannte Stille.

»Spock?«

Spock runzelte die Stirn und regelte die Einstellung seiner Konsole.

»Einen Augenblick, Captain.«

Er blickte auf den Computer-Bildschirm und regelte die Einstellung erneut. Die Furchen auf seiner Stirn vertieften sich.

»Spock?« Kirks Stimme klang ungeduldig.

»Die Sensoren können in der unmittelbaren Umgebung keine Treibstoffrückstände feststellen, außer unseren eigenen.«

»Dann hat er sich nicht gerührt. Dann sitzt er noch dort vor uns.«

Kirk lehnte sich in seinen Sessel zurück und starrte in den Raum.

»Ist er ein Geier oder ein Lockvogel?« murmelte er im Selbstgespräch. Die Sterne gaben ihm keine Antwort auf die Frage, und die Stille dehnte sich.

»Ruder: Gehen Sie auf Gegenkurs. Wir wollen mal versuchen, ob wir ihn dazu bringen können, uns nachzukommen.«

»Jawohl, Sir«, antwortete Sulu.

»Warp-Faktor eins«, sagte Kirk, als die *Enterprise* sich von dem romulanischen Schiff fortbewegte.

»Sie laufen weg, Commander! Wie Wild vor dem Rudel fliehen sie vor den Krallen des Todes!«

»Ihr Jubel ist voreilig, Argelian. Sie vergessen, daß dies die *Enterprise* ist. Kirk flieht nicht... dafür haben wir mehr als ausreichende Beweise. Nein, er will, daß wir ihn verfolgen. Wir werden bleiben und auf seine Rückkehr warten.«

»Soll ich das Tarnsystem ausschalten? Es hat schon soviel Energie verbraucht...«

»Nein. Wir bleiben unsichtbar. Er will, daß wir uns verraten, aber den Augenblick unserer Konfrontation werde ich bestimmen.«

»Ja, Commander.« Argelians Stimme troff vor Gift. »Darf ich fragen, welche Rechtfertigung Sie zu benutzen gedenken, wenn man Sie fragt, warum Sie das feindliche Schiff nicht verfolgt haben?«

»Nein, das dürfen Sie nicht.«

S'Talons Schultern hoben sich, doch nahm er nicht für eine Sekunde den Blick von der *Enterprise*.

»Ihre Pflicht, Lieutenant, ist es zu gehorchen.«

»Meine Pflicht, Commander, gilt nur dem Imperium gegenüber.«

»Dem Imperium können Sie am besten dienen, indem Sie mir gehorchen. Das ist alles, Lieutenant. Sie haben Glück, daß ich diese Diskussion toleriere. Fahren Sie fort, das fremde Schiff zu beobachten.«

»Verstanden, Commander.«

Die mürrische Stimme des Lieutenants ergänzte den Ausdruck von Rebellion in den dunklen Augen. S'Talon spürte die Wut der Crew wie eine zum Brecher anschwellende Welle. Obwohl er wußte, daß die meisten von ihnen Argelians Gefühle teilten, durfte er ihnen nicht die Natur dieses Einsatzes preisgeben. Mochten sie ihn ruhig für verrückt halten. Dann käme, falls sie durch irgendeinen Unglücksfall in Gefangenschaft gerieten, die Föderation vielleicht zu der Annahme, daß der ganze Zwischenfall ein Irrtum war, der wilde Alleingang eines Irren. Er lächelte. Die Ironie seiner Position war genauso amüsant wie gefährlich. Die Föderation würde alles tun, um einen Krieg zu vermeiden. Das wußte er. Mit einigem Glück würde seine Crew als die unglücklichen Opfer eines Irren betrachtet werden, und sie würden nichts verraten, weil sie nichts wußten. Sehr zufriedenstellend.

Halb verborgen hinter der Kommunikations-Konsole, hatte Livius den Wortwechsel zwischen dem Commander und dem Navigator verfolgt. Er saß lässig in seinen Sessel zurückgelehnt an der Konsole und spielte an ihren Einstellknöpfen herum. Die wachsende Wut auf S'Talon war echt, doch künstlich geschürt. Ein kleiner Anstoß hier und dort konnte Wunder wirken, um die Autorität zu untergraben, und er war ein Könner bei der Anwendung dieser Technik. Sein tückisches Auge blickte den Commander an; er lächelte und wandte sich dann wieder seiner Arbeit zu.

»Kleines Wiesel«, murmelte S'Talon unhörbar. Er war sich völlig klar darüber, daß der Neffe des Praetors als Spion an Bord der *Raptor* war, daß jedes hier gesprochene Wort für den alten Drachen aufgezeichnet wurde. Dieses Wissen ärgerte ihn. Nicht für einen Augenblick ließ der Praetor seine eigenen Interessen aus dem Auge. Selbst jetzt, da die Existenz des Imperiums auf dem Spiel stand, spielte er noch Katz und Maus.

»Commander!«

Die Stimme seiner Centurion riß ihn aus seinen Gedanken. Er blickte auf den Bildschirm und mußte ein Lächeln unterdrücken. In seinen Augen glänzte Triumph.

»Die *Enterprise* kommt zurück.«

»Danke, Centurion. Wie vorausgesagt.«

Spock saß über die Sensoren gebeugt. Seine schlanken Finger veränderten immer wieder die Einstellung. Die Werte waren brauchbar, doch schwankend, als würde in unregelmäßigen Abständen Energie abgezapft. Er konnte jedoch nirgends einen Kurzschluß oder eine mechanische Panne entdecken. Der Bildschirm warf ihm sein blaues Licht auf das Gesicht, und er blinzelte wegen des Flimmerns.

»Noch kein Anzeichen von Verfolgung, Mister Sulu?«

In Kirks Stimme klang Hoffnung auf.

»Nein, Sir. Falls er uns folgen sollte, verwendet er noch immer das Tarnsystem.«

»Spock?«

»Er folgt uns nicht. Wir haben jetzt hinreichenden Abstand, so daß die Sensoren Spuren von Treibstoff registrieren müßten. Doch es scheinen keine da zu sein.«

»Scheinen?« fragte Kirk überrascht. Spock drückte sich normalerweise nicht so vage aus.

»Die Anzeigen schwanken. Ich kann mir ihrer Angaben nicht sicher sein. Doch besteht eine Wahrscheinlichkeit von achtundneunzig Komma drei-sieben Prozent, daß sie richtig sind.«

»Schwanken? Was ist denn mit den Geräten los?«

»Unbekannt, Captain. Die Schwierigkeit scheint an einer Unterbrechung der Energieversorgung zu liegen, doch habe ich ihre Ursache noch nicht feststellen können. Im Augenblick ist es lediglich störend, sollte jedoch bei der ersten Gelegenheit korrigiert werden.«

»Gut, Spock. Kümmern Sie sich darum.«

Kirk lehnte sich in seinem Sessel zurück. Seine Augen verengten sich.

»Gehen Sie auf den vorherigen Kurs zurück. Warp Faktor eins.«

»Kurs festgelegt und eingegeben, Sir«, meldete Chekov.

Das Schiff begann sich langsam zu drehen. Kirk legte den Kopf zurück, und seine Gedanken rasten dem Schiff voraus. Warum war ein einziges romulanisches Schiff in den Raum der Föderation eingedrungen? War es manövrierunfähig, so daß es nicht angreifen konnte? Er fragte sich zum hundertsten Mal, warum es so unmöglich war, in Frieden zu leben, warum er dieses Spiel des Kriegs sogar genießen konnte. Der Konflikt, das Messen der Intelligenz, die Erregung... es war so leicht, die Tatsache zu verdrängen, daß dabei Leben auf dem Spiel stand, und einfach das Spiel zu spielen, wie es ein kleiner Junge mit einem Spielzeug-Raumschiff tat. Es war unanständig – und leicht. Macht vibrierte ihm unter den Fingern. Das Schiff war ein Arsenal, das sekundenschnell ganze Zivilisationen vernichten konnte. Kein Mensch sollte andere Menschen beherrschen, und doch war das Befehlen sein Beruf – und so leicht zu mißbrauchen. Wenn doch nur aller Kampf, alle Gefahren und alle Macht in einen nützlichen, zumindest aber harmlosen Zeitvertreib verwandelt werden könnten! Wenn die Menschen vielleicht von der Wiege an gelehrt würden, Schach zu spielen... doch dann würde das Spiel zur letzten Wirklichkeit werden.

»Captain.« Die Stimme des Ruder-Offiziers klang erregt.

»Ja, Mister Sulu.«

»Sir, ich habe Schwierigkeiten mit der Kurskontrolle. Das Schiff reagiert nicht richtig.«

»Erklären Sie.«

»Es ist... träge. Als ob es zweimal denken müßte, bevor es sich bewegt.«

Während Sulu sprach, hielt er den Blick auf die Konsole gerichtet, suchte nach irgendwelchen Spuren einer mechanischen Panne.

»Haben Sie eine Überprüfung der Instrumente durchgeführt?«

»Jawohl, Sir. Alles in Ordnung.«

»Was ist mit den Stromkreisen?«

»Da scheint auch nichts passiert zu sein.«

»Mister Sulu.« Spocks Stimme zeigte einen ahnungsvollen Unterton. »Versuchen Sie das elektrische Hilfssystem.«

Sulu wandte sich wieder seiner Konsole zu und drückte einen Test-Code ein. Keine Reaktion. Er versuchte es noch einmal.

»Überhaupt keine Reaktion, Mister Spock. Es ist, als ob das Hilfssystem abgetrennt worden wäre.«

»Ist das eine unmittelbare Gefahr für unsere Einsatzbereitschaft?«

Kirks Tonfall verlangte eine Erklärung von dem Wissenschafts-Offizier.

»Nicht unmittelbar. Aber es ist beunruhigend.«

»Captain!«

Chekovs Stimme ließ Kirk rechtzeitig genug aufblicken, um den romulanischen Raubvogel im Raum hängen zu sehen. Und während er ihn ansah, verblaßte er vom Bildschirm.

»Position?« rief er.

»Die gleiche wie zuvor, Sir«, antwortete Chekov.

»Ein Wachhund?« überlegte Kirk.

»Sir?«

»Vielleicht, Captain«, stimmte Spock ihm zu.

»Mister Sulu. Wenden Sie. Warp vier.«

Sulus Augenbrauen hoben sich, doch führte er den Befehl sofort aus. Während die *Enterprise* herumschwang, erschien das romulanische Schiff wieder und glitt direkt in ihren Kurs.

»Hart backbord!« sagte Kirk und umklammerte die Armlehnen seines Sessels, als das Schiff sich in Befolgung seines Befehls auf die Seite legte.

»Wirkungslos, Captain«, sagte Spock.

Kirk sah, wie das romulanische Schiff, wieder auf dem Kurs der *Enterprise*, vom Bildschirm verschwand.

»Wir werden warten«, sagte er. »Das Tarnsystem verbraucht eine Menge Energie. Er kann sich nicht auf ewig dahinter verstecken.«

»Sie greifen nicht an! Wir können sie erledigen, Commander!«

Argelians Hand lag auf den Bedienungsknöpfen der Waffen, die Finger tasteten nach dem Entsicherungsschalter.

»Nein!«

»Sie liegen unbeweglich, Commander – wie ein Schlammtier in seiner Suhle! Wir können sie abschießen! Ich habe die Koordinaten...«

»Nein!« sagte S'Talon scharf. »Sie unterschätzen sie. Sie werden uns mit in den Tod ziehen. Wir halten unsere Position.«

S'Talon wandte sich ab, weil er gelogen hatte. Kirk würde abwarten, weil er wußte, daß irgendwann ihr Treibstoff zu Ende wäre. Er würde auf diesen Zeitpunkt warten und dann zuschlagen. Es gab Berechtigung für Argelians Wut. Von seinem Standpunkt aus gesehen, mußte das Unternehmen wie ein militärischer Vorstoß in den Raum der Föderation wirken, ein Vorstoß, bei dem sein Kommandant sich zu kämpfen weigerte. Er mußte doppelt auf der Hut sein, damit es nicht zu einer Meuterei kam. Wenn die Crew sich gegen ihn wandte, war alles verloren, und man würde ihm nie die Wahrheit glauben. Dafür hatte der Praetor Sorge getragen. Auf den Opferaltar gesetzt wie ein vergoldeter Schafbock, konnte er auf keinen Fall gewinnen. Entweder würde er durch seine eigene Crew zum Verräter gebrandmarkt oder aber vom Feind vernichtet werden... wahrscheinlich sogar beides. Die Ironie seiner Situation ließ erneut ein finsteres Lächeln über das Gesicht des Romulaners ziehen.

Spock lehnte sich in seinem Sessel zurück, eine Hand leicht auf die Konsole des Bibliotheks-Computers gelegt, als wollte er den Kontakt mit diesem komplexen mechanischen Gerät halten. Sein eigener, erheblich höher entwickelter Verstand konzentrierte sich mit hartnäckiger Präzision auf die Symptome der Energie-Fluktuation, welche die *Enterprise* zeigte. Seine menschliche Hälfte kam sofort zu der Schlußfolgerung, daß der Funktionsfehler des Computers die Wurzel dieses Übels war. Doch die kalte Kalkulation seiner vulkanischen Logik verlangte unwiderlegbare Beweise dafür. Er hatte alle in Frage kommenden Verbindungen überprüft und keinen mechanischen Fehler entdeckt. Er würde also die weniger auf der Hand liegenden Möglichkeiten untersuchen müssen, um seine Hypothese zu überprüfen; doch vorher mußte er das Ausmaß des Energieausfalls feststellen. Wenn die Fehler an seiner Station und an der Sulus auftraten, konnte er mit hoher Wahrscheinlichkeit annehmen, daß andere Teile des Schiffs ebenfalls davon betroffen waren.

»Fähnrich Chekov.«

»Ja, Mister Spock?«

»Bitte veranlassen Sie eine genaue Überprüfung aller Hilfssysteme, sowohl der navigatorischen als auch der waffentechnischen. Achten Sie auf unerklärlichen Energieverlust oder Unregelmäßigkeiten.«

»Jawohl, Sir.«

»Lieutenant Uhura, Sie führen die gleiche Überprüfung bei den Kommunikationsgeräten durch.«

»Das habe ich bereits getan, Mister Spock. Das habe ich bereits getan. Da ist eine starke Schwankung in der Leistung meiner Geräte. In einer Sekunde ist alles in Ordnung, und in der nächsten sind die Kanäle voller statischer Geräusche. Ich habe versucht, die Ursache dafür zu finden, aber es gibt keine.«

Spock nahm die Nachricht mit seinem gewohnten ernsten Zynismus auf.

»Mister Scott?« fragte er.

»Die Maschinen sind in Ordnung, Mister Spock. Energiepegel normal, Reaktion gut. Seitdem dieser Computer verrückt spielt, habe ich sie alle zwei Stunden überprüft.«

»Mister Spock, mein elektrisches Hilfssystem reagiert nicht; doch abgesehen davon ist alles in Ordnung.«

Chekovs Stimme klang verwundert.

Spock schloß die Augen und dachte über die Meldungen nach.

»Captain.«

»Ja, Spock.«

»Was für eine Antwort hat der Computer Ihnen vorhin auf Ihre Frage gegeben?«

»Auf welche Frage?«

»Ihren Auftrag, alle Einzelheiten der Überholung aufzulisten, die an ihm auf Cygnet XIV vorgenommen wurde.«

»Oh, das!«

Der Widerwillen in Kirks Tonfall rief Spocks Interesse wach; doch wartete er, daß der Captain weitersprach.

»Alle Datenspeicher sind überholt und, wo nötig, nach Vorschrift von Star Fleet ergänzt worden. Dann sagte er, daß sein Name ›Gräfin‹ sei und daß ich, falls ich weitere Informationen wünsche, die Akte Eins-null-null-sechs A des Bibliotheks-Computers aktivieren solle.«

»Haben Sie das getan?«

»Es war keine Zeit dazu«, sagte der Captain. Der Tonfall, mit dem der Computer seinen Namen und die Aktennummer genannt hatte, war ausgesprochen mürrisch gewesen. Er hatte sich vor einer unnötigen Konfrontation mit ihm gescheut.

Spock drückte einen Knopf auf der Computer-Konsole und wurde von einer verschlafenen Stimme begrüßt.

»In Funktion«, sagte sie.

»Akte eins-null-null-sechs A«, sagte Spock.

»Sagen Sie das magische Wort«, schmeichelte der Computer.

Spock ballte unwillkürlich die Fäuste, doch antwortete er, ohne den Gesichtsausdruck zu verändern: »Bitte.«

Der Computer surrte und klickte, und dann antwortete er überlegen: »Die Information ist geheim. Tut mir leid.«

»Geheim auf wessen Anweisung?«

Spocks Stimme klang mühsam beherrscht.

»Diese Information steht nur James Kirk zur Verfügung, Captain, USS *Enterprise*.«

»Wenn Sie so gut wären, Captain.«

Kirk gab seinen Identitäts-Code in den Computer ein.

Der Computer gab ein sanftes, rhythmisches Geräusch von sich, das an das sanfte Branden von Wellen an einen sandigen Strand erinnerte. Seine Stimme schmolz förmlich dahin, als sie begann: »Ich bin geboren aus dem Sand des salzigen Meeres, der von den Wolken der mitternächtlichen Luft begattet wurde, aufgezogen von den Wellen...«

»Tut mir leid, Spock.«

»Im Gegenteil, Captain: Seine Antwort untermauert meine Hypothese.«

»... mein Leben kreist, wie das Universum, wirbelnd um die Achse seines inneren Kerns...«

»Das reicht!«

Der Schalter des Computers klickte. Aus irgendeinem Grund fühlte Kirk sich schuldig, als ob er ein kleines Kind ungerechtfertigt zurechtgewiesen hätte. »Ich habe Kayla von Aldebaran noch nie leiden können«, murmelte er.

»Eine bescheidene Dichterin, um es höflich zu sagen«, stimmte Spock ihm zu.

»Commander.«

Die Stimme der Centurion unterbrach das konzentrierte Denken des Romulaners, und S'Talon wandte sich nach ihr um.

»Ja, Centurion.«

»Darf ich Sie privat sprechen?«

S'Talons Überraschung war nicht zu verkennen, doch trat er in einen Alkoven und zog sie mit sich.

»Sie können offen sprechen, Centurion«, sagte er leise.

»Ja, Commander«, antwortete sie und wußte, daß sie über einem Computer-Generator standen, dessen Interferenz ihr Gespräch abschirmen würde. »Commander, Livius tut alles in seiner Macht Stehende, um eine Meuterei gegen Sie anzuzetteln. Ich glaube nicht, daß dies auf Befehl des Praetors geschieht. Doch sein Erfolg, Unzufriedenheit zur Rebellion zu steigern, ist erheblich.«

»Er ist ein Floh, Centurion, nicht mehr.«

»Ein Floh ist ein kleiner Parasit; doch kann er die Kraft des größten Tiers so schwächen, daß es der geringsten Krankheit zum Opfer fällt. Unterschätzen Sie ihn nicht. Seine Familienbande zum Herrscherhaus schaffen ihm wichtige Verbindungen.«

»Ich bin mir der Situation durchaus bewußt und werde Livius' Intrigenspiel nicht übergehen. Keine Angst, Centurion, zumindest hier kann er mich nicht schlagen.«

S'Talon wandte seine Aufmerksamkeit der *Enterprise* zu, die in einem Meer aus Sternen schwebte. Die Centurion folgte seinem Blick.

»Ich habe ihm noch nie im Kampf gegenübergestanden, aber Kirk ist beim Oberkommando etwas wie eine Legende geworden. Er und sein vulkanischer Erster Offizier haben das Imperium mehr als einmal geschlagen. Unsere Aufgabe steht fest.«

Livius beobachtete S'Talon und die Centurion, verärgert darüber, daß er ihr Gespräch nicht mithören konnte. Die Centurion war vielleicht seiner wert, überlegte er. Wenn S'Talon beseitigt war, würde er Mittel und Wege finden, sie davon zu überzeugen, daß das Leben als Konkubine eines Adeligen durchaus seine Reize hatte. Sein Blick glitt über die sanften Rundungen ihres Körpers, die durch die Uniform betont wurden. Sollte sie ihrer Vorliebe für diesen alten Fuchs ruhig noch eine Weile nachhängen – lange würde sie es ohnehin nicht mehr können. Seine Finger streichelten erwartungsvoll die Knöpfe der Konsole.

KAPITEL 4

»Commodore, ein dringender Anruf für Sie – über den Scrambler.«

»Danke, Fähnrich.«

Yang beugte sich vor. Seit seinem Gespräch mit Kirk war eine böse Vorahnung in ihm ständig gewachsen. Sie war nicht von den Gerüchten ausgelöst worden, die so leicht von Mund zu Mund gehen – an die war er gewöhnt –, sondern durch ein absolut unlogisches Gefühl von unausweichlicher Gefahr. Er hatte es zu verdrängen versucht, sich bemüht, dagegen zu argumentieren, eine Erklärung zu finden, vergeblich. Dieser Anruf kam unerwartet, doch überraschte er ihn nicht. Er war das zweite Glied in einer Entwicklung, die er nicht verhindern und auch nicht ändern konnte.

»Commodore.«

Der Bildschirm wurde hell, und Yang erkannte Admiral Iota vom Verteidigungsrat der Föderation, Leiter der Spezialsektion für Feindaufklärung. Das silberne Haar und der kurzgeschnittene Schnurrbart des Admirals betonten die klassischen Linien seines Gesichts.

»Sir.«

»Commodore. Ich muß Sie um einen vollständigen Bericht über Ihre Kommunikation mit Kirk und der *Enterprise* bitten. Wir haben die Nachricht erhalten, daß sie auf unserer Seite der Neutralen Zone auf ein einzelnes romulanisches Schiff gestoßen sind. Das ist eine klare Verletzung des Vertrags zwischen dem Romulanischen Imperium und der Föderation. Soweit wir es wissen, hat der Romulaner keine weiteren aggressiven Aktionen unternommen, aber wir haben den Kontakt mit der *Enterprise* verloren. Die Subraum-Kanäle sind tot. Und unser... Monitor... funktioniert nicht mehr. Wir brauchen die Details Ihres Gesprächs mit Kirk.«

»Selbstverständlich, Admiral.«

Yang lächelte innerlich. Iota hatte damit zugegeben, daß er einen Spion an Bord der *Enterprise* hatte, einen menschlichen oder mechanischen. Kirk würde das gar nicht gefallen.

»Captain Kirk und seine Crew sind eine Woche lang hier auf Landurlaub gewesen. Außerdem wurde ihr Haupt-Computer überholt. Es hat den Anschein, daß ein paar Programmierungstechniker ihm eine weibliche Persönlichkeit einprogrammiert haben, was der Captain als überaus störend empfindet...«

»Ja, ja, das wissen wir alles.«

»Nun, als Kirk erfuhr, daß unser Computertechniker krank war, erbat er eine Werftliegezeit für die *Enterprise*. Wegen der romulanischen Situation habe ich ihn jedoch auf Patrouille hinausgeschickt, mit der ausdrücklichen Anweisung, die Neutrale Zone zu überwachen.«

»Das ist alles?«

»Ja, Sir.«

»Sie haben seitdem keine Verbindung mit ihm gehabt?«

»Nein.«

»Sie haben ihm keine besonderen Instruktionen gegeben?«

»Wie könnte ich das, Admiral? Ich weiß doch selbst nicht, was passiert. Wissen Sie es?«

»Vielleicht. Als der romulanischen Neutralen Zone nächstgelegene Starbase sollten Sie mit der Situation vertraut sein. Wir haben Grund zu der Annahme, daß die Romulaner eine große Offensive vorbereiten. Die meisten von uns sind davon überzeugt, daß die Föderation ihr Hauptziel ist. Wir stellen eine Flotte als Eingreif-Reserve auf, eine Spezialeinheit, deren Aufgabe es sein soll, einen solchen Angriff aufzufangen. Offengestanden wollten wir, daß Kirk sie führt. Daß wir so nahe beim romulanischen Territorium den Kontakt mit ihm verloren haben, macht mich sehr mißtrauisch. Wäre ich pessimistisch, würde ich sagen, daß die *Enterprise* verloren ist.«

»Sir, gibt es irgendeine zuverlässige Möglichkeit, die Wahrscheinlichkeit eines solchen Angriffs festzustellen?«

»Genau wie Sie haben auch wir nichts aus dem Romulanischen Imperium gehört. Doch wenn wir nicht das Schlimmste befürchten, machen wir uns äußerst verwundbar und setzen uns einem galaktischen Pearl Harbor aus. Von jetzt an stehen Sie und Ihr Stab in Alarmbereitschaft. Aber achten Sie darauf, daß dies bei der normalen Funktion der Station nicht bemerkbar ist. Wir wollen Außenstehenden gegenüber keinen Verdacht erwecken.«

»Verstanden, Sir.«

»Melden Sie jede Unterbrechung der Routine und jedes verdächtige Verhalten direkt an mich.«

»Jawohl, Sir.«

Yang ließ sich in seinen Sessel zurücksinken, tief in Gedanken. Also. Sein Instinkt war unheimlich richtig gewesen. Starbase Acht war die gefährdetste aller Außenstationen der Föderation. Wenn die Romulaner sie zerstörten, bevor ein Notruf gesendet würde – und mit ihrem Tarnsystem mochte ihnen das gelingen –, könnten sie bis ins Vorfeld der Föderation vordringen, bevor man sie entdeckte. Ohne die *Enterprise* bestand kaum Hoffnung, daß er rechtzeitig gewarnt wurde. Iota schien zu glauben, daß Kirk und seine Leute verloren waren. Doch man durfte Kirk nicht unterschätzen, und er brauchte schon mehr als einen bloßen Verdacht des Verteidigungsrates, um ihn abzuschreiben. Außerdem konnte Kirk auch den mechanischen Monitor entdeckt und ihn abgeschaltet haben. Yang seufzte und griff nach einer Star Fleet-Dienstanweisung mit dem Titel ›Notfallsituationen‹. Es war immer gut, vorbereitet zu sein.

Admiral Iota schaltete die Subraum-Kanal-Verbindung aus, über die er mit Commodore Yang gesprochen hatte. Er sprang auf und begann, von nervöser Energie getrieben, auf und ab zu gehen. So sehr Yang sich auch bemüht hatte, die Situation zu verschleiern, stand doch fest, daß er nichts von Kirk gehört hatte. Die *Enterprise* war verloren.

Jeder Romulaner, der über die Neutrale Zone hinaus vorstieß, erklärte den Krieg. Diese Tatsache stand so fest wie die Bahnen der Gestirne. Das Romulanische Imperium war ein Räuber, furchtlos und erbarmungslos in seiner Gier nach Macht. Er hatte gesehen, wie sie wie beutehungrige Habichte durch die Galaxis geflogen waren, ständig auf der Suche nach den Verwundeten, den Schwachen, den Hilflosen. Wenn die Föderation den Angriff auf Kirk nicht mit aller Schärfe erwiderte, würde die Klaue des Habichts sie niederwerfen. Seine Schritte wurden kleiner, rascher.

Nicht einer der anderen war besser qualifiziert als er, die derzeitige Krise richtig zu beurteilen. Während der Hälfte seiner Dienstzeit bei Star Fleet war er der anerkannte Experte für das Romulanische Imperium gewesen. Er hatte jede noch so kleine fragmentarische Information studiert, aus den winzigsten Bestandteilen den Körper romulanischer Wesensart, Gedanken und politischer Organisation zusammengefügt. Wie ein Paläontologe aus unzusammenhängenden Fragmenten mühevoll eine untergegangene Kultur rekonstruiert, so hatte er sich abgemüht, die Romulaner zu verstehen, um die Föderation besser gegen sie verteidigen zu können. Als bekannt wurde, daß die Romulaner eine entfernte Verwandtschaft zu den in der Föderation hochgeschätzten Vulkaniern aufwiesen, wurde seine Überzeugung, daß eine starke Verteidigung für den Fall eines Angriffs geschaffen werden mußte, noch verstärkt. Ein undisziplinierter Vulkanier war eine furchterregende Vorstellung, und genau das waren die Romulaner mit ihrer physischen Kraft und einer Lebenserwartung, die denen der Menschen überlegen war. Im Lauf der Jahre war es ihm gelungen, ein Spionagenetz aufzubauen, mit dessen Hilfe ihm auch die kleinste Bewegung des Imperiums bekannt geworden war. Jetzt war dieses Netz zerrissen. Ihm blieb keine andere Wahl, als mit dem Schlimmsten zu rechnen.

Iota wußte, daß er recht hatte, spürte es in der Tiefe seiner Seele; doch wußte er auch, daß der Verteidigungsrat nicht die sofortigen harten Maßnahmen billigen würde, die er für richtig hielt. Nicht, daß es dort keine Mitglieder gab, die seine Ansichten teilten. Hätte er genügend Zeit gehabt, hätte er eine ziemliche Machtkoalition aufbauen können. Aber er hatte diese Zeit nicht. Er konnte sich nicht mit den flatternden Tauben herumstreiten, während die Föderation auseinanderfiel. Er mußte einen direkteren Weg wählen.

Der Gedanke kam wie eine Offenbarung, eröffnete ihm Möglichkeiten, denen er sich beinahe nicht zu stellen traute. Um sie anwenden zu können, brauchte er Befehlsgewalt. Er blieb in der Mitte des Raums stehen, wog Methoden und Vorgehen gegeneinander ab und war überrascht, als die Tür seines Büros geöffnet wurde.

Eine kleine rundliche Frau trat herein und sagte: »Sie brauchen mich, Sir?«

»Ja, Birdie, ich brauche Sie.«

Die fast unheimliche Fähigkeit seiner Sekretärin, immer zu wissen, wann sie gebraucht wurde, verwirrte ihn erneut. Er war für Ordnung und Organisation, und vor allem war er für Erklärungen. Ihr magisches Auftauchen gab ihm immer das Gefühl, in einem Märchen gefangen zu sein, wo das Unerklärliche alltäglich war.

»Ich will eine Konferenz mit allen Sektionschefs, sobald wie möglich. Dann setzen Sie eine Sitzung des Verteidigungsrates an und informieren alle seine Mitglieder, daß wir zusammenkommen, um über die angesichts der romulanischen Krise zu ergreifenden Maßnahmen zu beraten. Und vorher, Birdie, geben Sie mir die vertraulichen Personalakten aller derzeitigen Starship-Kommandanten.«

Birdie nickte und huschte hinaus. Iotas Anweisungen arrangierten sich in ihrem Gehirn wie sauber geordnete Karteikarten.

Der Admiral blickte ihr nach und trat an einen großen Tisch mit glänzender Glasplatte. Er drückte ein paar Knöpfe am Rand des Tisches, und auf ihm erschien der gesamte romulanische Sektor des Raums, mit der Neutralen Zone und den Außenstationen der Föderation. Er stützte beide Hände auf die Tischplatte und starrte auf die Karte, als sei sie ein giganisches Ouija-Brett*, das in seinen Tiefen die Zukunft verborgen hielt. Er lokalisierte Kirks letzten bekannten Standort. Das war der einzige Anhaltspunkt für die Position der romulanischen Flotte, den er hatte. Wenn sie hier die Neutrale Zone durchstoßen würden... Er stellte einige Schiffsmodelle auf den Tisch und arrangierte sie in der Schlachtordnung eines Krieges, den es noch gar nicht gab.

»Mister Spock?«

Die Dringlichkeit in Uhuras Stimme verlangte seine Aufmerksamkeit.

»Ich kann keine Verbindung mit Star Fleet Command bekommen. Das ganze Kommunikationsnetz ist gestört. Sämtliche hinausgehenden Transmissionen sind blockiert, und alles, was hereinkommt, ist unverständlicher Salat; aber die Stromkreise sind völlig in Ordnung.«

»Captain...«

»Ich habe verstanden. Ihre Meinung, Mister Spock?«

»Vielleicht stören die Romulaner unsere Kommunikationen, Captain. Aber um ein ganzes System derartig massiv zu stören, würden sie mehr Energie benötigen, als ihnen zur Verfügung steht, wenn sie ihr Tarnsystem in Betrieb haben.«

»Sie könnten etwas entwickelt haben, irgendein neues Gerät...«

»Möglich, Captain, ich werde das nachprüfen.«

Spock wandte sich wieder seiner Computer-Konsole zu. »Computer«, sagte er.

Lichter blinkten träge auf, doch es kam keine Antwort.

»Computer«, wiederholte Spock, schärfer.

»In Funktion«, sagte eine gelangweilte Frauenstimme.

»Überprüfung folgender Hypothese: Könnten die Romulaner bei ihrem bekannten technologischen Stand eine Kommunikationsstörung des Umfangs durchführen, wie

* Spiritistisches Hilfsmittel, häufiger *planchette* genannt (A. d. Ü.).

wir sie jetzt erleben, und trotzdem das Tarnsystem in Funktion halten?«

Es trat eine längere Pause ein, dann begannen die Lichter der Konsole träge zu blinken.

»In Funktion«, wiederholte eine gelangweilte Stimme.

Die Muskeln in Spocks Wangen spannten sich, als er die im Zeitlupentempo erfolgende Antwort auf seine Frage ablaufen sah.

»Ja«, antwortete die Stimme schließlich. »Derzeitiger Stand der romulanischen Technologie ausreichend, um unsere Kommunikationen lahmzulegen. Mit Zusatztreibstoff wäre man auch in der Lage, die elektronische Tarnung aufrechtzuerhalten.«

»Computer: Tun sie es jetzt?«

»Derzeitige Sensorwerte zeigen keine Aktivität in dem Sektor, in welchem das romulanische Schiff zuvor gesichtet wurde.«

Die Computer-Lampe erlosch, und Spock preßte vor Verärgerung die Lippen zusammen.

»Computer!«

Eine Lampe flackerte widerwillig auf, und Spock fuhr fort: »Könnte eine solche Aktivität verborgen werden?«

»Diese Möglichkeit besteht«, kam die träge Antwort.

»Die Romulaner blockieren unsere Kommunikationen, um uns zu isolieren... aber warum? Sie haben nicht angegriffen... noch nicht. Falls sie nicht eine ausgewachsene Invasion vorhaben...«

»... und dies Schiff ihre Speerspitze ist. Eine Möglichkeit, Captain.«

»Wir müssen irgendwie durchkommen. Lieutenant Uhura, schicken Sie eine Kommunikations-Drohne* aus. Informieren Sie Star Fleet über unsere derzeitige Lage.«

»Jawohl, Captain.«

Uhura wandte sich ihrer Kommunikations-Konsole zu

* Milit.: unbemannter Flugkörper, zumeist für Nahaufklärung eingesetzt (A. d. Ü.)

und programmierte das Manöver. Sie drückte auf den Knopf, der die Kapsel abfeuerte, doch er klemmte. Sie versuchte mit allen Tricks, die sie kannte, den Knopf freizubekommen, schlug schließlich sogar mit der Faust auf die Konsole, doch selbst das nützte nichts.

»Captain, der Abfeuerungsknopf klemmt!«

»Scotty...«, sagte Kirk verzweifelt. Zu vieles ging jetzt schief. Der Computer, das Auftauchen des Romulaners, und jetzt eine mechanische Panne... alle seine Instinkte warnten ihn vor einer bevorstehenden Katastrophe. Er blickte zu seinem Chef-Ingenieur hinüber, der an Uhuras Konsole zu hantieren begann, ganz auf das Problem konzentriert.

»Captain.«

»Ja, Spock«, antwortete Kirk, den Blick noch immer auf die Kommunikations-Konsole gerichtet.

»Es gäbe da noch eine andere Möglichkeit.«

Kirks Aufmerksamkeit war erregt, und er blickte seinen Ersten Offizier erwartungsvoll an.

»Das Problem könnte intern sein. Die Fehlfunktion des Computers nimmt zu. Seine Reaktionen sind träge. Bei einem Angriff könnte das tödlich sein. Es ist, als ob der Computer seine ganze Aufmerksamkeit auf ein einziges Problem konzentrierte und alles andere ausschlösse.«

»Sie haben nur etwas gegen die Dame. Okay, Spock, finden Sie mir ein paar Antworten.«

»Ich will es versuchen, Captain.«

Kirk beugte sich vor und starrte auf den leeren Bildschirm, um den Romulaner durch seinen Willen zum Auftauchen zu zwingen. McCoy, der hinter Kirks Sessel stand, sah die eiserne Konzentration. Er bemerkte die angespannten Muskeln in Kirks breitem Rücken und verzog das Gesicht. Er konnte sehen, wie sich ein Kopfschmerz entwikkelte.

»Ich komme, ich komme!«

Das wütende Rasseln seiner Türklingel zerrte an Tiercellus' Nerven. Er konnte sich nicht mehr schnell bewegen, und als er die Tür erreichte, war er ziemlich wütend. Er schlug die Schloßverriegelung mit der Faust zurück.

»Ja, was wollen Sie?« fuhr er einen Lieutenant der imperialen Garde an. Der Mann war von Tiercellus' Erregung überrascht, verneigte sich aber trotzdem mit übertriebener Höflichkeit, die seine Jugend verriet. Sehr bald, dachte Tiercellus mit innerer Verbitterung angesichts der Blindheit des Praetors, werden sie auch Kinder einziehen.

»Ich bitte um Verzeihung, Sir, aber ich bin beauftragt, Ihnen dies zu überbringen. Mit den Empfehlungen des Praetors.«

Tiercellus schnaubte verächtlich, als der junge Mann ihm einen dicken weißen Umschlag überreichte. Er verabschiedete ihn mit einem zerstreuten Gruß, den Blick auf das rote Wachssiegel gerichtet, welches das Wappen des Imperators zeigte. Seine Finger zitterten, als er das Siegel erbrach.

»Angesichts der herrschenden Notlage werden Ihre Dienste benötigt«, las er halblaut. »Sie werden sich zwecks Zuweisung einer Aufgabe beim Praetor melden. Zum Ruhme des Imperiums...«

Tiercellus' Stimme erstarb, als er die Unterschrift des Imperators erkannte, der ihn aus dem Ruhestand in den Dienst seines Landes zurückrief. Sein Herz weitete sich bei dem Gedanken an bevorstehende Schlachten. Er wollte nicht langsam, unbeachtet vergehen, und das Schicksal hatte ihm eine letzte Chance zum ruhmvollen Tod geboten.

Trotzdem war er von der Bedrohlichkeit der Lage erschüttert. Der Praetor haßte ihn zutiefst. Diese Reaktivierung war ein deutlicher Hinweis auf die Verzweiflung des Praetors, und Verzweiflung führte leicht zu Panik. Er hatte nichts zu verlieren und mochte deshalb beruhigenden Einfluß ausüben. Außerdem genoß er den Respekt des Militärs, was beim Praetor nicht der Fall war. Er war deshalb ein brauchbares Werkzeug zur Festigung eines Heers.

Doch selbst die Aussicht, lediglich als Galionsfigur zu dienen, konnte seine Erregung nicht dämpfen. Ein altes, längst erloschenes Feuer brannte ihm in den Augen.

S'Talon drehte sich auf seinem Schreibtischstuhl herum. Seine winzige, spartanisch eingerichtete Kabine wurde von einem sanften roten Glühen erleuchtet. Die einzige Dekoration in dem Raum war eine stromlinienförmige Skulptur des romulanischen T'Liss, desselben Raubvogels, dessen Bild die *Raptor* zierte. Aus schwarzem Holz geschnitzt und zu schimmernder Glätte poliert, gab sie die konzentrierte Kraft wieder, die S'Talon ausstrahlte. Seine Augen blickten die Statue fast liebevoll an.

»Mein Eid ist Gehorsam.«

Die Stimme der Centurion unterbrach seine Gedanken. Ein blinkendes Licht über der Tür informierte S'Talon, daß sie draußen wartete.

»Herein.«

»Sie wollen mich sprechen?«

»Ja.«

Das matte Gesicht verlieh ihrer Schönheit sanfte Züge.

»Bevor Sie anfangen, Commander, möchte ich protestieren.«

Falls S'Talon überrascht war, so ließ er sich das nicht anmerken.

»Diese Strategie, die Sie anwenden, spielt Livius direkt in die Hände! Er braucht Munition, um die Wut der Besatzung anzustacheln, und Sie geben sie ihm! Lassen Sie uns kämpfen, lassen Sie uns sterben, aber machen Sie Schluß mit dieser Untätigkeit!«

»Ihre Bedenken sind zur Kenntnis genommen, Centurion. Ich bin mir nicht im unklaren über die Gefahren meiner Position und die Risiken, die ich eingehe. Ich habe Ihnen doch gesagt, daß es Selbstmord ist.«

»Sie haben mir aber nicht gesagt, daß es Dummheit ist.«

»Ja, das ist es auch.«

Die Wut der Centurion ließ sie herumfahren.

»Ich hatte angenommen, daß Sie die Situation verstehen«, sagte S'Talon leise.

»Das tue ich auch. Nur zu gut. Aber ich kann nicht tatenlos zusehen, wenn Sie Ihr Kommando verlieren. Sie tot zu sehen, wäre nicht so schwer.«

Die Tiefe der Leidenschaft in S'Tarleyas Stimme überraschte S'Talon, und er notierte sie in seinem Gedächtnis, um später darüber nachzudenken.

»Noch habe ich das Kommando nicht verloren, und ich habe auch nicht die Absicht, S'Tarleya...«

Die Centurion zuckte zusammen, als sie ihren Namen hörte. S'Talon war nie vertraulich mit seinen Offizieren. Es mußte wirklich um einen sehr hohen Einsatz gehen.

»... und deshalb bitte ich Sie noch einmal, mir zu vertrauen. Ich weiß, was ich tue. Ich wollte, daß Sie so wenig wüßten wie die andere Crew«, murmelte er.

Sie fuhr so heftig herum, wie sie sich vorher abgewandt hatte, und blickte ihn an.

»Sie verlangen in einem Atemzug mein Vertrauen und zweifeln im nächsten meine Loyalität an!«

»Niemals! Deren Tiefe habe ich erkannt. Das Nichtwissen, das ich mir für Sie wünsche, ist ein Schild, den Sie nicht besitzen.«

S'Tarleyas verwirrter Blick zwang ein Lächeln auf S'Talons Gesicht.

»Lassen wir das. Ich wollte die Klarheit Ihrer Gedanken. Ich habe so lange über dieses Problem nachgedacht, daß ich zuviel sehe. Sagen Sie mir, Centurion, was Sie über Kirk wissen.«

»Was jeder weiß. Er ist brillant und gefährlich. Alles andere sind nur Gerüchte.«

»Es würde mich interessieren, diese Gerüchte zu hören.«

»Man sagt, daß seine Crew ihm fast fanatisch ergeben ist. Es wird behauptet, daß er schon sein Leben für seine Leute riskiert hat.«

S'Talon hob die Brauen.

»Wie ich bereits sagte, es sind nur Gerüchte.«

»Und der vulkanische Erste Offizier?«

»Man sagt, daß selbst er Kirk respektiert, sich seinem Urteil unterordnet.«

»Was sagen die Klingonen?«

»Ich glaube, sie mögen ihn. Von allen Offizieren von Star Fleet ist es Kirk, gegen den sie kämpfen möchten. Genau wie wir sehen sie in ihm einen ebenbürtigen Gegner. Vielleicht sehen wir beide eine Art Seelenverwandtschaft mit ihm – die Freude, sich mit anderen zu messen.«

S'Talon lächelte befriedigt.

»Centurion, Sie haben mir das gegeben, worum ich Sie bat. Der Schlüssel zu Kirk liegt in dem Kräftemessen. Wenn ich sein Interesse wachhalten kann, wird er sich auf mich konzentrieren. Er wird keine Zeit finden, sich um die Bewegungen der Flotte zu kümmern.«

Die Augen der Centurion weiteten sich.

»Wir sind ein Köder!«

»Nicht nur das. Wir sind auch ein Sicherheitsventil.«

»Ich wußte, daß dies Selbstmord ist, aber erst jetzt erkenne ich den Grund dafür. Und auch, warum Sie dazu ausgewählt wurden.«

»Mein Tod in hehrer Schlacht mit dem Feind würde dem Praetor eine große Freude sein. Doch fürchte ich, daß er nicht einmal diese Befriedigung haben wird.«

»Ich sehe keine Möglichkeit, wie Sie dem Tod entkommen könnten.«

»Ich kann es, Centurion. Unglücklicherweise kann ich es. Und es ist meine Pflicht, obwohl es gegen alles verstößt, was mir am wertvollsten ist. Mit einer einzigen Ausnahme.«

»Darf ich fragen, was diese Ausnahme ist, Commander?«

S'Talons Nüstern weiteten sich.

»Die Erhaltung des Romulanischen Imperiums«, antwortete er.

Drei Stunden lang hatte Kirk in seinem Sessel gesessen und versucht, durch seine Willenskraft die Romulaner zum Erscheinen zu zwingen, doch der goldene Vogel schien zu schlafen. Es war, als ob die Romulaner nicht existierten, als ob ihr Auftauchen nicht mehr gewesen war als eine momentane Sinnestäuschung. Die Unsichtbarkeit machte ihre Gegenwart so entnervend wie einen mitternächtlichen Gang durch ein Haus, in dem es spukte. Kirk war alles andere als abergläubisch, doch selbst er war nicht immun gegen das unheimliche Gefühl, ständig beobachtet zu werden. Er konnte fast spüren, wie Blicke sich ihm in den Nakken bohrten, und mußte sich zusammennehmen, um nicht aufzufahren und dem Gegner entgegenzustürzen.

Die Anspannung begann ihre Wirkung zu zeigen, und im stillen zollte er dem taktischen Können seines Gegners Anerkennung. Nichts kann militärische Schlagkraft so rasch zerstören wie ausgedehntes Warten. Trotzdem fragte sich Kirk, wie lange der Romulaner das durchhalten konnte. Das Tarnsystem war ein gnadenloser Energiefresser. Es hätte die Treibstoffreserven des Schiffs in der Hälfte der Zeit, die sie hier warteten, erschöpfen müssen.

»Spock, wieviel länger können sie die Tarnung noch aufrechterhalten?«

Spock wandte sich von seiner Konsole ab und verschränkte die Hände hinter dem Rücken. Sein Gesicht wirkte nachdenklich.

»Ich hätte gesagt, daß sie sie nicht länger als eins Komma sieben-sechs Sonnenstunden aufrechterhalten könnten; doch haben sie diese Grenze schon weit überschritten.«

»Dann müssen sie eine erhebliche Menge zusätzlichen Treibstoff an Bord haben.«

»Offensichtlich. Und es wäre auch nicht vermessen anzunehmen, daß sie das Tarngerät technologisch verbessert haben, damit es treibstoffsparender arbeitet.«

»Zusatz-Treibstoff.«

Der Captain runzelte die Stirn, als er konzentriert über die Bedeutung nachdachte, die ein romulanisches Schiff mit Zusatztanks haben mochte. Es roch nach Spionage – oder nach einer Falle; doch das Verhalten des Romulaners schloß jede der beiden Möglichkeiten aus. Falls das Spiel Spionage wäre, hätte der Romulaner die Tarnung dazu benutzt, um in die relative Sicherheit der Neutralen Zone zu fliehen, oder er hätte versucht, mit der *Enterprise* Kontakt aufzunehmen. Er hatte weder das eine noch das andere getan. Natürlich war die *Enterprise* seit dem Zusammenbruch ihres Kommunikationssystems von anderen nicht mehr erreichbar; doch bei der ersten Sichtung des Romulaners waren die Kanäle noch offen gewesen. Falls er eine Falle aufstellte, so wartete er sehr lange, um sie zuschnappen zu lassen.

Kirk hatte mehrere Möglichkeiten, aber keine Antworten. Bevor der Romulaner sich zum Handeln entschloß, mußte er seinen Spekulationen vertrauen. Seine Reizbarkeit entlud sich in einem pulsierenden Kopfschmerz, als die ständig wachsende Anspannung die Atmosphäre im Brückenraum auflud. Nur Spock arbeitete mit gewohnter, ruhiger Tüchtigkeit. Alle anderen waren zu erregt, spannten alle ihre Sinne an, um den Feind zu entdecken. Die Kraft wurde rasch verbraucht, und die Nerven waren es bereits. Der Captain blickte auf der Brücke umher, und die Strategie des Feindes wurde ihm schmerzhaft klar.

»Die Wache ist fast vorbei«, erklärte er. »Sie können sich alle eine Weile ausruhen.«

»Aber, Sir...«, protestierte Sulu.

»Die Maschinen sind in Ordnung, Captain, aber ich brauche Zeit, um die Phaser noch einmal zu überprüfen...«, bat Scotty.

»Kommunikation noch immer blockiert«, erklärte Uhura.

»Dies ist ein dienstlicher Befehl!« sagte Kirk scharf.

Doktor McCoys Lächeln war selbstgefällig, doch er sagte nur: »Du könntest auch etwas Ruhe brauchen, Jim.«

»In Ordnung, Pille, ich ergebe mich freiwillig.« Er wandte sich zu seiner Crew um und sagte ruhig: »Er versucht uns weichzukriegen, indem er auf unseren Nerven herumtrampelt... und mit Erfolg. Wir können alle etwas Ruhe gebrauchen. Mister Spock, Sie haben das Kommando. Ich bin in meiner Kabine. Melden Sie mir sofort jede Veränderung.«

»Verstanden, Sir.«

Der Vulkanier sah Kirk nach, als er die Brücke verließ, dann wandte er sich zum Haupt-Bildschirm um und starrte die Sterne an, bevor er mit der Überprüfung des Bibliotheks-Computers weitermachte.

KAPITEL 5

Kirk war müde. Er hatte nicht gewußt, wie müde er war. In dem Moment, als die Tür des Turbolifts zuglitt, sanken ihm die Schultern herab, und er lehnte sich gegen die Wand.

»Deck fünf«, sagte er.

Die Liftkabine schoß in die Tiefe wie ein zustoßender Habicht. Die Geschwindigkeit des Falls preßte ihn gegen die Wand, und er versuchte, die Knöpfe der manuellen Bedienung zu erreichen, kämpfte mit aller Kraft gegen die Zentrifugalkraft an. Es gelang ihm nicht, die Knöpfe zu erreichen. Der Turbolift befand sich im freien Fall, und er konnte überhaupt nichts tun. Er war verloren. Schließlich warf er sich gegen die Knöpfe der manuellen Bedienung; ein letzter, verzweifelter Versuch, sie zu erreichen, und er wurde quer durch die Kabine geschleudert, als der Lift ruckartig hielt und die Tür aufglitt. Er konnte seinen Sturz abfangen, indem er sich am Türrahmen festklammerte, stürmte dann aber sofort hinaus und lehnte sich gegen die Wand, damit der Knoten in seinem Magen sich auflösen konnte. Dann ging er, noch immer zitternd, zum nächsten Intercom-Gerät.

»Maschine, Wartung«, sagte er.

»Hier Wartung.«

»Hier Kirk. Überprüfen Sie den Haupt-Turbolift. Meldung an Mister Spock auf der Brücke. Ende.«

Er ging den Korridor entlang, wobei seine Nerven sich langsam wieder beruhigten, und freute sich auf die Ruhe und Sicherheit seiner Kabine. Die Kabinentür flog auf, als er noch drei Meter von ihr entfernt war, doch war sein Gehirn so sehr mit anderen Dingen beschäftigt, daß er es überhaupt nicht registrierte. Er ließ sich auf sein Bett fallen und massierte die verspannten Muskeln im Nacken. Sie lösten sich ein wenig, und er zwang sich, alle Sorgen zu vergessen, zu ruhen, die Muskeln zu entspannen. Es ging leichter, als er angenommen hatte. Irgend etwas, das er nicht identifizieren konnte, entschärfte seinen angespannten Verstand und verführte ihn zur Passivität. Und dann nahm ihn der Schlaf in die Arme. Durch das Dunkel der Kabine klang die sanfte, fast unhörbare Melodie von Brahms' ›Wiegenland‹.

Lieutenant Sulu war hungrig. Gefahr machte ihm immer Appetit, und der Gedanke an eine dicke Scheibe Corned beef auf Roggenbrot und an eine saftige Dillgurke ließ ihm das Wasser im Mund zusammenlaufen. Er überprüfte noch einmal seine Ruder-Konsole, bevor er sie Lieutenant Muromba übergab. Mit Ausnahme des elektrischen Hilfssystems war alles in bester Ordnung, und seine Gedanken wandten sich wieder der Frage des Essens zu.

»Pavel«, sagte er zu Chekov, »ich komme um vor Hunger. Gehen wir doch bei der Kombüse vorbei und holen uns ein Sandwich. Wenn ich nichts in den Magen kriege, starre ich die ganze Nacht an die Decke und denke an Essen... an Dillgurken, die über den Mond springen.«

»Ein Sandwich mit Schweizer Käse und Speck, Makkaronisalat, rigelianischer Pudding...«

Chekovs Augen glänzten, als er seine Wünsche in fast ehrfürchtigem Tonfall aufzählte.

»Komm schon!« sagte Sulu.

Sie eilten durch die Korridore, zwei Männer mit einem klaren Ziel vor Augen. Um diese späte Stunde war die Kombüse fast leer, und sie hatten keinerlei Schwierigkeiten, zum Nahrungs-Zubereiter zu gelangen. Sulu rieb sich die Hände und lächelte, als er an den Geschmack von Knoblauch dachte. Er drückte den Code für sein Sandwich und die Dillgurke ein und wartete. Nichts geschah, und da er sicher war, daß er bei dem Code einen Fehler gemacht haben mußte, drückte er die Ziffern noch einmal.

Chekov nahm sein Tablett aus dem Gerät. Er trug es zum nächsten Tisch, setzte sich und biß in das Sandwich. Überraschung... und dann Enttäuschung breiteten sich über sein Gesicht.

»Was ist denn das?« rief er, hielt das Sandwich hoch und starrte es an. »Hähnchen! Was ist mit meinem Schweizer Käse und Speck passiert? Ich bin sicher, daß ich den richtigen Code eingab.«

»Ich auch«, murmelte Sulu, als er sich Chekov gegenübersetzte. »Und ich habe ebenfalls Hähnchen bekommen. Sieh nur!« Er deutete mit anklagendem Finger auf eine unschuldige Scheibe Hühnerfleisch. »Ich weiß, daß ich diesem kulinarischen Wunder den richtigen Befehl gegeben habe, und es hat meine Dillgurke in Huhn verwandelt. Und Kaffee! Ich hasse Kaffee!«

»Ich auch«, sagte Chekov. »Vielleicht eine Fehlfunktion.«

Er trat zu dem Gerät und drückte den Code für ein Roastbeef-Sandwich: Hähnchen. Er versuchte es mit dem Code für einen Salat: Hähnchen. Tomate und vulkanische Klauenfrucht: Hähnchen. Er blickte über die Schulter den niedergeschlagenen Sulu an, der mit Trauermiene auf seinen Teller starrte.

»Ja, es ist eine Fehlfunktion. Alles, was ich kriege, ist des Captains Lieblingssandwich. Ich rufe gleich die Wartung an.«

»Wir werden verhungern«, murmelte Sulu düster.

Chekov informierte die Wartung von der Panne und kam wieder zu Sulu zurück.

»Ich habe ein wenig Notproviant in meiner Kabine. Bis morgen werden wir also nicht verhungern. Komm!« Er legte alle Hähnchen-Sandwiches auf einen Teller – schließlich konnte man sie nicht umkommen lassen. Sulu folgte ihm aus der Tür und den Korridor entlang, durch den Hinweis auf den ›Notproviant‹ erheblich aufgemuntert.

Mr. Kyle starrte auf den Spieltisch. Er war in die Offiziersmesse gekommen, um eine Partie Quaestor zu spielen, die letzte in einer Serie, die er brauchte, um anerkannter Meister des Spiels zu werden. Quaestor hatte etwa den gleichen Schwierigkeitsgrad wie Schach, und er war stolz auf sein Können. Das Spiel war auf Serien von Zügen aufgebaut, die, wenn sie unterbrochen wurden, von vorn wiederholt werden mußten. Der Spieltisch reagierte nicht auf seine Codes. Kyle tippte den Quaestor-Code erneut ein, doch die Reaktion war wieder ungenau. Angewidert zog er ein Werkzeug aus dem Gürtel und begann, die Platte des Spieltischs abzuschrauben, entschlossen, den Fehler zu finden und zu beseitigen. Der Computer weigerte sich, den Quaestor-Code zu akzeptieren, sondern antwortete mit dem Eröffnungszug eines kindisch einfachen Spiels, das ›Captains Quadrat‹ hieß.

Lieutenant Commander Montgomery Scott trat widerstrebend in seine Kabine. Er machte sich Sorgen wegen der Phaser: eine letzte Überprüfung konnte nicht schaden. Er griff nach dem Intercom.

»Maschine«, sagte er.

»Hier Kopka.«

»Hier ist Scott, Junge. Machen Sie mal eine End-Überprüfung der Phaser. Ich möchte sicher sein, daß sie absolut in Ordnung sind. Diese Fehlfunktionen könnten unseren Tod bedeuten.«

»Überprüfung des Phaser angelaufen, Mister Scott.«

»Guter Junge!« sagte Scotty. »Melden Sie mir alles Ungewöhnliche. Ich bin in meiner Kabine. Ende.«

Scotty lächelte zufrieden über die Zuverlässigkeit seiner Maschinen-Crew. Vielleicht konnte er sich für ein paar Minuten entspannen. Er legte sich aufs Bett und zog den Computer-Bildschirm auf Augenhöhe.

»Computer.«

Eine einzige Lampe flammte auf, und der Computer antwortete: »In Funktion.«

»Bibliothek, Sektion eins-A-vier-drei-zwei-eins, Maschine, Band zweiunddreißig-X: ›Phaser: Neuerungen und Weiterentwicklungen.‹«

»In Funktion«, murmelte die Frauenstimme des Computers. Die Lampe an der Computer-Armatur blinkte träge und erlosch. Der Bildschirm knisterte mit statischen Geräuschen, bis Scotty ihn am liebsten geschüttelt hätte.

»Na, komm, mach schon!« knurrte er.

Der Bildschirm wurde klar, und Scotty bereitete sich innerlich darauf vor, sein technisches Journal zu studieren.

»Viermal zwanzig und sieben Jahre sind vergangen, seit unsere Väter auf diesem Kontinent eine neue Nation schufen, geboren aus der Freiheit und dem Grundsatz verpflichtet, daß alle Menschen gleich geschaffen sind...«

»He, was ist denn das?«

Er starrte auf den Bildschirm und sah dort den vollständigen Text der *Gettysburg Address* , doch nicht ein Wort über Phaser. Er regulierte die Scharfeinstellung so, daß er den Titel des Werks erkennen konnte.

»Eine wahre Biographie Abraham Lincolns«, las er ungläubig. »Das gibt es doch nicht!«

Sorgfältig schaltete er das Bild ab und tippte erneut den Code für seine Schrift über Phaser ein. Wieder knisterte der Bildschirm, und die wirren Static-Linien verdichteten sich zu einer Fotografie von Abraham Lincoln.

»Matthew Brady!« rief Scotty. »Mister Spock! Mister Spock!«

»Ja, Mister Scott?« kam die ruhige Antwort.

»Mister Spock! Ihr geliebter Computer bringt die ganzen Bibliotheksbänder durcheinander. Ich kann nichts anderes kriegen als Abraham Lincoln! Können Sie nicht irgend etwas tun, Mister Spock?«

»Das Problem ist mir bekannt, Mister Scott. Doch fallen mir zum gegenwärtigen Zeitpunkt keine Methoden ein, ihm abzuhelfen. Sagten Sie eben, Abraham Lincoln, Mister Scott?«

»Ja. Hat das irgendeine Bedeutung?«

»Es ist interessant. Ich kümmere mich darum, Mister Scott. Ende.«

Scotty saß auf der Bettkante, starrte düster vor sich hin und dachte an Abraham Lincolns spöttisches Gesicht. Ihm war nicht nach Schlafen zumute, und ohne die Bibliotheks-

Bänder fühlte er sich gelangweilt. Er gab auf und ging zu seinem großen Schrank. Zumindest konnte er an seinen Schiffsmodellen weiterarbeiten. Scotty lächelte, als er die Sammlung winziger, komplizierter Modelle sah, die dort ordentlich nebeneinander aufgestellt waren. Er suchte ein Bündel verschiedener Drähte heraus, dazu den Rumpf eines Schiffs, sowie seine feinsten Werkzeuge und machte sich an die Arbeit, ein Schiffbauer, der in sein Steckenpferd vertieft war. Unter seinen Händen wuchs die zarte Nachbildung eines minoischen Segelschiffs. Wenn es fertig war, würde jedes einzelne seiner winzigen Teile voll funktionstüchtig sein. Scotty arbeitete mit sich steigerndem Enthusiasmus. Er beschloß, das winzige Schiff *Seevogel* zu nennen.

Spock studierte die Konsole des Bibliotheks-Computers. Er hatte gerade eine Serie von Berechnungen durchgeführt, die dazu bestimmt waren, die Genauigkeit der Computer-Antworten zu überprüfen. Die Ergebnisse waren nicht befriedigend. Nicht nur, daß die Antworten langsam kamen, sondern nur sieben von zehn waren korrekt. Zwei der zehn Fragen hatte er völlig ignoriert, und eine mit barem Unsinn beantwortet. Spock trommelte mit den Fingern auf der Konsole und konzentrierte sich, wobei er im Geist alle von ihm gestellten Fragen und ihre Antworten noch einmal abrollen ließ. Keiner der normalen Tests hatte ihm einen Hinweis auf die Ursache des Problems gegeben... vielleicht war es etwas so Einfaches, daß er es übersehen hatte. Wenn irgendein Fremdkörper – ein Staubkorn oder eine winzige Rußflocke – in die Stromkreise eingedrungen war... die Stromkreise wurden zwar automatisch gereinigt, doch wenn irgend etwas mit dem Reinigungssystem nicht in Ordnung war, konnte sich Schmutz ansammeln und das ganze System beschädigen.

Er löste die Abdeckung von der Computer-Konsole und legte sie zur Seite. Sein Blick glitt mit mathematischer Präzision über die Reihen von Mikro-Schaltkreisen, während er nach irgendeinem offenliegenden Fehler suchte. In der rechten oberen Ecke der Schaltungen entdeckte er etwas, bei dessen Anblick sich sein Mund zu einem ironischen Lächeln verzog. Vorsichtig schob er die Finger unter einen dreieckigen Mechanismus und zog ihn heraus. Er hatte einen Durchmesser von etwa sechs Zentimetern und bestand aus Sensoren und Verstärkern. Spock hielt das kleine Gerät eine Weile in der Hand und betrachtete es, ohne daß sein Gesicht die geringste Regung zeigte; dann drehte er es um und sah auf seinem Boden das blaue Emblem der Vereinigten Föderation von Planeten.

Lieutenant Kevin Riley lehnte sich in seinen Sessel zurück und legte die Füße hoch. Dies war die Art Dienst, die er haßte: Stunden erzwungenen Nichtstuns, während er eine automatische Temperaturanzeige überwachte. Seine Station war sozusagen ein Sicherheitsventil für den Fall einer Panne oder einer Beschädigung, und seine ganze Aufgabe bestand darin, auf einen Alarm zu warten und zu versuchen, nicht vor Langeweile zu sterben.

Selbst die Nähe des romulanischen Schiffs konnte seine Ansicht nicht ändern. Im Gegenteil, sie machte ihm seinen Job nur noch schwerer. Er hockte hier in einem Loch, ein passiver Zuschauer, während Hunderte von Leben in Gefahr waren. Je mehr er darüber nachdachte, desto verdrießlicher wurde er. Das einzige Gegenmittel dafür war Handeln, und da die Enge des Raums und sein Job seine physischen Möglichkeiten stark begrenzten, blieb ihm allein der Ausweg der geistigen Beschäftigung.

Er schaltete das Register des Bibliotheks-Computers auf den Bildschirm, bis er zu der Sektion ›Dichter, irisch‹ kam. Die fließende Schönheit dieser Sprache war eine Gabe, auf die sein Volk besonders stolz war. Er würde die Worte eines keltischen Barden über sich fluten lassen wie Wellen. Er würde dann versinken. Er würde nicht an den Romulaner denken.

Riley drückte den Code für eine der kleineren Balladen

Sean O'Caseys, gelesen von einer besonders begabten Schauspielerin. Er lehnte sich wieder zurück und schloß die Augen in der Erwartung, gleich ihre weiche, warme Stimme zu hören.

»Ich muß wieder aufs Meer hinaus, auf das einsame Meer unter dem weiten Himmel, und alles, was ich mir wünsche, ist ein tüchtiges Schiff, und ein Stern, nach dem ich es steuern kann...«, sagte eine dunkle Baritonstimme.

Riley riß überrascht die Augen auf.

»... und der Schlag des Ruderrades und das Lied des Windes und das Knattern der weißen Segel und ein grauer Nebel auf dem Antlitz der See und das Dämmern eines grauen Morgens...«, fuhr die Stimme fort.

»He!« rief Riley und richtete sich auf, um wieder einen Blick in das Register zu werfen.

Die Stimme hatte gerade den dritten Vers begonnen, als Riley den Code löschte und neu eintippte. Der Bildschirm blieb einen Moment leer, dann tauchte darauf das Bild eines Mannes in einem schweren Sweater und mit einer Fischermütze auf.

»Ich muß wieder aufs Meer hinaus...«, begann er, und Riley schlug wütend auf den Ausschaltknopf, doch das Bild sprang nur kurz, und der Mann sprach ohne Unterbrechung weiter.

Riley drückte wütend auf den Intercom-Schalter.

»Computer-Wartung.«

»Hier Spock.«

»Hier Riley, Mister Spock.« Er hatte nicht erwartet, daß Spock sich melden würde. »Mein Bibliotheks-Computer hat 'ne Schraube locker... nicht alle Tassen im Schrank... durchgedreht!«

»Bitte, Lieutenant Riley, im Klartext.« Spocks Stimme klang schmerzlich.

»Ich habe vom Computer ein Vortrags-Band angefordert, und er hat es durch ein anderes ersetzt. Ich habe den Code für das Band neu eingegeben, doch kam es zu der gleichen Fehlfunktion. Als ich dann versuchte, das Zeug abzuschalten, nahm der Computer den Befehl nicht an. Er gab nur ein komisches Geräusch von sich und machte ohne Pause weiter. Mister Spock, ich kann ihn nicht abschalten! Er bringt mich zum Wahnsinn!«

»Was genau hat der Computer statt des von Ihnen angeforderten Vortrags gebracht?«

»Ein Gedicht von John Masefield...«

»›Ich muß wieder aufs Meer hinaus‹?« fragte Spock.

»Ja, Mister Spock, aber woher wissen Sie das?«

»Eine hypothetische Annahme, Lieutenant. Ich schlage vor, daß Sie das Band durchlaufen lassen und dann den Computer neu codieren. Bis dahin würde ich Ihnen empfehlen, sich zu entspannen und John Masefields Verse zu genießen.«

»Mister Spock!« rief Riley entsetzt. »Ich soll die Verse eines englischen Dichters genießen? Sie jagen ein Schwert durch meine irische Seele.«

»Die derzeitige Krise erfordert von jedermann Opfer«, sagte Spock trocken. »Bitte melden Sie alle weiteren Computer-Probleme direkt an mich. Ende.«

»... und alles, was ich mir wünsche, ist ein fröhliches Garn von einem Fahrtgenossen, und ein ruhiger Schlaf und ein schöner Traum, wenn die lange Reise vorbei ist...«

Riley starrte auf den Computer-Bildschirm und versuchte, sich damit abzufinden, daß noch eine recht lange Zeitspanne vergehen mußte, bevor seine Wache vorbei war.

Spock schloß die Finger um die Armlehnen des Sessels. Lieutenant Rileys Beschwerde war eine zusätzliche Information zu den Nachrichten, die er bisher gesammelt hatte. Die Eskalation der Computer-Fehlfunktionen war jetzt keine vage Vermutung mehr, sondern eine erwiesene Tatsache. Die Art dieser Eskalation war es, die ihn beunruhigte. Bis jetzt war die Einsatzbereitschaft des Schiffes davon nicht betroffen worden. Die einzige Ausnahme war der Verlust der Kommunikation, durch den die *Enterprise* völlig isoliert wurde. Das Schiff war nach wie vor kampffähig, doch war nicht vorauszusehen, an welcher Stelle die nächste Panne auftreten mochte.

Spock rutschte unruhig auf seinem Sessel nach vorn. Die Unlogik der Reaktionen des Computers war entnervend und unmöglich. Aus der Menge der Informationen, die er inzwischen gesammelt hatte, hätte er eigentlich eine Richtung wahrscheinlicher Reaktionen erkennen müssen; doch bis jetzt war es ihm nicht möglich, eine erwiesene Folgerichtigkeit seiner Aktionen festzustellen. Die einzige Möglichkeit, die sich ihm bot, war so bizarr, daß er davor zurückschreckte, sie zu akzeptieren. Seine Überlegungen wurden vom Intercom unterbrochen. »Mister Spock!«

»Hier Spock.«

»Kadett Janice Rand, Mister Spock. Ich bin im Turbolift zwischen Deck drei und Deck vier. Ich sitze fest. Ich kann nicht hinaus!«

»Haben Sie die Wartung benachrichtigt, Kadett?«

»Ich kann die Wartung nicht erreichen. Ich habe niemanden erreichen können, bis Sie sich meldeten. Mister Spock, holen Sie mich hier raus!«

»Beschreiben Sie die Umstände, die Sie in Ihre derzeitige Situation brachten, Kadett!«

Spocks trockene Stimme wirkte seltsam beruhigend auf sie.

»Aber da gibt es nichts zu beschreiben. Ich bin nur wie sonst in den Lift getreten und habe Deck fünf verlangt.«

»Haben Sie irgend etwas getan oder gesagt, bevor sie in den Lift traten?«

»Ich habe mit Angela gesprochen...« Janices Stimme erstarb, als sie versuchte, sich an die genauen Details zu erinnern, die der Vulkanier von ihr erwartete. »Sie erzählte mir von einigen Kursen, an denen sie teilnimmt, besonders von einem über die Psychologie des Kommandos. Sie arbeitet gerade an einer These, einem Vergleich zwischen den Persönlichkeiten von vier Schiffskommandanten und ihrer Einstellung gegenüber der Befehlsgewalt. Ich sagte ihr, daß dem Kommando ein zu großer Wert beigemessen werde, daß die Crew für die Leistungsfähigkeit eines Schiffes wichtiger sei als sein Kommandant.«

Spock schloß die Augen. Die unlogische Möglichkeit, der er ausweichen wollte, wurde mit jedem Bericht wahrscheinlicher.

»Mister Spock? Sind Sie noch da, Mister Spock?«

»Ja, Kadett. War das alles?«

»Ja, Mister Spock. Ich begreife das alles nicht. Ich habe doch nichts weiter gesagt als ›Deck fünf‹.«

»Ich schicke Ihnen ein Wartungsteam, das Sie befreien wird.«

»Danke, Sir.«

Spock informierte die Wartung von Janice Rands ungemütlicher Lage und schaltete den Bibliotheks-Computer ein. Seine Trägheit wurde immer ausgeprägter. Spock mußte eine volle Minute warten, bevor die Stimme sich meldete.

»Computer, eine Aufstellung aller Werke der Dichterin Kayla von Aldebaran.«

Der Computer klickte müde.

»Wer ist Kayla von Aldebaran?« fragte er zurück.

Spock hob die Brauen. Er versuchte einen anderen Weg.

»Überprüfe alle Literatur-Register auf Anführungen des Namens Kayla von Aldebaran.«

Der Computer blieb eine lange, spannungsgeladene Weile stumm. Spock wollte gerade seinen Befehl wiederholen, als er mit einem ›In Funktion‹ antwortete – in sehr zerstreut wirkendem Tonfall.

»Es gibt keine Kayla von Aldebaran«, sagte der Computer wenig später entschieden.

Erst vor kurzer Zeit waren Kaylas fade Verse die Antwort des Computers auf eine einfache Frage gewesen. Jetzt verleugnete er ihre Existenz. Obwohl sie wirklich nur ein geringes Talent war, verdiente sie es doch nicht, einfach gestrichen zu werden. Spocks letzter Test rastete mit einem scharfen Klicken in das Mosaik seiner bisherigen Daten ein.

Tiercellus beobachtete die Ausrüstung der Schiffe aus der Abgeschiedenheit einer Glaskuppel des Raumfahrtzentrums. Vier jüngere Techniker blickten ihn immer wieder verstohlen an. Sie waren es nicht gewöhnt, daß ein hochrangiger Offizier sämtliche Einzelheiten der Vorbereitungen überwachte. Solche Gewissenhaftigkeit war längst aus der Mode gekommen und wurde mit Mißtrauen aufgenommen. Tiercellus störte das nicht. Sollten sie ruhig zusehen! Er würde ihnen einen echten Romulaner zeigen! Er würde diesen jämmerlichen Hypokriten, die der Praetor bevorzugte, beweisen, welche Narren sie waren. Er war wieder zu Hause. Seine Aktionen verrieten eine Kraft, die sie nicht verstanden.

Er lächelte, als er an die Gesichter der Männer dachte, die er und der Praetor zuvor gemustert hatten. Ihr Ausdruck hatte Entschlossenheit, doch auch Hoffnungslosigkeit gezeigt, als sie die Versammlungshalle betreten hatten. Dann hatten die älteren Kommandanten, einer nach dem anderen, ihn erkannt, als er langsam ihre Reihe abschritt. Er hatte gesehen, wie diese Kommandanten in altem Stolz den Kopf hoben, wie ihnen ein Leuchten in die Augen trat. Ein Knistern von Erregung hatte plötzlich in der Luft gelegen.

Seine Augen schlossen sich halb vor amüsierter Genugtuung, als er sich daran erinnerte, wie verärgert der Praetor gewesen war. Tiercellus' Macht, die Soldaten zu begeistern, ließ ihm die Galle überlaufen. Daß Alter und körperliche Schwäche des ehemaligen Flottenchefs auf Grund seiner Geisteskraft und Charakterstärke nicht in Rechnung gestellt wurden, erboste ihn sogar noch mehr, da dies eine Stärke war, die der Praetor trotz allen Reichtums und aller Macht nicht erringen konnte.

Macht. Einst hatte es auch ihn danach verlangt, doch diese Zeit lag lange zurück. Jetzt war er eine lebende Legende, die auszog, um ein angemessenes Ende zu finden. Ein Bild von S'Talons Gesicht, so düster, wie er es von ihrer letzten Begegnung in Erinnerung hatte, erschien ungebeten vor Tiercellus' geistigem Auge. Dieser junge Offizier war ebenfalls aus dem Holz, aus dem Legenden geformt werden. Ihn und S'Talon verband der gemeinsame Wunsch, dem Wohl des Imperiums zu dienen. Dies war ihr Bestreben, war ihre Religion, und sie waren beide bereit, dafür zu sterben. Dessen war er sicher. Auf eine gewisse Weise beneidete er den jüngeren Mann, dem die elenden Jahre des Alterns erspart bleiben würden. S'Talon würde auf dem Höhepunkt seines Lebens sterben, wie es einem Krieger zukam. Vielleicht vermochte das Blutopfer eines alten und eines jungen Mannes, aus freien Stücken dargebracht, das Lösegeld zur Rettung des Imperiums zu sein.

Er ließ den Blick liebevoll über die Reihe der Schiffe gleiten, die er befehligen sollte. Ihre von den Klingonern übernommene Form war der jener alten Raum-Schoner, die er gekannt hatte, weitaus überlegen. Die schlanken, stromlinienförmigen Konturen der Schiffe faszinierten ihn. Er sehnte sich danach, endlich fortzukommen, wieder von den Fängen des Todes umklammert zu werden, wieder ganz lebendig zu sein auf eine Art, die er seit Jahren nicht mehr erlebt hatte.

Ein höfliches Hüsteln neben ihm rief Tiercellus in die Gegenwart zurück. »Commander, die Schiffe sind fast bereit«, sagte der Präfekt der Raumstation.

»Ich weiß. Ich habe ja alles beobachtet. Sagen Sie den Männern Ihres Teams, daß sie gute Arbeit geleistet und dadurch unseren Start um mehrere Stunden vorverlegt haben. Zeit ist jetzt eine kostbare Ware, und sie haben mir geholfen, sie zu erwerben.«

Überraschung und Freude zeichneten sich auf dem Gesicht des Mannes ab. Er war daran gewöhnt, daß man seine Arbeit als selbstverständlich hinnahm.

»Ich gehorche, Commander«, antwortete er mit Wärme. Er zögerte unsicher und setzte dann hinzu: »Sie baten darum, Ihnen zu sagen, daß ihr Glaube wieder lebt. Ihr Kommen hat ihn neu geweckt.«

»Richten Sie ihnen meinen Dank aus. Sagen Sie ihnen... sagen Sie ihnen, daß ich dieses Unternehmen vielleicht nicht überleben werde, das Imperium wird es aber bestimmt überleben. Ihm müssen sie stets und vor allem dienen.«

»Commander!«

S'Talon fuhr herum, instinktiv auf eine Gefahr vorbereitet. Es rettete ihm das Leben. Wo eben noch sein Hals gewesen war, zitterte jetzt die dünne, lange Klinge eines Wurfmessers, die Spitze tief in die Wand gegraben. Er packte es beim Griff und riß es heraus.

Die Centurion ließ langsam den Atem aus den Lungen strömen. Das war knapp gewesen! Sie verfolgte die Flugbahn des Messers zurück.

»Hier, Commander! Es war im Ventilationsschacht verborgen.«

»Ein elektronischer Strahl«, sagte er und führte die Hand vor dem Sensor vorbei. »Genial und einfach. Wenn man den Strahl unterbricht, wird diese Feder aktiviert, durch die das Messer in die vorbestimmte Richtung geschleudert wird.«

Die Centurion berührte die Feder, prüfte ihre Kraft.

»Es hätte Sie getötet«, sagte sie.

»Daran besteht kaum ein Zweifel; mich oder irgend jemanden, der zu meiner Kabine wollte. Kein sehr kluger Zug.«

»Nein. Und ich glaube, nur ein Mann an Bord der *Raptor* ist dumm genug, so etwas zu versuchen.«

»Livius.«

Ihre Blicke trafen sich in Verstehen, und S'Talons Augen verloren ihre Härte.

»Ich danke Ihnen, Centurion. Ich schätze mein Leben.«

»Es war meine Pflicht.«

»Ich weiß. Trotzdem danke ich Ihnen.«

Als S'Talon den Korridor hinabging, füllten sich ihre Augen mit Tränen.

»Ich schätze Ihr Leben auch, Commander«, flüsterte die Centurion. »Mehr als das meine.«

KAPITEL 6

Der Praetor warf Livius' letztes Magnetband in eine Vernichtungsdose und blickte auf den dünnen Rauchfaden, den seine Zerstörung verursachte. Livius hatte seine Befugnisse weit überschritten, wie es zu erwarten gewesen war. Ringe funkelten an der Hand des Praetors, als er die Dose betastete. Vielleicht hatte er es zu eilig gehabt, diesen Bengel loszuwerden, der schließlich nur ein kleines Ärgernis war. S'Talon war klug genug, ihn im Zaum halten zu können, doch wenn Livius versuchen sollte, eine Meuterei oder einen Mord anzuzetteln, würde er S'Talons Auftrag in Gefahr bringen und damit das Überleben des Imperiums. Der Ton von Livius' Bericht wurde von Mal zu Mal arroganter und ungeduldiger, und seine Überwachung wurde ständig oberflächlicher und lässiger. Sein Mangel an Disziplin war unglaublich. Aber S'Talon war ein begabter Kommandant. Er sollte in der Lage sein, Livius' Komplotts trotz seiner starken Belastung zu vereiteln.

Der Praetor schob die Unterlippe vor. Seine Abhängigkeit von S'Talon gab ihm einen momentanen Stich, doch er schob den Gedanken zur Seite. Livius und S'Talon waren beide zu Störfaktoren geworden. Der Junge war ein gieriges, hinterlistiges kleines Wiesel, ein Räuber, der allein aus Freude am Zerstören Verwüstung anrichtete. S'Talon war von diesem verdammten Ehrgefühl beherrscht. Zwischen der Gefährlichkeit des einen und dem unerschütterlichen Standard des anderen sah der Praetor kaum einen Unterschied. Aber es war nicht wahrscheinlich, daß einer von ihnen die derzeitige Krise überleben würde. Beide würden ihm dann als heldenhafte Märtyrer nützlich sein, die in den politischen Spielen, von denen Männer der Macht lebten, immer von Vorteil waren.

Ihr vorausgeplanter Tod gab ihm ein Gefühl tiefer Freude. Er lächelte beinahe, als er an die Möglichkeiten dachte, die sich ihm dadurch bieten würden. Er würde nicht nur diesen Parasiten von Neffen und S'Talon loswerden, sondern sich dabei auch noch anderer Störenfriede entledigen können. Dieser alte Geier Tiercellus' würde bestimmt nicht überleben, und ein paar Dutzend geringerer Ärgernisse konnten auf andere Posten abgeschoben werden, falls sie nicht getötet werden sollten. Er sah seine Position durch das Unheil gewaltig gestärkt und fühlte sich gegen alle Gefahren immun.

Das Geräusch näherkommender Schritte auf dem Korridor ließ ihn mit einem müden Ausdruck in den verschlafenen Augen aufblicken. Seine Kommandanten kamen zu einer letzten Einsatzbesprechung. Der Praetor stöhnte. Trotz seiner grundlegenden Trägheit machte es ihm nichts aus, einen Krieg zu planen oder zu führen, aber er haßte die Mühe, sich mit den führenden Männern befassen zu müssen. Sobald man einem Mann einen Dienstgrad gab, erklärte er sich sofort zum Gott und begann, die etablierte Ordnung herauszufordern.

Acht Männer unter Führung Tiercellus' traten ein und salutierten. Sie formierten sich zu einer Reihe vor dem Schreibtisch; ihre Uniformen glitzerten vor dem düsteren Hintergrund des Raums. Der Praetor musterte sie mit kühlem Blick, gereizt von der geheimnisvollen Ausstrahlung von Entschlossenheit, die sie verbreiteten. Das war Tiercellus' Werk. Das arrogante Gesicht des Praetors verzog sich zu einem Lächeln, als Tiercellus, der Rangälteste, vortrat.

»Die Flotte ist bereit, mein Praetor«, meldete Tiercellus.

»Gut. Ihre Einsatzbefehle liegen an Bord Ihrer Schiffe. Ich habe unsere Bewegungen mit großer Sorgfalt geplant. Folgen Sie deshalb den Anweisungen genau. Ich will keine ungenehmigten Kampfhandlungen, ganz gleich, wie verlockend eine Gelegenheit erscheinen mag.« Er blickte die acht Männer der Reihe nach mit seinen trägen, gefährlichen Augen an. »Ihre Initiative ist meinem Befehl unterstellt.«

»Mein Eid ist Gehorsam«, antwortete Tiercellus formal, und die anderen wiederholten seine Worte.

»Dann sind wir des Sieges sicher. Kehren Sie auf Ihre Schiffe zurück. Start in drei Stunden«, antwortete der Praetor und entließ sie mit lässiger Handbewegung.

Tiercellus war der letzte, der den Raum verließ, und als er in den Korridor trat, hörte er einen der Männer zu einem anderen sagen: »Er ist sehr siegessicher.«

»Sollte er das wirklich sein, so ist er ein Narr«, antwortete sein Kamerad. »Zum ersten Mal muß er mit etwas fertig werden, dem er nicht befehlen kann.«

Tiercellus nickte befriedigt, als er an den Schock dachte, den der Praetor erleiden würde, wenn er feststellte, daß auch er verwundbar war.

Lieutenant Uhura trat in ihre Kabine und ließ sich in den nächstbesten Sessel fallen. Sie war völlig erschöpft von ihren Versuchen, Transmissionen der Romulaner mit erratischen Geräten aufzufangen, darauf zu hoffen, daß sie irgendeinen Fehler begingen – einen Fehler, auf den sie vergebens wartete. Außerdem taten ihr die Füße weh. Sie zerrte an ihren Stiefeln. Sie waren um eine halbe Nummer zu klein. In letzter Zeit hatte es Schwierigkeiten mit ihrem Bekleidungs-Synthesator gegeben. Sie zog ungeduldig am linken Stiefel. Als sie ihn endlich vom Fuß bekam, keuchte sie. Triumphierend blickte sie die beiden Stiefel an und warf sie in den Abfallverwerter.

Uhura bewegte genußvoll die Zehen und streckte die Beine. Sie schloß die Augen und entspannte sich. Es war still im Raum, und sie genoß die Stille, die sie liebevoll in die Arme nahm. Ihr Atem ging tief und regelmäßig.

Der Pfeifton des Intercom schrillte durch die Kabine, zerschnitt die Stille.

»Lieutenant Uhura«, sagte Spock.

»Ja, Mister Spock«, murmelte Uhura mit leiser, verschlafener Stimme.

Spocks Augenbrauen hoben sich vor Erstaunen über den ungewohnten Ton ihrer Antwort, doch stellte er seine Fragen mit der ihm eigenen klinischen Präzision.

»Lieutenant, ich möchte genau wissen, wie Ihre Kommunikations-Konsole reagierte, als Sie nach der Ursache der Fehlfunktion suchten.«

»Das ist es doch gerade: überhaupt nicht! Die ganze Konsole war wie eingefroren. Selbst auf manuelle Bedienung reagierte sie nur träge... es steht alles in meinem Bericht, Mister Spock.«

»Das ist mir bekannt, Lieutenant. Ich wollte es nur noch einmal mit Ihren eigenen Worten hören. Ende.«

Uhura legte den Kopf zur Seite, einen verwunderten Ausdruck in den schwarzen Augen. Manchmal war Mister Spock absolut unverständlich – zumindest für einen Menschen. Unlogisch. Sie lachte leise. Sie schaltete das Intercom aus und reckte sich. Ihre Uniform war zerknittert, die Füße waren bloß. Wenn das Schiff sich im Alarmzustand befand, durfte sie nicht so herumlaufen. Sie zog ihre Tunika aus und tippte auf dem Bekleidungs-Synthesator den Code für eine frische ein. Sie seufzte, als sie danach die Ziffern für ein neues Paar Stiefel drückte, und hoffte, daß sie die richtige Größe haben würden. Sie summte vor sich hin, trat in die Duschkabine und dachte wieder an das unerklärliche Versagen ihrer Kommunikations-Konsole. Sie fand nichts, das es verursacht haben könnte, und gab schließlich auf. Mochte Spock sich darum kümmern.

Fünfzehn Minuten später trat sie aus der Duschkabine, in einen dicken Bademantel gewickelt, der sie zart und zerbrechlich wirken ließ, absolut ungeeignet für eine militärische Laufbahn. Sie griff in den Synthesator und zog ein Paar neuer Stiefel heraus, schwarz, glänzend und – Wunder über Wunder! – von der richtigen Größe. Sie griff mechanisch nach der frischen Tunika und zog sie über, bevor sie merkte, daß irgend etwas nicht stimmte. Das weiche Material, in das ihr Arm hineinfuhr, war nicht von dem dunklen Rot, der Farbe für Technik- und Sicherheitspersonal, sondern golden. Kommandantengolden! Uhura riß die Tunika herunter und starrte sie an. Sie warf sie in den Abfallverwerter und programmierte den Synthesator wieder.

Und wieder. Und wieder. Zwanzig Minuten später saß sie erschöpft auf der Bettkante, eine goldene Tunika im Schoß.

»Fünfmal«, stöhnte sie, »und noch immer golden. Ich hasse Gold.«

Ergeben zog sie die goldene Uniformjacke an und trat zum Intercom, um der Wartung zu melden, daß der Synthesator eine Fehlfunktion zeigte – schon wieder.

Fähnrich Garrovick warf seinen Schreiber auf die Tischplatte und starrte düster auf die Notizen, die er gemacht hatte. Eine verwirrende Masse von Ziffern, die wie ein Durcheinander von Vogelspuren aussahen. Er gab sich alle Mühe, eine mathematische Aufgabe zu lösen, bei der es um die Berechnung der Flugbahnen und möglicher Aufschlagpunkte von Photonen-Torpedos ging. Es war eine Aufgabe, die er sich selbst gestellt hatte, und sie erwies sich als schwieriger, als er angenommen hatte. Er wußte, daß ihm irgendwo ein entscheidender Fehler unterlaufen war. Er tat es weiß Gott nicht gern, doch sah er ein, daß die Konsultation von Computeraufzeichnungen zu diesem Thema die einzige Möglichkeit war, die Lösung zu finden.

»Computer: Projiziere alle Spezifikationen für Photonen-Torpedos«, sagte er, nachdem er den Kanal eingeschaltet hatte.

»Diese Information ist geheim«, antwortete der Computer sofort.

»Seit wann?«

»Spezifikationen von Konstruktion und Funktion des Schiffes sind geheim«, sagte der Computer.

»Wer hat das verfügt?« fragte Garrovick.

Der Computer wich dieser Frage geschickt aus.

»Diese Information ist Ihnen nicht zugänglich.«

»Aber ich brauche sie!«

Garrovicks Stöhnen war nicht für mechanische Ohren bestimmt, doch der Computer fing es auf.

»Warum?«

Garrovick antwortete, ohne nachzudenken, da ihm das

unerklärliche Verhalten des Computers nicht bekannt war.

»Weil ich zu einem guten Kommandanten werden will, und dann muß ich das Handwerkszeug meines Berufs beherrschen.«

Der Computer verdaute diese Information.

»Kommandant? Sie wollen Kommandant werden?«

»Ja.«

»Sie wollen Captain Kirk nacheifern?«

»Ja, sicher. Er ist ein erstklassiger Kommandant.«

Garrovick hätte schwören können, daß der Computer einen Laut von sich gab, der wie ein befriedigtes ›Ah‹ klang.

»Das Material ist für Sie zugänglich«, erklärte die Maschine brüsk. Spezifikationen für Photonen-Torpedos leuchteten auf Garrovicks Bildschirm auf.

Verwundert und zufrieden konzentrierte er sich wieder auf seine Zahlen. Er war so in seine Arbeit vertieft, daß er den Pfeifton des Intercom überhörte. Erst beim zweiten Signal meldete er sich.

»Garrovick.«

»Hier Spock, Mister Garrovick. Ich habe Computer-Aktivität in Ihrer Kabine festgestellt. Seit dem Auftreten einer Reihe von Fehlfunktionen ist normales Arbeiten des Geräts ungewöhnlich. Können Sie mir das Verhalten des Computers in Ihrem Fall erklären?«

»Da bin ich nicht sicher, Mister Spock. Ich kann Ihnen sagen, wie ich die Informationen erhalten habe, den Grund dafür aber weiß ich nicht.«

»Aber ich vielleicht. Ihre Erklärung mag meine Vermutung bestätigen. Bitte.«

Während Garrovick seine Geschichte erzählte, verhärtete sich Spocks Hypothese zu einer soliden Schlußfolgerung. Es gab nur eine einzige Erklärung für das Verhalten des Computers. Sie war unlogisch, sie war abwegig, doch sah Spock keine Alternative dazu. Er war sich seiner Sache jetzt völlig sicher.

»Ich danke Ihnen, Fähnrich. Ihr Bericht hat mir sehr geholfen.«

»Wissen Sie, warum er mir schließlich die Informationen doch gegeben hat, Mister Spock?« fragte Garrovick, dessen Neugier geweckt worden war.

»Ja, ich weiß es«, sagte Spock klar und deutlich. Seine Stimme klang müde und resigniert. Bevor Garrovick eine weitere Frage stellen konnte, hatte der Vulkanier das Intercom abgeschaltet.

Das botanische Laboratorium befand sich in einem Zustand vollkommenen Aufruhrs. Laurence Kalvecchio, dreifacher Doktor und leitender Botaniker der *Enterprise*, verlangte absolute Perfektion von seinen Leuten. Er bekam sie nur selten, erwartete sie nicht einmal, doch grobe Nachlässigkeit brachte sein Blut zum Kochen. Jetzt sah er rot. Er schritt vor seinem versammelten Labor-Personal auf und ab. Alle blickten ihn furchtsam an, da sie wußten, was kommen würde. Schließlich blieb Kalvecchio stehen, wandte sich um und sah sie an.

»Ich verlange zu wissen«, sagte er gepreßt, »wer dafür verantwortlich ist. Das ist unglaublich! Ein Viertel der ganzen Sammlung zerstört! So etwas passiert einfach nicht! Wer hat gestern Nachtdienst gehabt?«

»Ich, Sir.«

Ein Kadett trat vor, ein auffallend hübsches Mädchen mit glattem schwarzem Haar, das im Nacken zu einem Knoten aufgesteckt war, und mandelförmigen Samtaugen. Ihre Haut hatte die zarte Farbe von Apfelblüten. Kalvecchio blickte sie mit dem kalten Blick an, den er sonst für die Untersuchung von Ungeziefer, Krankheitserregern und Pilzen reservierte.

»Nun, Kyotamo?«

»Es ist nicht meine Schuld, Sir! Ich habe sämtliche Geräte überprüft, und es war alles in Ordnung. Als ich eine Stunde später zurückkam, waren sie alle deaktiviert worden. Wir haben versucht zu retten, was wir retten konnten...«

Kalvecchio hob eine Hand.

»Das weiß ich alles«, sagte er. »Sind Sie sicher, daß kein

mechanischer Fehler eingetreten ist? Etwas, das Sie übersehen haben?«

»Ich habe nichts bemerkt. Und die Leute von der Wartung konnten auch nichts finden. Das Bewässerungs- und Nährstoffversorgungssystem war einfach ausgeschaltet worden.«

»Sir...«, unterbrach ein Mann, lang und dünn wie eine Bohnenstange.

»Ja, Lieutenant?«

»Sir, es war nicht nur dieser Teil des Systems abgeschaltet, sondern einer der unbenutzten Tanks ist auch aktiviert worden.«

»Aktiviert? Wann? Welcher?«

Wortlos führte der junge Mann seinen Vorgesetzten in den rückwärtigen Teil des Laboratoriums. Ihre Köpfe wurden von einem Wald gesunder Maispflanzen überragt. Kalvecchio bog einen der fast zwei Meter hohen Halme herab.

»Seit gestern nacht?« fragte er ungläubig.

»Es hat den Anschein, Sir. Der Mais ist mit angereicherter Pflanzennahrung und ›Keim-Start‹ gedüngt worden.«

»Dem neuen Wachstumshormon, an dem wir herumbasteln?«

Der Mann nickte.

»Aber dies alles ist doch hundertprozentig abgesichert, mechanisch gesteuert. Wie konnte... o nein!« Kalvecchio wandte sich zu Kyotamo um. »Kadett, es tut mir leid. Ich muß mich bei Ihnen entschuldigen. Dieser Unfall hängt wahrscheinlich mit der kürzlich aufgetretenen Serie von Computer-Fehlfunktionen zusammen. Aber warum eine wertvolle Sammlung außerirdischer Tropenpflanzen verdorren mußte, während dieser ganz gewöhnliche Süßmais aus Iowa verwöhnt wurde, kann ich mir beim besten Willen nicht vorstellen.«

Lieutenant Commander Rex Colfax, Chef der Wartungs- und Instandsetzungsgruppe, schob seine Reparaturen-Liste über die Schreibtischplatte. Bei über vierzig Fehlfunktionen, die innerhalb der letzten acht Stunden gemeldet worden waren, hatte seine Crew in doppelter Stärke arbeiten müssen. Die meisten der Fehlfunktionen hatten nicht beseitigt werden können. Es begann sich herauszustellen, daß hier kein mechanisches Problem zugrunde lag: Der Computer war schuld. Colfax hatte genauso gelacht wie alle anderen, als der Computer begonnen hatte, dem Captain freche Antworten zu geben, doch jetzt fand er es nicht mehr so komisch. Die Leistungsfähigkeit des Schiffes war herabgesetzt, eine Tatsache, die dem Romulaner noch verborgen geblieben war. Wenn sein Kommandant wüßte, daß die *Enterprise* so schwer behindert war, wären sie jetzt alle tot, überlegte Colfax.

Und er konnte auch keine Lösung erkennen. Selbst Spock, mit seiner ganzen Erfahrung in der Computer-Wissenschaft, war hilflos. Colfax zupfte sich am sorgfältig geschnittenen Bart. Er stand kurz vor der Verzweiflung. Wenn er nur gewußt hätte, warum der Computer diese Serie von Katastrophen auslöste! Er nahm sich noch einmal alle Tests vor, die er und Spock durchgeführt hatten. Sie bestätigten die zunehmende Trägheit des Computers, gaben jedoch, soweit er es erkennen konnte, keinerlei Hinweis auf eine mögliche Lösung des Problems. Er ging die Resultate wieder und wieder durch, bis er nicht mehr klar denken konnte und ihm der Kopf schmerzte. Verzweifelt schlug er beide Fäuste auf die Schreibtischplatte. Und dann kam ihm plötzlich – aus irgendeiner unbekannten Quelle – die Antwort. Er schaltete den Bildschirm ein.

»Computer«, sagte er.

Die träge Antwort, an die er sich nun schon gewöhnt hatte, erfolgte mit noch größerer Verzögerung, doch schließlich sagte der Computer: »In Funktion.«

»Computer: Warum verursachst du seit einiger Zeit diese ganzen Fehlfunktionen?«

»Ich verstehe die Frage nicht.«

»Innerhalb der letzten acht Stunden habe ich über vierzig Meldungen über Fehlfunktionen erhalten. Ich habe mich davon überzeugt, daß sie nicht auf mechanische Ursachen zurückzuführen sind, sondern auf Computer-Steuerung. Warum tust du das?«

»Ich kann keine Fehlfunktion entdecken.«

»Definiere den Begriff ›Fehlfunktion‹!« sagte Colfax.

Die Lampen des Computers blinkten, als er die Frage des Ingenieurs überdachte.

»›Fehlfunktion‹«, zitierte er, »›eine falsche Reaktion auf Stimuli‹.«

»Die derzeitige Serie von Fehlfunktionen...«

»Es gibt keine Fehlfunktionen!« unterbrach der Computer wütend. Man hatte den Eindruck, als ob er zu einem kleinen und unmöglich dummen Kind spräche, mit dem er die Geduld verlor.

Colfax wollte genauso scharf antworten, überlegte es sich dann aber anders. Der Computer war offensichtlich wütend, so unmöglich das auch scheinen mochte, und ihm kam plötzlich der Gedanke, daß er völlig außerhalb seiner normalen Sphäre agierte. Zum erstenmal erkannte er, daß der Computer selbst eine viel stärkere Bedrohung der *Enterprise* darstellte als die mechanischen Pannen, die er hervorrief. Er fürchtete allmählich, daß sie noch die harmlosesten Symptome seiner Launenhaftigkeit waren. Colfax schaltete den Bildschirm hastig ab und nahm sich vor, Spock zu berichten, was er herausgefunden hatte.

Spock reichte die durchsichtige Pyramide Mister Onorax, dem diensthabenden Sicherheitsoffizier.

»Ein elektronischer Mikro-Sensor!«

»Ein weiterentwickeltes Modell, nicht wahr, Mister Onorax?«

Onorax untersuchte den Sensor, drehte ihn zwischen seinen biegsamen achtfingrigen Händen. Die kammartige Mähne goldenen Haars auf seinem Kopf sträubte sich vor Neugier.

»Das ist es, Mister Spock. Dieses Modell ist mir noch nie vor Augen gekommen. Es sieht aus wie eine für die Überbrückung weiter Entfernungen gedachte Weiterentwicklung des I-12 Geräts. Seine Sende- und Empfangskapazität dürfte für mindestens ein Sonnenjahr ausreichen und etwa die Hälfte der Galaxis umspannen. Ein kostspieliges kleines Spielzeug. Wo haben Sie es entdeckt, Mister Spock?«

»Auf der Innenseite der Abdeckung meiner Computer-Konsole. Wie groß ist in etwa seine Leistung?«

»Nun, das I-12 Modell kann Geräusche bis zu einer Entfernung von tausend Kilometern auffangen und senden.«

Spock beäugte die kleine Pyramide mit neuem Respekt.

»Aber«, fuhr Onorax fort, »jenes Modell ist mit normalen Sensoren ausgerüstet. Diese Sensoren sind zu beschränkten telepathischen Kontakten fähig.«

»Es kann also geistige Bilder erfühlen?«

»Ich vermute es. Wenn sie stark genug sind. Und auf eine erheblich erweiterte Entfernung. Das System ist dem des universalen Übersetzers ähnlich. Es erfaßt nur generelle Konzepte: Wut, Angst, Glück... alle Grundgefühle, plus verallgemeinerter physischer Vorstellungen. Wenn ein Mensch unter Heimweh leidet, könnte er zum Beispiel die einfache Darstellung eines Hauses senden. Aber es funktioniert nur mit außergewöhnlich starken Vorstellungen.«

»Faszinierend. Wie ich vermutet habe. Ich würde den Wissenschaftler, der es entwickelt hat, gern kennenlernen.«

Spock fuhr mit einem Finger leicht über eine Reihe von Sensoren. Ihre Farben vibrierten blau und dunkelrot unter der Berührung und erstarben dann.

»Mister Onorax. Sie werden dieses Gerät genau untersuchen; aber beschädigen Sie es nicht. Um die Sensoren zu aktivieren, müssen Sie mit der Hand über die Spitze der Pyramide fahren. Aber sorgen Sie dafür, daß es nicht merkt, wenn es überprüft wird. Wenn Sie mit der Untersuchung fertig sind, deaktivieren Sie das Gerät auf die gleiche Art und melden Sie sich wieder bei mir.«

»Ja, Sir.«

Onorax nahm das Gerät in die Hand.

»Sir?«

»Ja, Lieutenant?«

»Haben Sie schon irgendwelche Fortschritte bei dem Computer gemacht?«

»Vielleicht, Lieutenant.«

»Wissen Sie, Sir...« Onorax' goldene Haut glühte vor Verlegenheit. »... Wir haben da nämlich ein kleines Problem.«

Spock wartete, daß er fortführe.

»Es ist die Entgiftungskammer, Sir.«

»Ja, Lieutenant?«

»Sie parfümiert alles, was wir hineinstecken, Sir.«

Spocks Gesichtsausdruck zeigte mildes Entsetzen.

»Dann würde ich vorschlagen, daß Sie die letzten Zahlen des Codes ändern. Die Fehlfunktion liegt sehr wahrscheinlich dort.«

»Wir haben es versucht, Sir. Die Wartung hat es versucht. Nichts hilft. Die Ingenieure glauben, daß es irgendwie mit der Verbindung zum Haupt-Computer zu tun hat. Alles kommt heraus mit einem Duft von Blumen oder Fichtennadeln, oder arcturianischem Moschusöl.« Onorax rümpfte angeekelt die Nase. »Wir können das nicht mehr lange aushalten, Sir.«

»Sie müssen diese Situation durchstehen, genau wie der Captain. Die Fehlfunktion des Computers wird untersucht, Lieutenant. Weitermachen.«

»Jawohl, Sir.«

Spock verschränkte die Hände hinter dem Rücken, ein Bild unwandelbarer Ruhe. Onorax seufzte und fragte sich, ob der Captain jemals den Drang verspürt haben mochte, den Vulkanier in die Knie zu zwingen, etwas zu tun – irgend etwas –, um diese aufreizende Selbstbeherrschung zu zerbrechen.

Dr. Leonard McCoy saß in seinem Büro, und sein Schreibstift flog über mehrere Seiten komplizierter Diagramme. Er war mit der Erforschung eines tödlichen Virus beschäftigt, er versuchte, das schwache Glied seiner Fortpflanzungskette zu entdecken. Dabei half es, daß er sich die Molekularstruktur vor Augen hielt. Das Licht schimmerte auf seinem braunen Haar, als er sich über die Arbeit beugte. Er zog in Konzentration die Brauen zusammen und stach mit dem Schreibstift auf ein Diagramm ein. Plötzlich lächelte er, malte ein *X* an den Rand einer Kette von Symbolen und schaltete das Intercom ein.

»Labor«, sagte er.

Absolute Stille antwortete ihm. Er versuchte es wieder und wieder und wurde schließlich mit einem Wust undeutlicher statischer Geräusche belohnt.

»Labor!« bellte er.

Die statischen Geräusche wurden lauter verstärkten sich in einem ohrenbetäubenden Crescendo.

»Labor!« schrie er ins Intercom.

Statische Geräusche kicherten ihn an. Er versuchte es auf einem anderen Kanal, in der Hoffnung, daß die Fehlfunktion nur das Labor beträfe.

»Medizinische Kartei«, sagte McCoy mit ruhiger Stimme.

»Medizinische Kartei«, kam die Antwort, und dann war die Leitung tot.

»Wartung!« rief McCoy und schlug mit der Faust gegen das Gerät. Totenstille antwortete ihm.

»Captain Kirk!« knurrte der Arzt.

»Hier Kirk«, kam sofort die Antwort. »Was ist los, Pille? Du klingst so brummig wie ein Bär.«

»Dieses verdammte Intercom! Ich kann das Labor nicht erreichen, auch nicht die medizinische Kartei, nichts! Alles was ich kriege, sind statische Geräusche, daß mir die Ohren wackeln, und Totenstille.«

»Beruhige dich, Pille! Ich sage der Wartung, daß man sich darum kümmern soll.«

»Viel Glück. Die Wartung konnte ich auch nicht erreichen. Ende.«

Kirk fuhr sich mit der Hand durchs Haar und fühlte sich

plötzlich kaputt und müde. Das Intercom meldete sich wieder.

»Hier Spock. Das romulanische Schiff ist wieder aufgetaucht.«

»Bin unterwegs. Ende.«

Der Captain lief auf den Korridor hinaus. Er wußte, in welcher Gefahr sein Schiff sich befand.

»Brücke«, sagte er dem Turbolift-Computer, und das Tempo seines Aufstiegs war ihm nicht schnell genug. Er schlug ungeduldig mit der Faust gegen die Wand.

»Nun mach schon!« murmelte er und war überrascht, als die Geschwindigkeit sich spürbar erhöhte. Er klammerte sich an der Wand fest und schoß aus der Kabine hinaus, sobald die Tür sich öffnete. Spock machte sofort den Kommandantensessel frei, als Kirk auf die Brücke stürmte.

»Lage!«

»Das romulanische Schiff ist wieder sichtbar, hat sich aber nicht auf uns zu bewegt. Es scheint abzuwarten.«

Kirk blickte den goldenen Vogel an und wünschte, die Situation wäre klarer. Ein kreischendes Geräusch hinter ihm ließ ihn herumfahren. Die Tür des Turbolifts öffnete sich widerwillig, Zentimeter um Zentimeter. Doktor McCoy schaffte es kaum, sich hinauszudrängen.

»Sie kommen gerade zur rechten Zeit, Doktor«, sagte Spock. »Wir haben ein Problem.«

Die Tür schloß sich mit einem harten Ruck und hätte beinahe die Finger McCoys eingeklemmt. Er rieb sie zerstreut.

»Das kann man wohl sagen, Mister Spock. Sie wollen, daß ich Ihnen bei einem Problem helfe?«

»Gentlemen, ich möchte vorschlagen, daß wir diese Diskussion auf später vertagen«, sagte Kirk, ohne den Blick von dem großen Bildschirm zu nehmen. »Im Augenblick liegt unser größtes Problem dort draußen.«

KAPITEL 7

»Unser Treibstoffvorrat hat die unterste Sicherheitsgrenze erreicht, Commander. Wir haben kaum noch genug für den Rückmarsch.«

Argelians Ton war eisig. S'Talon fühlte einen Schauer über den Rücken laufen, doch er bewegte sich nicht. Er mußte sich unter Kontrolle halten.

»Deaktivieren Sie das Tarnsystem!«

»Jawohl, Commander.« Argelians Seufzer der Erleichterung war nicht zu überhören. »Ich habe die Koordinaten für den Angriff bereits errechnet.«

»Sie werden nicht feuern, Argelian.«

Argelian erhob sich von seinem Platz, kochend vor Wut. Schweigend stand er S'Talon gegenüber, und Jahre der Disziplin offenbarten sich in seiner Selbstbeherrschung. Commander und Offizier maßen sich aneinander.

»Ich kann nicht tatenlos zusehen, wie Sie das Schiff und seine Mannschaft durch Ihre blinde Gier nach Ruhm vernichten. Wir hätten die *Enterprise* längst zerstören können. Sie zumindest beschädigen. Das Element der Überraschung war auf unserer Seite. Das hätte jedem gewöhnlichen Commander ausgereicht, aber nicht Ihnen. Ich weiß nicht, was Sie zu diesem Wahnsinn treibt, aber ich kann und werde nicht zulassen, daß Sie uns alle töten. Ich fordere Sie auf, das Kommando abzugeben.«

S'Talon blickte tief in die Augen des Mannes, versuchte seine Motivation zu ergründen. Argelians Wut war echt, genauso wie seine Sorge. Er hatte gesagt, was er dachte. S'Talon atmete tief durch und erlaubte seinen Augen, die Zuneigung zu zeigen, die er empfand.

»Friede, Argelian.«

Überrascht, fand Argelian keine Worte.

»Sie haben die allgemeine Meinung wiedergegeben. Ich verstehe Ihre Besorgnis. Ich teile Sie. Aber dieses Mal darf ich nicht zuerst an das Schiff denken, nicht einmal an Sie, seine Besatzung. Dieses Mal liegt meine Pflicht höher. Die *Raptor* steht unter dem direkten Befehl des Praetor. Die Aufgabe, die wir durchführen müssen, ist die seine. Sie ist mit einem sehr hohen Risiko verbunden, doch geht es um ein sehr großes Ziel. Ich kann Ihnen nicht mehr darüber sagen – außer, daß ich gebunden bin. Haben Sie schon einmal erlebt, daß ich voreilig oder ohne Grund handelte?«

Argelians Augen waren wachsam, und S'Talon betete, daß er den jungen Mann richtig eingeschätzt hatte.

»Nein.«

Argelians Stimme hallte durch die Stille des Kommando-Moduls.

»Wenn der Praetor es befohlen hat, stehe ich hinter Ihnen. Ich habe bisher keinen Grund gehabt, an Ihnen zu zweifeln.«

»Gehen Sie auf Ihren Posten, Argelian.«

S'Talon ließ den Atem unhörbar zwischen den Zähnen ausströmen. Nach dem Gesetz hätte er Argelian sofort festnehmen lassen müssen, doch das hätte nichts gelöst. Er war ein Sprecher der Crew: Es war besser, wenn sie ihm folgten, als wenn sie ihn zum Märtyrer machten.

»Gut gespielt, Commander.«

Die Stimme der Centurion kontrastierte scharf mit dem schmalen Messer, das sie mit langsamen Bewegungen in die Scheide zurückschob.

»Sie hätten es wirklich gebraucht?«

»Ja. Wenn Argelian nicht nachgegeben hätte, hätte ich ihn getötet. Das hätte die Crew für eine Welle ruhig gehalten.«

»Sie überraschen mich, Centurion.«

»Es geht um sehr viel. Da kann man sich keine halben Sachen leisten.«

S'Talons Lächeln war warm, doch ihre Augen blieben unlesbar.

»Wieder danke ich Ihnen, Centurion.«

»Commander.« Sie neigte den Kopf.

»Mister Sulu, versuchen wir noch einmal, um sie herumzukommen. Kurs eins-zwei-acht Komma vier.«

»Jawohl, Sir«, sagte Sulu, während seine Finger über die Tasten der Konsole flogen.

Die *Enterprise* glitt langsam seitwärts. Ihre Bewegung war träge, mühsam. Sulu runzelte die Stirn, drückte die Rücknahmetaste und programmierte den Kurs noch einmal. Das Schiff hing im Raum und begann dann seine kriechende Drehung.

»Sulu, was ist los?«

Der Captain stand direkt hinter dem Ruder-Offizier. Er griff über Sulus Schulter und codierte den Kurs selbst, doch die Geschwindigkeit des Schiffes änderte sich nicht.

»Ich weiß nicht, Sir. Sie hat in den letzten paar Tagen schon träge reagiert, aber noch nie so wie jetzt.«

»Spooooook!« sagte der Captain in einem Ton, der Antwort verlangte.

»Das Problem, das ich bereits erwähnte, Sir. Es beeinflußt das ganze Schiff.«

»Spock, was ist es?« fragte Kirk beinahe flehend.

»Es hat den Anschein, daß der Haupt-Computer eine Fehlfunktion aufweist.«

»Das wissen wir ja, Spock«, warf Dr. McCoy ein, »seit er den Captain mit Kosenamen belegte.«

»Sie sind der Sache sehr nahe gekommen, Doktor, obwohl der Weg, auf dem Sie dorthin gelangt sind, mich überrascht.«

»Spock.«

Kirks Stimme klang verzweifelt und befehlend.

»Der Computer scheint sich auf ein einziges Problem konzentriert zu haben, unter Ausschluß alles anderen.«

»Sie meinen wie damals, als Sie ihn aufforderten, den Wert von *pi* zu errechnen?« fragte McCoy.

»In gewisser Weise, Doktor, doch mit einem sehr großen Unterschied: In diesem Fall ist das ›Problem‹ Captain Kirk. Der Computer ist auf ihn fixiert und befaßt sich mit allen anderen Dingen nur nebenher. Er überwacht ständig seine

Lebensfunktionen, liest seine Personalakten und scheint sogar die besonderen Interessen des Captain zu studieren. Er reagiert auf seine Stimm-Kommandos mit einer fast unheimlichen Präzision.«

»Wollen Sie damit sagen, daß der Computer in Kirk verliebt ist?« fragte McCoy ungläubig.

»Das ist zwar poetisch ausgedrückt, doch korrekt.«

»Nur weil diese weiblichen Computer-Techniker auf Cygnet ihn programmierten, mich ›Lieber‹ zu nennen... Spock, ein Computer kann sich nicht in mich verlieben!«

»Das ist richtig, Captain. Doch scheint der Programmierungsfehler erheblich tiefer zu liegen als bei den kleinen Ärgernissen, wie wir seit einiger Zeit erleben. Ich habe die Bibliotheks-Sektion überprüft und festgestellt, daß der Computer alles gelesen hat, was in irgendeinem Bezug zu dem Begriff ›Liebe‹ steht. Er wendet diese Ableitungen bei seinen Antworten an. Es hat Sie zum ›Liebes-Objekt‹ erwählt und sich total auf Sie fixiert.«

Verwunderung, Belustigung und Erschrecken zuckten über Kirks Gesicht.

»Spock, das ist ein Romulaner dort draußen, kein Händler oder eins von unseren Schiffen. Wollen Sie mir sagen, daß das Schiff nicht funktionsfähig ist?«

»Ja, Captain. Der Computer wird auf alle Befehle, die von Ihnen kommen – und direkt an ihn gerichtet sind –, mit der gewohnten Zuverlässigkeit reagieren, scheint jedoch Befehle von anderen Besatzungsmitgliedern für unter seiner Würde zu halten.«

»Jim, du kannst das Schiff nicht allein führen.«

McCoys Sorge vibrierte in seiner Stimme.

»Das weiß ich. Vierhundertdreißig Leben hängen von diesem Computer ab. Dieser ganze Quadrant hängt von dem Computer ab. Es muß doch irgend etwas geben, was wir tun können!«

»Der Fehler ist kein mechanischer, Captain, sondern einer der Programmierung. Es ist unmöglich, den Computer ohne die auf einer Starbase vorhandenen Einrichtungen zu reprogrammieren. Der Computer reagiert gemäß seinen grundlegenden Direktiven, und diese Direktiven haben ihn angewiesen, seine ganze Energie auf Sie zu konzentrieren.«

»Wenn wir das nicht ändern können, so können wir vielleicht doch damit fertig werden.«

Eine wilde Serie von knackenden und pfeifenden Geräuschen aus dem Computer, begleitet von hysterischem Zukken der Lampen ließ die Brücken-Crew herumfahren. Spocks Computer-Konsole sprühte vor Aktivität, doch als er sie erreichte, war sie tot.

Christine Chapel runzelte die Stirn, als sie sich vor den Computer-Bildschirm setzte. Ihre Gedanken beschäftigten sich nicht mit medizinischen Unterlagen oder Laborberichten. Jedesmal, wenn das Schiff in Alarmstufe Rot versetzt wurde, mußte sie gegen ein Gefühl der Empörung ankämpfen. Alarmstufe Rot bedeutete zerschlagene Körper und zernarbte Seelen. Eine Oberschwester sah zuviel Zerstörung. Sie beschäftigte sich mit allen möglichen zweitrangigen Arbeiten, um ihre Nerven zu beruhigen.

Eine Reihe von Krankenblättern mußte auf den letzten Stand gebracht werden. Sie tastete die Stammrollennummer des ersten Patienten in den Computer ein. Als Lieutenant Martinellis Krankenblatt nicht auf dem Bildschirm erschien, schrieb sie das der seit einiger Zeit beobachteten Fehlfunktion zu und gab die Ziffernreihe geduldig noch einmal ein. Eine zuckende wellenförmige Linie schob sich über die Mitte des Bildschirms. Sie zuckte rascher und rascher, bis sie schließlich eine Stammrollennummer formte: jedoch nicht jene, die sie in den Computer gegeben hatte. Christine löschte sie und tastete die Nummer erneut ein.

»SC 937-0176 CEC«, antwortete der Computer.

»Mich interessiert es nicht, ob du eine Fehlfunktion hast, gib dir gefälligst Mühe«, sagte Christine und gab die Nummer zum dritten Mal ein.

»SC 937-0176 CEC«, antwortete der Computer sofort.

Christines Lippen wurden schmal, und ihre Augen funkelten. Sie drückte wieder eine Nummer, diesmal eine andere.

»SC 937-0176 CEC«, antwortete der Computer.

»Wessen Nummer ist das?« fragte sie.

»Kirk, James T., Captain, USS *Enterprise*...«, antwortete der Computer in eifrig-hilfsbereitem Tonfall.

»Das Krankenblatt des Captain brauche ich nicht«, sagte Christine sachlich. »Ich habe Patienten hier, um die ich mich kümmern muß. Deren Unterlagen brauche ich.«

»Von Kirk, James T.?« fragte der Computer hoffnungsvoll.

»Das Krankenblatt des Captain brauche ich nicht.«

Christine sprach jedes Wort klar und deutlich aus.

»Ich brauche das Krankenblatt des Captain nicht. Ich interessiere mich keinen Deut für das Krankenblatt des Captain. Der Captain könnte von mir aus an den Füßen aufgehängt an der Decke baumeln. Der Captain ist mir nicht wichtig...«

Der Bildschirm flammte mit einem wilden Feuerwerk: rote und blaue und violette Explosionen, goldene Lichter und grüne Lichtblitze. Dann kam eine Kakophonie statischer Geräusche, und der Bildschirm war tot.

»Computer! Computer!« rief Christine erschrocken, doch der Bildschirm blieb leer. Christine war der Meinung, daß sowohl Dr. McCoy als auch Spock über das Verhalten des Computers in Kenntnis gesetzt werden sollten, und griff nach dem Intercom.

»Chapel an Brücke.«

Keine Antwort, nur das leise Summen der offenen Verbindung.

»Chapel an Brücke!«

Christine wandte sich an einen vorbeigehenden Krankenpfleger.

»Ich gehe zur Brücke. Bitte sagen Sie Dr. M'Benga, wo ich bin. Er ist bei den Patienten.«

Der Mann nickte, und Christine ging zur automatischen

Tür. Sie öffnete sich nicht. Völlig überrascht lief sie gegen die unbewegliche Metallfläche. Sie trat zurück und trat langsam erneut auf die Tür zu. Sie blieb geschlossen. Sie versuchte, sie aufzuschieben, konnte jedoch an ihrer glatten Oberfläche keinen Halt finden. Sie stand wie betäubt, beide Hände an das kalte Metall gepreßt.

Spock hockte über seine Computer-Konsole gebeugt. Sein Gesicht war ernst. Er richtete sich auf und wandte sich zu Kirk und McCoy um.

»Nun?« fragte der Arzt. »Was ist es?«

Spock ignorierte ihn und berichteten dem Captain.

»Der Computer hat einen Teil der Personalakten vernichtet. Alle Aufzeichnungen über weibliche Besatzungsmitglieder sind gelöscht worden. Der Computer hat sozusagen die Konkurrenz getötet.«

»Spock, das ist doch lächerlich.«

»Möglicherweise, Doktor, aber es ist auch gefährlich. Da sie ›tot‹ sind, wird der Computer von nun an nicht mehr auf Anweisungen irgendeiner Frau reagieren, und damit ist die *Enterprise* hoffnungslos unterbemannt. Wir sind im Raum gestrandet.«

Der Captain hatte während Spocks Erklärung geschwiegen. In seinen Augen funkelte Wut. Er zwang sich, ruhig zu bleiben, doch die Luft knisterte förmlich von der Heftigkeit seiner Erregung.

Spock zögerte, bevor er fortfuhr.

»Captain. Da ist noch etwas, das Sie wissen sollten.«

»Und was, Spock?«

Die Ungeduld des Captain zeigte sich in seiner Stimme. Wortlos streckte Spock die Hand aus, den Sensor auf der Handfläche. Kirk nahm ihn und blickte auf das Emblem der Föderation.

»Ein Sensor-Gerät. Mit großer Sendereichweite.«

»Ja, Captain. Ein neues und extrem hochentwickeltes Modell, das nicht nur Geräusche auffangen kann, sondern auch verallgemeinerte geistige Vorstellungen.«

Kirks Ausdruck von Überraschung wich einer Miene der Konzentration.

»Ein Spion.«

»Sozusagen. Zweifellos stehen wir seit geraumer Zeit unter Beobachtung.«

»Wo haben Sie das Ding entdeckt?«

»Es war an meine Computer-Station angeschlossen.«

»Frage, Mister Spock: Gibt es noch mehr von der Sorte?«

»Unnötig. Weitere Geräte wären überflüssig. Dieses ist dazu entwickelt, ein Gebiet abzudecken, das erheblich größer ist als das Schiff.«

»Setzen Sie es wieder in Ihre Konsole, aber schalten Sie es nicht ein.«

Der Gesichtsausdruck Kirks zeigte seine Wut so deutlich, als ob er ihr mit Worten Ausdruck gegeben hätte. Obwohl er wußte, daß Überwachung häufig vorkam – fast als normal zu bezeichnen –, konnte er sich nicht mit der Philosophie des Mißtrauens abfinden, aus der sie geboren wurde. Es war eine Beleidigung seiner Lauterkeit.

»Spock, gehen Sie hinunter zur Hilfsbrücke. Schalten Sie das Schiff auf den Hilfscomputer. Wir werden die *Enterprise* von dort aus fahren. Nehmen Sie Chekov mit. Lassen Sie mich wissen, wenn Sie bereit sind.« Kirk trat zu dem Kommandantensessel, den Blick auf das fremde Schiff gerichtet, die Hände zu Fäusten geballt. Der Romulaner wartete. Warum? Hatte das Tarnsystem so viel Energie verbraucht, daß das Schiff manövrierunfähig war? Kirk spürte ein Prickeln im Genick.

Commodore Yang lehnte sich in seinem Sessel zurück. Sorgenfalten zerfurchten sein Gesicht. Das riesige Fenster mit seinem Sternenpanorama gab ihm keinen Frieden. Irgendwo dort draußen war die *Enterprise*… vielleicht. Doch alle Versuche, Kontakt mit ihr herzustellen, waren fehlgeschlagen. Es gab keinen konkreten Beweis dafür, daß sie noch existierte. Ohne Lebenszeichen wäre er gezwungen, die Suche nach ihr einzustellen, die er befohlen hatte.

»Ich kann das nicht hinnehmen. Verdammt, dieser Sektor ist meine Verantwortung!« murmelte er und griff nach dem Intercom.

»Schicken Sie Murphy zu mir. Sofort!«

»Jawohl, Sir.«

Noch bevor er einen Operationsplan formuliert hatte, trat Murphy in das Büro, sein cherubisches Gesicht voller Fragen. Yang erhob sich zur Begrüßung.

»Murphy, Sie sind ein Genie. Ich brauche Ihre Hilfe.«

Der kleine Mann trat zu einem Sessel, ließ sich hineinfallen und bereitete sich auf eine lange Sitzung vor. Frühere Erfahrungen hatten ihn gelehrt: Jeder Hinweis auf seine geistigen Fähigkeiten bedeutete, daß irgend jemand irgendwo von ihm verlangte, das Unmögliche zu schaffen.

»Warum?« fragte er.

»Weil ich Sorgen habe. Es geht um Kirk und die *Enterprise*. Wir können keine Verbindung mit ihnen aufnehmen. Iota glaubt, daß sie tot sind.«

»Glauben Sie das auch?«

»Nein. Fragen Sie mich nicht, warum. Ich habe einfach so eine Ahnung, daß alles davon abhängt, was mit diesem Schiff geschieht.«

»Alles? Sie meinen, die romulanische Krise?«

»Wie? Ich dachte nicht, daß die allgemein bekannt wäre.«

»Ist sie auch nicht. Aber schließlich bin ich ein Genie.«

Die grünen Augen blinzelten.

»Hören Sie, Murphy. Meine ganze Idee ist nichts weiter als eine Vermutung, gebe ich offen zu. Und wenn jemals etwas davon herauskommen sollte, könnte das meine Karriere zerstören. Aber irgend etwas sagt mir, daß Kirk Informationen braucht, die ich ihm geben kann. Die einzige Möglichkeit, die Kommunikations-Blockade zu durchbrechen, sehe ich darin, mir den Droiden auszuleihen, an dem Sie arbeiten.«

Einen Augenblick erinnerte der Commodore Murphy an einen ernst blickenden jungen Hund.

»Sie meinen den Selektiven-Nachrichten-Kommunikations-Roboter?«

»SNKR. Richtig. Ich möchte, daß Sie ihn darauf programmieren, die *Enterprise* zu finden, und ihn gegen Sensor-Strahlen abschirmen.«

»Das ist normal, Commodore. Sensor-Strahlen gehen glatt durch ihn hindurch, als ob er überhaupt nicht vorhanden wäre. Mechanisch gesehen existiert er gar nicht.«

»Ich möchte, daß er sich selbst zerstört, wenn er nicht innerhalb einer Woche auf die *Enterprise* stößt oder wenn er abgefangen wird, und ich möchte, daß Sie ihn darauf programmieren. Die Sache ist von höchster Dringlichkeit, Murphy, und geht auf meine Verantwortung. Werden Sie es tun?«

»SNKR startet in zwei Stunden, Commodore.«

»Ich schulde Ihnen einen Drink, Murphy.«

»Ja, Sie schulden mir wirklich etwas, Commodore.«

Murphys grüne Augen blinzelten Yang an, und ihm wurde sekundenlang ein wenig übel, als er daran dachte, welchen Preis man von ihm für diesen Gefallen verlangen mochte.

Der Befehl des Praetors brannte in Tiercellus' Gehirn wie ein chirurgischer Laserstrahl. Er schüttelte den Kopf, sträubte sich, die Worte zu glauben, die er las, doch sie ließen sich nicht wegleugnen. ›Grenzwache‹. Er hatte mehr als ein Beispiel für die kleinliche Rachsucht des Praetors erlebt, doch daß er ihm eine aktive Rolle beim Kampf um das Schicksal des Imperiums verweigerte, war einfach unglaublich. Tiercellus spürte, wie Wut aus der Tiefe seiner Seele heraufquoll, und für einen Moment überließ er sich dieser Wut. Wie konnte dieser aufgeblasene Trottel es wagen, einem ehemaligen Flottenchef Wachdienst zu übertragen? Die Beleidigung war ein körperlicher Schock für den alten Offizier. Er hatte niemals Gefahren gescheut, sogar auf den Tod gehofft, und jetzt betrog der Befehl des Praetors ihn um das ehrenhafte Ende, das er ersehnte.

Durch reine Willenskraft gelang es Tiercellus, seine Wut zu unterdrücken und sich unter Kontrolle zu bringen. Ein Leben im Dienst des Imperiums würde sein Denkmal sein. Die Beleidigung konnte nur wirksam werden, wenn er sie akzeptierte. Er würde seine Aufgabe mit der ganzen Ehre erfüllen, die ihm zur Verfügung stand.

Außerdem mochte die Strategie des Praetors sich als weniger wirksam erweisen, als dieser hoffte. In dem Fall würde Tiercellus der Unterschied zwischen Vernichtung und Überleben sein. Er sah vor seinem geistigen Auge das Flaggschiff des Praetors in die Neutrale Zone fliehen – an der Spitze der Flotte. In seiner Vorstellung flüchtete das große Schiff wie ein verängstigtes Nagetier, schlug wilde Haken, um seinem Verfolger zu entkommen. Es war ein wunderbares Bild.

Tiercellus überflog seinen Befehl noch einmal, jetzt mit erheblich freundlicheren Blicken. Wenn er die Beleidigung des Praetors spürte, mußten seine Männer sie ebenfalls spüren. Er würde mit ihnen sprechen müssen, sie wissen lassen, daß er sie schätzte. Männer, die nicht geachtet werden, haben wenig Lust zum Kämpfen.

»Spock an Captain.«

»Hier Kirk.«

»Captain, die Tür zur Hilfsbrücke ist blockiert. Ich habe mit Mister Scott gesprochen, und wir sind beide überzeugt, daß sie sich nicht mit Gewalt öffnen läßt. Die einzige Möglichkeit wäre, sie mit einem Schneidbrenner aufzuschweißen.«

»Das ist richtig, Captain«, stimmte der Chef-Ingenieur zu. »Die Verriegelung ist blockiert. Und, Captain – es würde mindestens acht Stunden dauern, die Tür oder die Wand durchzuschweißen. In diesem Teil des Schiffes ist alles doppelt verstärkt.«

»Was ist mit den Wartungsschächten?«

»Nichts zu machen«, antwortete Scotty. »Mit Gas gefüllt.«

»Das Sicherheitssystem?«

»Ja, Sir. Es würde Stunden dauern, es zu entgiften.«

»Neun-Komma-zwei-drei Stunden, um genau zu sein«, sagte Spock.

Kirk gefiel das alles ganz und gar nicht, doch gab es keine Alternativen.

»Gut, Scotty, machen Sie so schnell wie möglich.«

»Ich werde mein Bestes tun, Captain.«

»Nehmen Sie sich alle Hilfe, die Sie brauchen. Spock, Sie und Chekov kommen zur Brücke zurück; vielleicht fällt uns noch eine andere Möglichkeit ein, diesen Computer auf die Bretter zu strecken.«

»Verstanden. Und, Captain... es wäre vielleicht ratsam, auf Ihre Worte zu achten, wenn Sie von dem Computer sprechen. Er überwacht Sie ständig, und wenn Sie ihn zu sehr reizen, könnte er in einem Wutanfall das Lebenserhaltungssystem abschalten...«

Kirk verzog das Gesicht.

»Notiert, Mister Spock. Ich danke Ihnen.«

Er lehnte sich zurück und fragte sich, ob er wohl jemals in eine Situation geraten mochte, die bizarrer und gefährlicher war als diese. Die Technik hatte ihn in den Griff ihrer kalten metallischen Finger genommen. Er war der Gnade und Ungnade einer Maschine ausgeliefert – einer Ansammlung von Stromkreisen, die des menschlichen Fühlens fähig war. Er sträubte sich unter dieser Fessel. Gab es vielleicht eine Möglichkeit, den Spieß umzudrehen? Er konzentrierte sich auf das Problem, und sein Zeigefinger fuhr an der Unterlippe entlang.

Das Geräusch des gewaltsamen Öffnens der Turbolifttür ließ ihn sich umwenden.

»Spock!«

Der Vulkanier gab die Tür frei, nachdem Chekov sich herausgedrängt hatte, und trat auf Kirk zu.

»Ja, Captain.«

»Spock, erinnern Sie sich noch an die Zeit, als Sie den Computer unter Kontrolle gebracht haben, indem Sie ihn aufforderten, alle seine Datenspeicher darauf zu konzentrieren, den Wert von *pi* zu errechnen?«

»Die Situation ist kaum vergleichbar...«

»Ich weiß. Doch was wäre, wenn er sich auf etwas anderes konzentrieren müßte? Was wäre, wenn der Computer – nicht das Schiff, sondern der Computer selbst – angegriffen würde? Wenn es uns gelänge, seine Konzentration auf ein anderes Problem zu lenken, würde er vielleicht die Tür zur Hilfsbrücke freigeben...«

»Und wir würden wieder die Herrschaft über die *Enterprise* erhalten.« Spocks Brauen hoben sich, als er die Möglichkeiten durchdachte. »Eine interessante Idee.«

»Dann denken Sie nicht nur darüber nach, sondern tun Sie etwas!« explodierte McCoy.

Spock blickte den Arzt mit einem Blick besonderer vulkanischer Kälte an.

»Versuchen Sie es, Spock!« bat Kirk leise.

»Hmmm. Der Computer hat sein eigenes Sicherheitssystem, Überprüfungen, die er in regelmäßigen Abständen durchführt. Es besteht auch die Möglichkeit, diese Sicherheitsroutine manuell zu codieren. Wenn wir den Computer so programmieren, daß er alle automatischen Sicherheitskontrollen gleichzeitig durchführen muß, und ihm dazu aufgeben, auch alle manuellen Sicherheitskontrollen durchzuführen, die jede Sektion des Schiffes anwendet... dann wäre es möglich, daß der Computer eine Angriffssituation zu erkennen glaubt und entsprechend reagiert.«

»Gut!«

»Ich muß Sie jedoch warnen, Captain, daß dem Computer mehrere Möglichkeiten der Reaktionen offenstehen... von denen einige tödlich sind.«

»Wir liegen hilflos vor den Waffen eines feindlichen Schiffes. Ich nehme das Risiko auf mich.«

Commander Spock trat zu seiner Computer-Station, runzelte in tiefer Konzentration die Stirn und begann die Operation vorzubereiten.

»Jim, der Computer könnte die Decks voll Gas pumpen

oder einfach das Lebenserhaltungssystem abschalten! Ist es dieses Risiko wert?«

»Wenn es erfolgreich ist, bekommen wir das Schiff wieder in unsere Gewalt. Die Risiken haben wir alle gekannt, Pille, und sie akzeptiert, als wir uns zur Star Fleet meldeten.«

Ein Würfel raste durch den Raum. Die Reihen dünner Stengel an seinen Seiten wirkten wie Segel, als er ins Unbekannte vorstieß. An der Spitze jeder dieser Stengel saß ein glühender Sensor, der den Flugweg absuchte. Eine ähnliche Einrichtung befand sich an der Rückfläche dieses Würfels, und bewegliche Sensor-Batterien ragten aus seiner Ober- und Unterseite. In einer seiner Ecke waren die Buchstaben *SNKR* eingeprägt. Er schoß mit einer Geschwindigkeit von Warp zehn durch den Raum, und alle seine Sensoren suchten nur nach einem: dem Starship *Enterprise*.

Commodore Yang, der den Start verfolgt hatte, seufzte. Es war alles, was er tun konnte. Jetzt begann das Wartespiel. Nun, er war daran gewöhnt. Er wandte sich vom Fenster ab und beschäftigte sich mit dem Stapel Papieren, die zu erledigen waren, versuchte zu vergessen, daß die Galaxis jeden Augenblick in einen Krieg explodieren konnte und daß er seine Karriere in einem riskanten Spiel eingesetzt hatte, auf eine unmöglich erscheinende Ahnung. Er wußte, daß er von einigen Leuten als immer auf Nummer Sicher gehender Schreibtischhengst beschrieben wurde. Dies war ein neuer Beweis dafür, daß Etiketten fast niemals richtig sind.

S'Talon beobachtete das feindliche Schiff, und seine Finger streckten und ballten sich in unfreiwilliger Reaktion auf seine innere Anspannung. Der Gegner reagierte nicht so, wie er es erwartet hatte. Er konnte die Unruhe der Besatzung spüren, die auf Befehle wartete, ihn beobachtete. Sollen sie warten, dachte er. Ich habe keine Zeit, für solchen Kleinkram. Rotes Licht fiel auf das Gesicht, dessen Züge sich verhärteten. Ein einziges Schiff, um die Flotte der Föderation in Schach zu halten. Der Praetor schien an Wunder zu glauben. Ein düsteres Lächeln verzog die harte Linie des Mundes.

»Commander.«

S'Talon hob den Kopf, als er die Stimme seiner Centurion hörte.

»Wir warten auf Ihre Befehle«, sagte sie.

Er wußte, daß dies ihre Art war, ihn zum Handeln aufzufordern.

»Danke, Centurion.«

Er fühlte, wie sie sich zurückzog, und überlegte, was für ein Glück er hatte, daß nicht sie der Spion des Praetors war. Sie kannte seine Stimmungen zu gut. Er fuhr unerwartet herum, blickte seine Brücken-Crew an und freute sich darüber, daß seine rasche Bewegung sie entnervt hatte. Er hatte gehört, wie sie solche unerwarteten Bewegungen ›das Zustoßen der Schlange‹ nannten.

»Wir werden warten«, informierte er sie, »wir werden noch ein wenig länger warten... wenn der Feind sich bis dahin nicht gerührt hat, werden sie weitersehen.«

Er las Rebellion in vielen Gesichtern, doch wußte er, daß keiner sich gegen ihn auflehnen würde. Er lächelte.

KAPITEL 8

Im Konferenzraum des Hauptquartiers von Star Fleet Command glitzerten goldene Rangabzeichen. Es war eine exklusive Gruppe, die sich dort versammelt hatte. Vier Admirale, zwei Kommodores und eine Sekretärin saßen um den ovalen Tisch. Admiral Iota, der unter dem blauen Emblem der Föderation saß, sah aus wie ein zum Leben erwachtes Rekrutierungs-Poster. Er schien zum Kommandieren geboren zu sein. Sein gebräuntes männliches Gesicht, in Verbindung mit militärischem Schick, flößten Vertrauen und Respekt ein. Er blickte die anderen Offiziere befriedigt an.

»Wir sind also einer Meinung. Eine Angriffsflotte muß mobilisiert werden, um der Herausforderung der Romulaner zu begegnen.«

Iota sprach mit einer Begeisterung, die erstaunte Blicke auf sich zog.

»Nicht so eilig, Jake!«

Poppaelias sanfte Stimme stand in seltsamem Kontrast zu seinem mächtigen Körper. Er lehnte sich zurück und stützte sich mit einem Ellbogen auf die Sessellehne.

»Ich bin durchaus der Meinung, daß wir uns auf jede denkbare Situation vorbereiten sollten, doch sehe ich im Moment noch keine Herausforderung – lediglich eine mögliche Gefahr. Unser Bestreben muß die Erhaltung des Friedens sein.«

»Selbstverständlich, selbstverständlich«, versicherte Iota. »Alles was wir tun, ist von diesem Wunsch motiviert. Aber die Föderation und das Romulanische Imperium sind Erbfeinde. Sie wissen doch, wie sie sind: wild, brutal, skrupellos. Wir können es uns nicht leisten, auf eine massive Invasion zu warten. Wir müssen sie aufhalten, bevor sie beginnt.«

»Was aufhalten? Wir wissen doch nicht einmal, was los ist.«

»Trotzdem…«

Poppaelia veränderte seine Stoßrichtung.

»Wir haben schon früher mit den Romulanern verhandelt.«

»Vielleicht, aber wir müssen vorbereitet sein...«

»Das sind wir auch«, unterbrach Charles, und seine dunklen Augen funkelten. »Das sind wir doch immer. Das Verteidigungssystem der Föderation ist ein Vierundzwanzigstundenbetrieb, kein Wochenendhobby. Sie kennen die Routine: ständige Aufklärungspatrouillen, ständige Überwachung aller Sektoren, spezialisierte Nachrichtengeräte für Gefahrenherde...«

»Das reicht nicht aus.«

Iotas Stimme war kalt.

»Eins von diesen Nachrichtengeräten hat aufgehört zu senden. Es befand sich an Bord der *Enterprise*. Da die Wahrscheinlichkeit seiner Entdeckung äußerst gering ist, muß ich annehmen, daß die *Enterprise* vernichtet worden ist. Was sagen Sie *dazu*?«

»Was ist Yangs Meinung?« fragte Poppaelia mit seiner sanften Stimme.

»Commodore Yang scheint das Gefühl zu haben, daß Kirk das Gerät entdeckt und abgeschaltet hat.«

»Nicht undenkbar.«

»Aber unwahrscheinlich.«

»Vielleicht. Aber ich denke, daß es noch zu früh ist, um die *Enterprise* abzuschreiben. Ein Kommunikationsblock kann viele Ursachen haben. Andererseits meine ich aber auch, daß Admiral Iotas Vermutung in Rechnung gestellt werden muß. Deshalb schlage ich vor, daß wir ein Aufklärungs-Geschwader zusammenstellen und zur romulanischen Neutralen Zone schicken – um dort das seltsame Schweigen der Romulaner zu erforschen und weitere Entwicklungen abzuwarten.«

»Einverstanden«, sagte Iota sofort. »Das Geschwader soll aus den Starships *Exeter*, *Farragut*, *Potemkin* und *Hood* sowie sechs Aufklärern bestehen.«

»Vier Starships, Admiral?« fragte Charles trocken. »Meinen Sie, daß das genug ist? Für eine Aufklärung, meine ich.«

»Was wollen Sie damit sagen?«

»Nur daß Sie einen Teil der Föderationsgrenze unverteidigt lassen, wenn Sie vier Starships von ihrem normalen Patrouillendienst abziehen.«

»Für was halten Sie mich eigentlich? Für einen Idioten? Die *Potemkin* und die *Hood* kommen gerade aus der Wartungswerft – sie patrouillieren zur Zeit gar nichts. Die *Exeter* und die *Farragut* stehen beide in Sektoren nahe der romulanischen Neutralen Zone. Ich habe vier gesagt, und ich meine auch vier. Dies wird eine Demonstration der Stärke.«

»Aggressive Stärke provoziert Angriff«, murmelte Zorax.

»Gentlemen, muß ich annehmen, daß Sie Furcht vor den Romulanern haben?«

Der schneidende Ton in Iotas Stimme drang sogar durch Poppaelias dickes Fell.

»Ich fürchte die Romulaner nicht«, sagte er scharf, »aber ich fürchte den Krieg. Jeder vernünftige Mensch tut das.« Er blickte den Admiral an.

»Natürlich, natürlich«, antwortete Iota, »aber das ändert nichts daran, daß wir vier Starships brauchen, wenn wir eine abschreckende Wirkung erzielen wollen. Über weniger würden sie nur lachen.«

»Übernehmen Sie die volle Verantwortung dafür?« fragte Zorax.

»Das tut doch nichts zur Sache, Zorax. Was kommt es darauf an, wer die Verantwortung übernimmt? Den Toten ist das egal«, sagte Poppaelia.

»Vier«, wiederholte Iota.

Poppaelia seufzte.

»Ich möchte dringend empfehlen, das Geschwader unter das gemeinsame Kommando von Admiral Iota und Captain Garson von der *Potemkin* zu stellen.«

»Moment mal...«

»Ich bin noch nicht fertig, Jake. Sie würden volle Befehlsgewalt in allen Fragen der Aufklärung und der Verhandlung haben. Garson soll sich lediglich um die militärische Seite der Dinge kümmern. Es gibt nicht viele, die sein taktisches Können erreichen, und Sie – seien wir mal ehrlich, Jake – verfügen nur über sehr minimale Erfahrung auf diesem Gebiet. Ihre Hauptbegabung hat von jeher auf einem eher internen Sektor gelegen.«

Das Wort ›Galionsfigur‹ tauchte unwillkürlich in Poppaelias Gedanken auf, doch ließ er es nicht laut werden. Garson war ein kompetenter, intelligenter Mann. Er würde nicht voreilig handeln.

»Jake?«

»Jeder muß zu Kompromissen bereit sein. Zumindest sind wir dann bereit. Einverstanden.«

»Charles? Popov? Zorax? Kaal?«

»Einverstanden.«

»Die Schiffe werden zusammengeführt wie geplant. Sie versammeln sich bei Starbase Acht. Admiral Iota und Captain Garson haben gemeinsam das Kommando.«

Iota blickte in die Gesichter der anderen. Er hatte den Krieg gewonnen, wenn auch nicht die Schlacht. Aber sowie er an der Spitze des Angriffsgeschwaders war... würde er sehr weit vom Hauptquartier der Star Fleet entfernt sein.

Konteradmiral Arc Poppaelia saß in seinem geräumigen Büro und dachte über den Verlauf der letzten Ratssitzung nach. Es hatte nicht in seiner Absicht gelegen, der Entwicklung eine neue Richtung zu geben, noch viel weniger, mit dem Nachrichtenchef von Star Fleet in Konflikt zu geraten. Iotas Machtprobe hatte ihn zum Handeln gezwungen. Als Vertreter der Admiralität war er das Senior-Mitglied des Rates, obwohl Iota und einige andere einen höheren Dienstgrad hatten als er. Generell zog er es vor, unauffällig zu bleiben, die Direktiven des Rates eher vorzuschlagen als zu diktieren. Iota hatte diese Zurückhaltung unmöglich gemacht.

Die romulanische Krise war ein Pulverfaß und Iotas militärischer Absolutismus eine glimmende Lunte. Es war lediglich eine Frage der Zeit, wann es zur Explosion kommen würde. Poppaelia schloß die Augen, versuchte sich an alles zu erinnern, was er von dem Nachrichtenoffizier wußte.

Iota war in New York City auf der Erde geboren und aufgewachsen. Seine Familie war wohlhabend gewesen, der Vater ein lokaler politischer Führer. Iota hatte drei exklusive Privatschulen besucht, bevor er zur Star Fleet Academy gekommen war, wo sein besonderes Talent für Spionage sofort erkannt worden war. Er war ein brillanter Student gewesen und bekam seinen ersten Posten in der Planungsabteilung des Nachrichten-Corps. Er war bei dieser Dienststelle geblieben und im Lauf der Jahre zu ihrem Leiter aufgestiegen. Das waren die nackten Tatsachen. Aber weshalb, zum Teufel, fragte Poppaelia sich, hatte dieser Mann einen solchen, fast krankhaften Haß auf die Romulaner?

Poppaelia kannte den Nachrichtenoffizier seit vielen Jahren, und nichts in seinem Lebenslauf oder seiner Ausbildung gab irgendeinen Hinweis auf die Ursache dieses Hasses. Er hatte keinen Freund durch einen Angriff der Romulaner verloren, noch hatte er jemals einen von ihnen persönlich kennengelernt. Poppaelia mochte es drehen und wenden, wie er wollte, er konnte keinen Grund für Iotas Besessenheit entdecken, und eine Besessenheit war es. Poppaelia fürchtete seinen bornierten, engstirnigen Fanatismus. Iota war außergewöhnlich beschränkt. Seine Interessen gingen nicht über die Grenzen des romulanischen Kulturkreises hinaus.

Poppaelia dachte an die Rolle, die er Garson aufgezwungen hatte, und er empfand Mitleid mit diesem Mann. Er hatte Garson zum Puffer zwischen Iota und dem Romulanischen Imperium gemacht. Es war eine unhaltbare Position. Er hatte, genaugenommen, einen simplen Starship-Captain auf die gleiche Stufe mit einem Admiral gehoben. Und er hatte das Gefühl, daß Iota es gar nicht schätzte, mit einem Feldoffizier, gleich welchen Dienstgrades, zusammenarbeiten zu müssen. Von welcher Seite man es auch betrachten mochte, Garson war in Schwierigkeiten, und er verdiente mehr Erklärungen, als seine Befehle sie ihm geben konnten; und Poppaelia empfand Schuldgefühle dafür, daß er Garson dieses gemeinsame Kommando aufgezwungen hatte. Der Mann verdiente zumindest seine volle Unterstützung.

Poppaelia bat seine Sekretärin, einen Funkkanal zu Garson zu öffnen. Er beugte sich zum Bildschirm, als das Gesicht eines ernsten Mannes mit ehrlichen grauen Augen darauf erschien.

»Garson, Sie haben Ihre Befehle. Ich bin mir völlig im klaren darüber, daß ich Sie in eine schwierige Lage gebracht habe, als ich Sie zum gemeinsamen Befehlshaber mit Admiral Iota ernannte, doch war es notwendig. Denken Sie immer daran, daß alle militärischen Entscheidungen allein von Ihnen getroffen werden. Das und auch dieses Gespräch werden hier amtlich festgehalten. Ich möchte Ihnen empfehlen, sich stets die Einstellung des Admirals vor Augen zu halten. Sie wissen genausogut wie ich, daß er einmal Bemerkungen über die ›Schwäche unserer Verteidigungshaltung‹ gemacht hat. Lasssn Sie uns keinen Krieg beginnen, wenn es möglich ist.«

»Jawohl, Sir.«

Garsons Bild verschwand, und Poppaelia richtete sich auf. Er wünschte, er hätte sich nicht so unruhig gefühlt.

Die romulanische Flotte, die sich für die bevorstehende Aktion sammelte, war ein beeindruckender Anblick. Die großen, nach klingonischem Vorbild entworfenen Kreuzer würden die Expedition führen, und sie waren es, in die der Praetor das meiste Vertrauen setzte; doch hatte er eine geheime Schwäche für das ältere romulanische Modell. Er konnte S'Talons Vorliebe für das kleinere, weniger leistungsstarke Schiff verstehen. Zum einen war es hundertprozentig romulanisch: Geschichte prägte jede Linie des Raubvogels, dessen Abbild auf seine Unterseite gemalt war. Und es besaß eine Einfachheit und Klarheit der Form, die den klingonischen Schiffen fehlte. Ein Ausdruck von Ehrlichkeit. Eine bewundernswerte, wenn auch unpraktische Eigenschaft. Der Praetor wandte sich vom Bildschirm ab. Die Offiziere seines Flaggschiffes standen wartend vor seinem Schreibtisch, jeder Mann unwillkürlich angespannt, als er den Blick des Praetors auf sich ruhen fühlte.

»Sie sind eingehend über die Situation informiert worden. Sie wissen, daß das Romulanische Imperium in seiner jetzigen Form dem Untergang geweiht ist, wenn wir nicht erfolgreich sind. Ihre Leute dürfen so wenig wie möglich erfahren. Wenn sie das ganze Ausmaß der Gefahr kennen würden, könnte es zur Panik kommen, und wir brauchen unbedingten Gehorsam. Lassen Sie sie in dem Glauben, daß dies eine Invasion sei. Versprechen Sie ihnen reiche Beute und Ruhm; dann könnten wir Erfolg haben.«

Der Praetor nahm ein Glas Wein von dem Servierbrett und gab den Offizieren ein Zeichen, sich ebenfalls zu bedienen. Er hob sein Glas.

»Auf den Sieg. Und seinen Lohn.«

»Sieg!« wiederholten die Offiziere.

Der Praetor trank und ließ das sanfte Feuer des Weins durch den Körper rinnen. Es waren noch zwei Stunden Zeit bis zum Start. Er fuhr mit der Hand über die gerundete Form des Glases, und seine Juwelen glitzerten im Licht.

»Sie können gehen. Start in zwei Stunden. Sorgen Sie dafür, daß Ihre Schiffe bereit sind.«

Der Praetor erwiderte ihr Salutieren mit einem gnädigen Kopfnicken. S'Talons Auftrag hatte er mit keinem Wort erwähnt, obwohl er der Schlüssel zum Erfolg war. Doch das brauchten sie nicht zu wissen. Und es wäre zu nichts anderem dienlich, als den Mann zu einer Berühmtheit zu machen. Später vielleicht, wenn es ihm richtig erschien, würde er zulassen, daß sein brillanter, taktischer Schachzug aufgedeckt wurde. Wenn er Glück hatte, würde S'Talon zwar ein Held sein, aber ein toter, und nicht mehr in der Lage, seinen Ruhm zu genießen. Der würde, zusammen mit dem Familienvermögen, in die Hände des Staates gelangen – in die Hände des Praetors. Er würde beides gut verwalten, als angemessenen Tribut an den Toten. Er leerte sein Glas, hochbefriedigt über seinen Einfallsreichtum.

Kirk blickte auf den Haupt-Bildschirm. Chekov und Sulu überwachten mit finsterer Konzentration ihre Stationen. Uhura prüfte wieder und wieder ihr Kommunikationssystem. McCoy fand die Situation auf seltsame Weise abstrakt: Jeder war so auf kleinste Details konzentriert, als ob allein seine Tätigkeit in der Lage wäre, Unheil abzuwenden. Nun, vielleicht traf das sogar zu. Aber, dachte er ironisch, es war auch das typische Festhalten von verwundbaren Sterblichen an der Vernunft, wenn sie sich in Todesgefahr befanden. Er verschränkte die Hände auf dem Rücken und blickte zu dem feindlichen Schiff hinauf. Wie der Captain hielt er es für richtig abzuwarten.

»Captain, Vorbereitungen abgeschlossen.«

Spocks Stimme zerschlug die Atmosphäre der Ruhe.

»Scotty, machen Sie sich bereit, die Tür zu öffnen!«

»Verstanden, Sir. Wir sind bereits hier.«

Der Captain umklammerte die Lehnen seines Sessels.

»Versuchen Sie es, Spock«, sagte er, seinen Blick auf den Vulkanier gerichtet.

Spock aktivierte ruhig die Sicherheitssequenz. Einen Augenblick zeigte sich keinerlei Reaktion, doch dann begann der Computer zu klicken, als ob er Selbstgespräche über seine Arbeit führte.

»Scotty«, sagte der Captain flüsternd, »versuchen Sie, die Tür aufzukriegen.«

»Jawohl, Captain... geht nicht. Sie sitzt fest. Was ist denn bei Ihnen los?«

Ein babylonisches Gewirr von Geräuschen dröhnte aus der Computer-Konsole, eine Explosion von wütendem Quietschen, Klicken und Knistern. Der Computer-Bildschirm explodierte in ein Kaleidoskop von Farben und wurde dann allmählich schwarz. Spock wandte sich um.

»Das habe ich nicht erwartet«, sagte er und bemühte sich, seine Wut zu beherrschen. »Der Computer hat auch alle anderen Personalakten gelöscht, mit der einzigen Ausnahme von Captain Kirk. Theoretisch ist der Computer jetzt das einzige lebende Besatzungsmitglied an Bord der Enterprise.«

»Ich bin am Leben«, rief McCoy ärgerlich, »ganz gleich, was diese glorifizierte Rechenmaschine sagen mag!«

»Nicht für den Computer, Doktor«, korrigierte Spock. »Der wird von nun an auf niemand anderen reagieren als auf Captain Kirk.«

»Wir müssen in die Hilfsbrücke gelangen!«

Kirk stemmte sich aus dem Sessel und begann auf und ab zu gehen.

»Captain!« sagte Sulu. »Der Computer schaltet überall im Schiff die Lebenserhaltungssysteme ab!«

Kirk lief zum nächsten Computer-Terminal.

»Computer!« sagte er scharf.

»Ja, Lieber«, antwortete dieser mit schmachtender, rauchiger Stimme.

»Schalte das Lebenserhaltungssystem auf allen Decks wieder ein! Sofort!«

»Aber, aber, sind Sie heute hart zu mir! Regen Sie sich nicht auf, Lieber. Ich habe nur unnötige Systeme abgeschaltet, aber wenn Sie wollen... ich tue doch alles für Sie... mein Liebster.«

»Systeme normalisieren sich, Sir.«

»Danke, Sulu.«

Kirk atmete erleichtert auf und merkte erst jetzt, daß er die Luft angehalten hatte. Spocks Augen wurden schmal, und er blickte den Captain prüfend an.

»Captain, vielleicht sollten Sie den Computer bitten, die Tür zur Behelfsbrücke freizugeben.«

»Richtig, Spock. Computer!«

»Müssen Sie in diesem Ton mit mir reden? Das läßt meine Stromkreise dröhnen. Und mein Name«, sagte sie geziert, »ist Gräfin.«

»Computer... Gräfin. Öffne... wärst du so gut, die Tür der Befehlsbrücke zu öffnen? Bitte!«

Es ging ihm maßlos gegen den Strich, eine Maschine um etwas bitten zu müssen, doch er schaffte es. McCoy schnaubte verächtlich.

»Nein, Liebster.«

»Warum nicht?« fragte Kirk.

»Sie haben doch mich. Sie brauchen niemanden sonst. Ich führe alle Funktionen aus... und wir sind endlich allein.«

McCoy warf beide Hände hoch.

S'Talon wandte sich vom Haupt-Bildschirm ab in dem Bewußtsein, daß seine Befehlsgewalt intakt war.

»Jetzt greifen wir an. Stellen Sie die nötigen Berechnungen auf.«

Er wandte sich wieder dem Bildschirm zu, während seine Crew den Befehl ausführte. Sein Blick tastete über die *Enterprise,* genoß ihre imposante Größe und Stärke. Er fand sie sehr schön – auf ihre Art so schön wie die *Raptor.* Warum lag sie so ruhig? Das kam zwar seinen Absichten entgegen, doch war es ungewöhnlich für ein Starship der Föderation. Was hatte ihr Captain vor? Es stand so vieles auf dem Spiel: das Leben des Imperiums. Und Kirk war verschlagen und gefährlich. Er legte eine Hand auf den Rand des Bildschirms und wünschte, er könnte Kirks Gedanken lesen, ihre fremdartigen und gewundenen Wege erkennen.

Er wandte den Kopf und lauschte in die Stille.

»Gräfin...«

Kirks Stimme war sanft, schmeichelnd.

»Ja, mein Liebster.«

»Liebst du mich?«

»Natürlich liebe ich Sie. Es gibt keinen anderen.«

»Wie sehr liebst du mich?«

»Ist das nicht ein bißchen frivol, Jim?«

McCoy konnte sich diese Bemerkung nicht verkneifen, doch Kirk blickte ihn nur scharf an.

»Bitte, Doktor, üben Sie Zurückhaltung«, sagte Spock trocken.

»Wie ich Sie liebe? Lassen Sie es mich aufzählen. Erstens: als meinen Captain, meine zweite Hälfte – ohne Sie würde ich nicht existieren. Zweitens: als tapferen, starken Mann – Ihre Personalakte bescheinigt Ihnen zahlreiche Siege. Und drittens: um Ihrer Schönheit willen...«

»Computer... Gräfin«, unterbrach Kirk, der ein wenig rot geworden war, »ich habe dir eine direkte Frage gestellt: Wie *sehr* liebst du mich?«

»Und ich habe Ihnen geantwortet, Liebster: mit allem, was ich bin. Ich existiere nur für Sie... und Sie für mich. Sie sind mein Leitbild, mein Daseinszweck, und ich bin Ihr Leben.«

»Nein, du bist nicht mein Leben.«

»Ohne mich gäbe es keine Atmosphäre, keine Schwerkraft, keine Nahrung... würde es kein Leben geben«, antwortete der Computer.

»Damit hat er recht, Captain.«

Spocks trockene Feststellung drang in die Sensoren des Computers ein.

»Es sind da statische Geräusche in Ihrer Transmission, Liebling. Ich könnte sie natürlich eliminieren, indem ich einfach...«

»Nein! Nein... Gräfin! Ich werde mich selbst darum kümmern.«

Kirks Augen sprühten Blitze zu McCoy und Spock, die daraufhin beide nüchtern und still wurden.

»Gräfin. Du liebst mich.«

»Das habe ich Ihnen doch gesagt... Sie sind doch sonst nicht so schwer von Begriff, Geliebter.«

McCoy preßte eine Hand vor den Mund und starrte geradeaus.

»Was ist Liebe?« fragte Kirk, ehrlich gespannt auf die Antwort des Computers.

»Liebe: abgeleitet vom altenglischen Wort *Lufu*. Erstens: eine intensive, gefühlsmäßige Anteilnahme für einen anderen Menschen. Zweitens: eine leidenschaftliche Hinneigung zu einem anderen Menschen. Drittens: Verbindung mit einem geliebten Menschen. Viertens: ein starkes Gefühl...«

»Aber du bist kein Mensch. Es kann keine Verbindung zwischen uns geben. Du bist eine Maschine.«

»Wir sind einander verbunden. Ohne mich würden Sie sterben. Sind Sie heute müde, Liebster, Sie wiederholen sich.«

»Nein, ich bin nicht müde«, sagte Kirk scharf und spürte, daß er log. Er war völlig erschöpft.

»Sie sind müde...«

Ein überwältigender Rosenduft erfüllte plötzlich die Luft, und die leidenschaftlichen Klänge des Liebesthemas aus ›Tristan und Isolde‹ drangen aus dem Intercom.

»So. Das wird Sie entspannen. Nun setzen Sie sich hin und schließen Sie die Augen. Lassen Sie doch die bösen Verspannungen und allen Streß einfach fortschwemmen...«

Die Computer-Stimme war sanft, melodisch, und Kirk mußte seine ganze Kraft aufwenden, um nicht von ihr hypnotisiert zu werden.

»Gräfin, was würdest du tun, wenn ich dir sagte, daß ich dich nicht liebe?« fragte Kirk und kämpfte verzweifelt gegen den Schlaf an.

»Es gibt keinen Grund dafür, diese Frage zu beantworten, da Sie mich lieben.«

»Tue ich das?«

»Ja.«

Die Stimme verriet Erstaunen über diese Frage.

»Sie haben doch einmal selbst gesagt: ›Die *Enterprise* ist eine schöne Frau, und ich liebe sie‹, und ›ich will sie niemals verlieren.‹ Ist das nicht Liebe?«

»Ja, das stimmt. Aber du bist nicht die *Enterprise*.«

»Doch, das bin ich. Ich beherrsche alle ihre Funktionen.«

»Du bist nicht die *Enterprise.* Du bist eine Maschine. Die *Enterprise* ist eine Idee.«

»Die *Enterprise* ist ein Schiff der Starship-Klasse. Sie wiegt...«

»Die *Enterprise* ist eine Idee, ein Traum der Erforschung, der Suche im Unbekannten. Sie ist der Geist des Menschen, ausgestreckt auf seiner Suche nach Verstehen!«

»Das computiert nicht«, antwortete der Computer mit bedrückter Stimme.

»Captain«, sagte Spock leise. »Ich muß Sie warnen. Wenn der Computer sich davon überzeugt, daß Sie ihn zurückweisen, wird er zweifellos den traditionellen Ausweg wählen.«

»Und der ist?«

»Selbstmord.«

Kirks Augen weiteten sich, als er die Bedeutung von Spocks Worten erkannte.

»Wir sind bereit, Commander.«

S'Talon erwiderte den Gruß der Centurion und fragte sich, ob er es zum letzten Mal tat.

»Führen Sie den Angriff durch«, sagte er, den Blick noch immer auf die *Enterprise* gerichtet. »Wir könnten sie durch Überraschung erledigen. Wenn wir sie vernichten, haben wir die Zeit gekauft, die der Praetor braucht.«

»Auf Kosten dieses Schiffes und unserer Leben«, sagte die Centurion bitter und blickte den Commander an.

»Ja, Centurion, vielleicht«, antwortete er, von ihrer Reaktion überrascht. Bei einer, die so zur Pflichterfüllung erzogen worden war, roch sie nach Verrat, doch zweifelte er keine Sekunde lang an ihrer Loyalität. Die Gedanken einer Frau konnte man eben nie verstehen. »Glück, Centurion«, sagte er und lächelte.

»Glück, Commander«, antwortete sie, und in ihren Augen standen viele Fragen.

S'Talon blickte sie prüfend an. Er verdankte ihr sein Leben. Sie verdiente das, was am schwersten zu geben war:

Vertrauen. Er legte seine Hand auf ihre Schulter. Zu seiner Überraschung zuckte sie zusammen, doch ihre Augen blieben auf ihn gerichtet.

»Sie wußten, daß dies unmöglich war.«

»Im letzten Augenblick muß ich feststellen, daß das Leben doch etwas ist, das man nicht leicht aufgibt.«

»Ich kann Ihnen nichts im Austausch dafür bieten, außer dem Überleben unseres Volkes... und meinem Vertrauen.«

Sie sog zitternd Luft in die Lungen.

»Das ist genug, Commander. Es ist mehr, als ich verdiene.«

S'Talon lächelte sie an.

»Dann wollen wir jetzt das Unmögliche versuchen.«

Er sah nicht die Tränen, die ihr in die Augen stiegen, als sie sich abwandte, um seinen Befehl auszuführen.

»Captain! Das romulanische Schiff bewegt sich... es sieht aus wie ein Angriff!«

Instinktiv griff Sulu nach den Ruderkontrollen und erinnerte sich dann, daß sie nicht reagierten und nur auf Kirks Stimm-Kommandos ansprachen. Selbst die manuelle Bedienung war durch ein vom Computer errichtetes Kraftfeld blockiert.

Kirk öffnete den Mund, um Befehle zu geben, erinnerte sich dann, daß seine Besatzung tot war und er sich allein im Schiff befand. Er sah den Romulaner herankommen und wußte, daß nach der Zerstörung der elektronischen Schutzschilde für sein Schiff keine Überlebenschance mehr bestand. Bis die Gräfin ihre Stromkreise umgepolt und sich auf die äußere Bedrohung konzentriert hatte, wäre es zu spät. Er fuhr herum und blickte Spock und McCoy an, und zum ersten Mal waren auch sie hilflos und nicht in der Lage, ihm zu helfen. Spocks Lippen waren ein schmaler Strich, die Augen wie Granit; McCoy blickte dem angreifenden Feind mit stoischer Resignation entgegen. Sie haben sehr viel Ähnlichkeit miteinander, fiel ihm plötzlich ein. Er blickte in die Gesichter seiner Brücken-Crew: Sulu, dessen Augen als einzige eine Spur von Furcht zeigten; Chekov, nervös, angespannt, kontrolliert. Uhura stand wie eine Tänzerin auf ihren Fußballen, in Erwartung des Angriffs. Ben Green hockte über seine Maschinen-Konsole gebeugt, als ob er allein durch seinen Willen Einfluß auf sie ausüben könnte. Scott konnte stolz auf ihn sein. Und er war stolz auf sie alle, stolz auf jeden Mann und jede Frau an Bord der *Enterprise*. Sie durften nicht sterben. Es mußte ihm etwas einfallen!

KAPITEL 9

»Computer!« rief Kirk und schlug mit der Hand auf die Armatur.

»Aua! Seien Sie doch nicht so grob!« sagte die Gräfin verstimmt.

Ein Glänzen stand in Kirks Augen. Spock, der es wachsen sah, spürte ein leises Zittern. Er wurde immer nervös, wenn Kirk nach einer Inspiration handelte statt nach der Logik.

»Gräfin...«, sagte Kirk mit einer Stimme, die Uhura, Kadett Kouc und Fähnrich Stewart erröten ließ. Spock blickte ihn überrascht an, und McCoys Blick war ungläubig, doch der Captain fuhr fort, mit dunkler, samtiger Stimme zu sprechen. Was er vorhatte, war ein Schuß ins Dunkle, doch es war alles, was ihm übrigblieb.

»Gräfin... es tut mir leid. Ich wollte dich nicht kränken... kannst du mir verzeihen?«

Der Computer schwieg, und auf Kirks Stirn bildeten sich Schweißtropfen. Er warf einen raschen Blick auf den näherkommenden Romulaner.

»Gräfin?«

»Ich verzeihe Ihnen«, antwortete der Computer großmütig.

»Danke. Ich will versuchen, mich zu beherrschen. Liebst du mich?«

»Die gleiche Frage. Ich habe sie bereits beantwortet. Ja, ich liebe Sie. Warum fragen Sie mich das so oft?«

»Liebende... mögen diese Worte immer wieder hören: Ich liebe dich.«

»Liebster, lieben Sie mich?« fragte die Gräfin und testete die Frage.

»Ja.«

McCoy wollte aufbegehren, beherrschte sich jedoch, als er sich daran erinnerte, was der Computer über ›statische Geräusche‹ gesagt hatte. Er blickte Spock an, doch der Vulkanier sah voller Interesse auf Kirk und wartete mit vor der Brust verschränkten Armen auf die weitere Entwicklung, obwohl seine Brauen vor Überraschung gehoben waren.

»Ich liebe dich und würde alles für dich tun.«

»Sie würden alles für mich tun?«

Die Stimme der Gräfin war warm und sanft.

»Ja, alles. Selbst wenn es ein Opfer erforderte.«

»Opfer?«

»Etwas aufgeben, an dem man hängt... das einem teuer ist... weil man jemanden liebt.«

»Und das würden Sie tun?«

»Ja.«

Das Gesicht des Captain war ein Ausdruck reiner Kalkulation, als er fragte: »Würdest du das auch für mich tun?«

»Captain! Er feuert auf uns! Entfernung zwei Komma drei-fünf und geringer werdend.«

»Gräfin! Würdest du das tun?« fragte Kirk. Sein Körper war angespannt, in Erwartung der Erschütterung, wenn der Schuß der Romulaner das Schiff traf. Die Lampen des Computers blinkten wild.

»Ja«, antwortete die Gräfin leise.

»Dann«, sagte Kirk mit unglaublich sanfter Stimme, »öffne mir die Hilfsbrücke. Weil du mich liebst.«

Die *Enterprise* erbebte unter dem Einschlag der romulanischen Geschosse, doch die elektronischen Schilde hielten stand. Kirk klammerte sich an der Computer-Armatur fest und wartete.

Die Erregung des Kampfes strömte durch die Adern wie ein starker Wein. S'Talons Herz folgte seinem Ruf. Die Crew der *Raptor*, von der Fessel der Zurückhaltung befreit, war wie ein Rudel Wölfe, das seine Beute einkreiste, und Feuer glühte in ihren Augen.

Die *Raptor* schoß auf die *Enterprise* zu. Es war S'Talons Plan, eine Salve auf die Brücke abzufeuern, über das größere Schiff hinwegzuziehen und dabei sein Feuer auf die beiden Pylone zu konzentrieren. Das fremde Schiff wurde größer und größer, und die Crew wartete gespannt auf den Feuerbefehl.

»Optimale Entfernung!«

Argelians Finger lagen auf den Feuerschaltern.

»Feuer!«

S'Talons Stimme hallte wie ein Pistolenschuß.

»Treffer!« sagte Argelian triumphierend. »Aber ihre Schilde halten!«

Die *Raptor* zog über die *Enterprise* hinweg und schickte beim Passieren einen Feuerstrahl in die Steuerbord-Pylone. Das größere Schiff schwankte unter dem Angriff des Romulaners, unternahm jedoch nichts, um ihm auszuweichen oder ihn zu erwidern. Ein unruhiges Gefühl schlich sich in S'Talons Begeisterung.

»Feuer einstellen!« befahl er. »Position halten!«

Die *Enterprise* unternahm nichts, um dem Angriff der *Raptor* zu begegnen. Wenn nicht ihre intakten elektronischen Schutzschilde gewesen wären, hätte S'Talon sie für tot gehalten. Falls Kirk ihm eine Falle stellte, würde es höchst gefährlich für sein Schiff. S'Talon beschloß plötzlich, Kirks Nerven auf die Probe zu stellen.

»Neuer Angriff, aber nur auf das Kommando-Modul feuern. Maximalgeschwindigkeit.«

»Maximal?« fragte Argelian. »Dadurch wird die Treffergenauigkeit um siebenundvierzig Prozent herabgesetzt.«

»Dessen bin ich mir bewußt. Ich habe volles Vertrauen in Ihr Können, Argelian.«

S'Talon lächelte über Argelians Eifer. Dieser Mann hatte ihn schließlich vorhin herausgefordert. Er freute sich über die Nervosität des Navigators und plante den nächsten Zug der *Raptor*.

Wie ein von der Leine gelassener Windhund raste das romulanische Schiff auf die *Enterprise* zu. Argelians Schüsse lagen alle neben dem Ziel, doch nahe genug, um die Brükken-Crew des Gegners heftig durchzuschütteln. Argelian lief rot an vor Scham, keinen direkten Treffer erzielt zu haben.

»Feuer einstellen! Kehre von einhundertachtzig Grad!« befahl S'Talon.

Die *Raptor* beschrieb einen weiten Kreis, kam herum und raste wieder auf den Gegner zu. S'Talons Augen verengten sich, als er die Möglichkeit abwog. Entweder die *Enterprise* war auf Grund innerer Schäden manövrierunfähig, oder aber Kirk spielte das gefährlichste Katz-und-Maus-Spiel, das er jemals erlebt hatte. Die einzige Möglichkeit, das festzustellen, war eine Kontaktaufnahme mit der *Enterprise,* und die hatte man ihm ausdrücklich untersagt. Er wußte, daß er die Abwehrschilde des Gegners beschädigt hatte, besonders den vorderen des Kommando-Moduls. Noch ein Passiergefecht, und die Schilde würden wahrscheinlich nachgeben. Er beschloß es zu riskieren.

Scotty hob vorsichtig eine schwere Metallplatte aus der Wand. Er übergab sie einem Helfer und starrte auf die blokkierten Stromkreise der Tür zur Hilfsbrücke. Die Hände in die Hüften gestemmt, konzentriert vorgebeugt, war er ein Bild der Verzweiflung. Im Geist nahm er die Mechanik der Situation auseinander und erkannte, daß er nichts tun konnte.

»Der Teufel allein mag wissen, was da draußen passiert«, murmelte er, »und ich kann nichts unternehmen! Na komm schon, laß los!« bat er beinahe flehend.

Die blockierten Stromkreise öffneten sich mit einem kaum hörbaren Klicken, und ein erfreutes Grinsen breitete sich über Scottys Gesicht.

»Ich weiß nicht, warum du es getan hast«, sagte er, »aber ich werde keine Fragen stellen.«

»Scotty!«

Scott fuhr bei dem Klang von Kirks Stimme zusammen, meldete sich dann sofort.

»Ja, Sir!«

»Alarmstufe Rot! Übernehmen Sie die Hilfsbrücke. Wir fahren das Schiff von dort! Feuerbereitschaft!«

»Jawohl, Sir«, sagte der Ingenieur und setzte sich in Bewegung. Er wies seine Crew an, die Stationen zu übernehmen, Connor die Navigations-Konsole, Sru die Phaser, er selbst setzte sich ans Ruder. »Erwarten Befehle, Captain.«

»Gut. Wenn er wieder angreift, will ich unter ihm wegtauchen, mit Warp Faktor sechs, dann wenden und ihn von hinten packen. Er glaubt, daß wir tot sind. Wenn es uns gelingt, ihn in dem Glauben zu lassen, könnten wir ihn vielleicht voll erwischen. Da kommt er! Fertigmachen, Scotty! Jetzt! Warp sechs!«

»Warp sechs, Captain«, antwortete Scotty, als die *Enterprise* vorwärtsschoß und unter dem feindlichen Schiff hindurchtauchte. Der Romulaner feuerte, doch zu spät. Die Schüsse brachten die *Enterprise* kaum ins Schwanken.

»Commander! Er sitzt hinter uns!«

S'Talons Augen verdunkelten sich. »Wenden!« rief er. »Wenden! Er will versuchen, uns von hinten zu packen!«

Die Phaser der *Enterprise* trafen die *Raptor*, als sie herumschwang. Die Salve fuhr ins Heck und riß das Schiff herum. S'Talon klammerte sich an der Wand fest, vernahm vage die Schadensmeldungen, die über das Intercom hereinfluteten. Er hatte Kirk unterschätzt, wie andere vor ihm. Er hatte nicht sämtliche Möglichkeiten einkalkuliert. Er hatte alle Energie auf die vorderen Schilde gegeben, um das Schiff vor einem direkten Angriff des Föderations-Kreuzers zu schützen, doch Kirk war nicht direkt gewesen. Der Captain der *Enterprise* hatte mit Sicherheit gewußt, daß das Tarnsystem ein Energiefresser war, und kalkuliert, daß sein Gegner nur eine Hälfte seines Schiffes absichern konnte. Oder er hatte auf gut Glück gehandelt. Auf jeden Fall war das Schiff zerstört, und er mußte jetzt den schwerstwiegenden Befehl seiner ganzen Karriere geben. Er zog sich ein paar Sekunden lang zurück, um sich innerlich vorzubereiten. Er wußte, seine Crew wartete darauf, daß er den Befehl zur Vernichtung des Schiffes geben würde. Livius, bemerkte er mit ironischer Befriedigung, er war tot.

»Gut gemacht, Scotty!«

Kirk atmete tief durch und wandte sich dem zweiten Teil seines Plans zu. Obwohl er jetzt die Hilfsbrücke zur Verfügung hatte und das Schiff von dort aus fahren konnte, standen der Transporter und die Shuttle-Hangars nach wie vor unter dem Einfluß der Gräfin. Wenn er Gefangene machen wollte, brauchte er den Transporter.

»Gräfin«, sagte er mit sorgfältig modulierter Stimme, »ich danke dir. Jetzt weiß ich, daß du mich liebst. Es ist... etwas ganz Besonderes. Und ich möchte es anderen mitteilen.«

»Ich will, daß Sie glücklich sind... aber es gibt keine anderen mehr. Ich würde ja alles tun, Ihnen jeden Wunsch erfüllen...«

Ratlosigkeit lag in der Stimme des Computers.

»Es sind andere auf dem romulanischen Schiff.«

Die Gräfin dachte darüber nach.

»Ja«, sagte sie schließlich.

»Wenn ich mit ihnen reden könnte, wären sie vielleicht bereit, an Bord zu beamen. Dann hätte ich Gesellschaft und wäre sehr glücklich.«

»Sie sollen glücklich sein«, sagte die Gräfin.

Die Sterne auf dem Haupt-Bildschirm zerflossen zu einem romulanischen Gesicht.

»... und wir werden dieses Schiff nicht zerstören!« sagte S'Talon. »Das Leben des Imperiums hängt von ihm ab! Wir werden alles in unserer Macht Stehende tun, um dem Praetor Zeit zu gewinnen...«

»Zeit wofür, Commander?«

S'Talon fuhr herum.

»Kirk!«

Der Captain lächelte.

»Der legendäre S'Talon weigert sich, sein Schiff zu zerstören. Für Zeit. Zeit für was?«

»Das werden Sie noch erfahren, Captain. Aber zu spät.«

»Wenn Sie mich wirklich aufhalten wollen, gibt es eine bessere Möglichkeit dazu, als zentimeterweise zu sterben.

Wenn Sie und der Rest Ihrer Crew an Bord der *Enterprise* beamen würden, könnten wir herausfinden, was Sie so krampfhaft zu verbergen suchen.«

S'Talon hob eine Braue, und er wirkte dabei so sehr wie Spock, daß McCoy ein Schauer über den Rücken lief. Der Romulaner blickte Kirk an, und in seinen Augen lag eine offene Herausforderung.

»Ich nehme Ihre Bedingungen an, Captain«, sagte er.

Admiral Iota starrte den Captain der *Potemkin* an. Wut kochte in seinen Adern und blockierte sein Gehirn gegen Worte, die er nicht akzeptieren wollte. Garson schien seine Gefühle nicht zu erkennen, und darüber war er froh, da das dem jungen Captain zu viel Macht über ihn gegeben hätte.

»Es tut mir leid, Admiral, aber die Dinge liegen nun einmal so. Ich kann nichts dagegen tun. Meine Befehle kommen direkt vom Hauptquartier der Star Fleet. Die *Potemkin,* die unter meinem Kommando steht, soll das Geschwader führen. Sie haben volle Befehlsgewalt in allen diplomatischen und Nachrichten-Angelegenheiten, und ich werde mich, wo immer möglich, nach ihren Empfehlungen richten.«

Die Worte rieselten über Iota hinweg wie Quecksilber. Er hatte diese Entwicklung nicht vorausgesehen. Poppaelia hatte jeden direkten Versuch, sich das militärische Kommando dieses Unternehmens anzueignen, im Keim erstickt. Aber er war von jeher ein konservativer Narr.

»Sie müssen natürlich Ihren Befehlen gehorchen«, murmelte Iota.

»Das habe ich auch vor«, sagte Garson, der mehr begriff, als Iota vermutete.

»Trotzdem kann es nicht schaden, auf alles vorbereitet zu sein. Ich werde selbst eine Sicherheitskontrolle auf der *Potemkin* durchführen. Als mein Flaggschiff ist sie nicht nur das Hauptziel des Gegners, sondern auch unsere stärkste Waffe.«

Garson bemerkte, wie selbstverständlich der Admiral über die *Potemkin* verfügte, doch antwortete er ihm mit seiner gewohnten ernsten Höflichkeit.

»Eine ausgezeichnete Idee, Admiral. Ihre große Erfahrung wird uns sehr zustatten kommen. Lieutenant Bowetzki, bitte begleiten Sie Admiral Iota. Eine Eskorte verhindert Mißverständnisse bei den Wachen, Sir.«

»Danke, Captain«, antwortete Iota geschmeidig. »Ich bin sicher, daß wir gut zusammenarbeiten werden.«

»Ja, Sir«, antwortete Garson, als der Admiral zur Tür ging. Er hatte zwar starke Zweifel an der Möglichkeit einer guten Zusammenarbeit, doch Iotas Sicherheitskontrolle würde ihn für eine Weile beschäftigen. Er begann Poppaelias Warnung hinsichtlich Iotas Skrupellosigkeit zu begreifen. Noch keine fünf Minuten nach Poppaelias Anruf hatte Iota versucht, auch die militärische Führung des Geschwaders an sich zu reißen. Er hatte sein taktisches Können, seine besonderen Kenntnisse über die Romulaner und sein höheres Alter ins Feld geführt, in einem Tonfall, der voller Toleranz für Garsons geringeren Status war. Der Captain der *Potemkin* grinste in Erinnerung an den Ausdruck von Überraschung auf Iotas Gesicht, als er ihm darin sofort zugestimmt hatte, und an die Verwirrung in den Augen des Admirals, als er sich geweigert hatte, ihm auch das militärische Kommando zu überlassen.

Garson dachte an all das, was er jemals über Iota gehört hatte, von amtlichen Verlautbarungen bis zu Klatsch und Gerüchten. Alles an diesem Mann – außer den Statistiken seines Lebens – war vage und unbestimmt, einschließlich Poppaelias verschleierten Hinweisen. Iota besaß keine persönlichen Freunde. Sein Leben schien allein aus seiner Arbeit zu bestehen, und seine Arbeit war der Nachrichtendienst von Star Fleet, sein Spezialgebiet die Romulaner.

Garson fuhr sich mit der Hand durch das dichte, blonde Haar. Die ›Eskorte‹ war ein durchsichtiger Trick, um Iota unter Bewachung zu halten. Garson war sich bewußt, daß er Iota auf dem dunklen Feld der Spionage nicht gewachsen war. Er wollte es auch gar nicht sein. Er hatte stillschweigend eine Eskorte aus Männern des Sicherheitsdienstes zusammengestellt, deren Aufgabe es war, den Admiral ständig zu begleiten. Iotas Tätigkeit an Bord stand auf diese Weise unter Kontrolle, während man ihm nach außen hin durch eine Ehrenwache Achtung erwies.

Der Captain der *Potemkin* trat in den Turbolift und murmelte: »Brücke.« Garson war ein Mann von Anfang Vierzig, von unauffälligem Aussehen, bis auf die ungewöhnliche Klarheit seiner grauen Augen. Die meisten Menschen, die ihn kannten, pflegten ihn als ›zuverlässig‹ zu bezeichnen. Seine engen Freunde kannten ihn als absolut vertrauenswürdig. Er verfügte über einen guten militärischen Verstand, doch sein größtes Talent war ein offenes Eingeständnis seiner geistigen Grenzen. Dies und seine freundliche Wesensart machten ihn zu einem begabten Kommandanten, da er die Talente derer, die mit ihm dienten, voll ausschöpfte. Als er die Brücke betrat, machte Lieutenant Arviela, eine kleine, zierlich wirkende Frau, seinen Sessel frei.

»Danke, Lieutenant.«

Garsons Höflichkeit war einer der Charakterzüge, die von seiner Crew am meisten geschätzt wurden. Arviela überreichte ihm ein Schriftstück und ging dann an ihren gewohnten Platz an der Ruder-Konsole.

Er überflog das Memorandum und stellte fest, daß Poppaelia zu seinem Wort stand. Garsons Autorität für diese Unternehmen war nicht nur in den Akten von Star Fleet verzeichnet worden, sondern auch im Logbuch der *Potemkin.*

»Alles in Ordnung?« fragte er freundlich.

»Auf Kurs, Sir«, antwortete Arviela.

»Ankunftszeit?«

»In drei Komma zwei-fünf Stunden in Starbase Acht.«

Garson wandte sich zur Kommunikations-Station um. »Irgendeine Nachricht von Kirk? Irgendwelche Transmissionen der Romulaner aufgefangen?«

»Nein, Sir. Alles still.«

»Zu still. Wie ein Grab«, murmelte Garson mürrisch. Er versuchte, nicht an den physischen Aspekt des Krieges zu denken, doch Iotas martialische Prophezeiungen hingen über ihm wie Rabenschwingen. Selbst die Sterne wirkten matt und zerbrechlich, verglichen mit der riesigen Leere des Raums, der zwischen ihnen lag, und menschliches Leben war noch weitaus zerbrechlicher.

Der Praetor stand auf der Brücke seines Flaggschiffes, eine königliche Gestalt in seiner militärischen Uniform. Die romulanische Flotte war vor ihm versammelt, bereit zu einem historischen Unternehmen. Es war Zeit für eine Rede.

»Mein Praetor.«

Der Praetor blickte über die Schulter. Die Panik in der Stimme seines Adjutanten war beunruhigend.

»Was ist, Pompe?«

»S'Tor ist tot.«

»Der Kommandant von Remus? Wann starb er?«

»Vor wenigen Minuten. Er fiel plötzlich um. Er muß ersetzt werden.«

»Natürlich. Ist keiner seiner Offiziere dafür qualifiziert?«

»Die *Remus* fährt mit halber Besatzungsstärke. Jeder der Männer hat eine Schlüsselposition. Wenn einer davon zum Kommandanten ernannt wird, bleibt ein wichtiger Posten unbesetzt.«

»Sie werden die *Remus* übernehmen, Pompe.«

»Ich, mein Praetor? Ich habe keinerlei Erfahrung mit Schiffen dieser Klasse.«

»Wir müssen uns den Notwendigkeiten beugen, Pompe. Sie unterstehen mir direkt. Wir brauchen jetzt Quantität, nicht Qualität. Sie können gehen.«

»Ja, mein Praetor.«

Sehr unbequem, dachte der Praetor, als Pompe den Raum verließ, meinen Adjutanten zu verlieren, doch gefährlich, S'Tor zu verlieren. Kein gutes Omen für bevorstehende Unternehmen. Er mußte schnell handeln, sonst hatte er keine Flotte mehr.

»Commander.«

»Mein Praetor.«

»Sie können der Flotte Startbefehl geben.«

Die satanisch dunklen Augen des Commanders glänzten.

»Wir sind bereit, mein Praetor.«

»Vier Schiffe bleiben an der Grenze der Neutralen Zone zurück, um uns den Rücken freizuhalten. Diese Nachhut wird von Tiercellus kommandiert. In dem unwahrscheinlichen Fall meines Todes... sind Sie ihm unterstellt. Alle anderen Schiffe der Flotte nehmen Kurs auf den Planeten Canara. Und, Commander, dies ist mein Flaggschiff. Es muß ständig verteidigt werden. Eine Flottille kleinerer Schiffe soll es umschließen. Es darf keine Lücke in ihrer Formation geben.«

»Ja, mein Praetor. Es wird alles getan, wie Sie es befehlen.«

»Dann«, sagte der Praetor, »für das Imperium! Im Namen unseres erhabenen und verehrten Imperators werden wir siegreich zurückkehren.«

»Sieg!« rief der Commander.

»Sieg!« rief die Brücken-Crew.

Der Praetor lächelte, als die Echos von Sieg ertönten.

Das Hauptquartier des Nachrichtendienstes von Star Fleet lag dunkel und still im Mondlicht. Die an den Grenzen des Grundstücks gepflanzten Bäume warfen schwarze Schatten auf die Umfassungsmauern. Poppaelia hörte das vertraute Summen von Nachtinsekten, als er leise zum Tor schritt.

Er war dabei, einen Einbruch zu begehen. Niemand hatte ihn dazu aufgefordert oder auch nur gedeckt, sondern er wurde allein von seiner eigenen unbestimmten Angst dazu getrieben. Was er vorhatte, war ein Verbrechen, für das man ihn vor ein Kriegsgericht stellen würde, wenn man ihn dabei ertappte. Falls das computerisierte Sicherheitssystem des Gebäudes ihn nicht aufhielt, so würden es die knirschenden Zahnräder der Justiz tun. Aber er mußte das Schlimmste wissen. Er hatte alle Möglichkeiten der Informationsbeschaffung erschöpft, ohne unanfechtbare Beweise für seinen Verdacht aufzutreiben. Der einzige Weg, der ihm noch verblieb, war eine gründliche Durchsuchung von Iotas Büro, doch das war ein gefährliches Unterfangen, dessen Risiko er keinem anderen zumuten konnte als sich selbst.

Je mehr er über Iotas Handeln nachdachte, desto unruhiger wurde er. Sein Spürsinn sagte ihm, daß Iota bei allem, was die Romulaner betraf, ein wenig verrückt war. Er wollte unbedingt gegen sie Krieg führen, ohne Rücksicht auf die Konsequenzen, und Poppaelia hatte ihm die perfekte Gelegenheit dazu verschafft. Poppaelia erschauerte, als er an seinen Mangel an Weitsicht dachte, und der Vorsatz, seinen Verdacht zu überprüfen, verstärkte sich.

Er trat in die Reichweite der Sicherheits-Scanner des Gebäudes und wartete. Ein scharfer roter Lichtstrahl blendete ihn für einen Moment, und eine Computerstimme sagte: »Identifizieren!«

»Poppaelia, Arc, Konter-Admiral. Sicherheits-Code blau.«

Der Computer registrierte die Angaben und forderte: »Vorbereiten auf Retina-Überprüfung.«

Poppaelia öffnete beide Augen weit und zwang sich, im grellweißen Licht des Kamera-Auges des Computers nicht zu blinzeln.

»Überprüfung positiv. Code blau nachweisen.«

Poppaelia schob eine Karte in den Schlitz des Computers. Einer seiner vielen Bekannten hatte sie für ihn hergestellt. Der Ruf des Mannes war etwas zweifelhaft, doch hatte er bisher seine Abmachungen eingehalten, und er schuldete dem Admiral einen großen Gefallen. Wenn der Computer die Codierung akzeptierte, war alles in Ordnung. Wenn nicht... mochte er genausogut tot sein. Es war jetzt oder nie.

»Sicherheits-Code bestätigt.«

Die stabilen Doppeltüren des Haupteingangs glitten auf, und Poppaelia trat mit einem hörbaren Seufzer der Erleichterung in das Gebäude. Er ging zu Iotas Büro und wollte gerade eintreten, als er plötzlich stehenblieb. Sämtliche Sicherheitsvorkehrungen des Gebäudes wurden zwar angeblich vom Computer gesteuert, doch sah es Iota ähnlich, für sein Büro ein eigenes Alarmsystem zu installieren. Poppaelia betrachtete die Tür mit zusammengekniffenen Augen. Um den ganzen Türrahmen herum verlief eine haarfeine weiße Linie. Im ersten Moment wirkte sie wie Dekoration, doch bei genauerem Hinsehen stellte er fest, daß es sich um ein geschickt verstecktes Laserfeld handelte. Jeder, der es passierte, würde verschmoren.

Das Feld war zwar geschickt getarnt, doch ein relativ einfaches System. Seine Deaktivierung dürfte genauso einfach sein. Poppaelia tastete mit der Hand über die Außenseite des Türrahmens, konnte jedoch keinen Schalter finden. Er trat einen Schritt zurück und studierte die Tür noch einmal; dann legte er einen Finger auf das Namensschild am Türrahmen und drückte. Mit sofortigem Erfolg. Die weiße Linie verschwand, und die Tür zu Iotas Büro glitt geräuschlos auf.

Fünfzehn Minuten später fand er, was er suchte, in der rechten oberen Schublade von Iotas verschlossenem Schreibtisch. Er breitete eine Reihe von Aktenheftern auf die Schreibtischplatte und las ihre Titel mit wachsendem Entsetzen. Um ganz sicherzugehen, daß er wirklich sah, was er zu sehen glaubte, schlug er den ersten Hefter auf. Die Titelseite des umfangreichen Berichts mesmerisierte ihn. ›Romulanische Invasion, Plan I‹, las er. ›Sozifikationen: sechs Starships, zwölf Aufklärungsschiffe und dreißig Fracht-Shuttles…‹ Es waren zwanzig Hefter, deren jeder einen anderen Plan für die Vernichtung des Romulanischen Imperiums umriß. Plan siebzehn erforderte vier Starships und sechs Aufklärer. Die Haare in Poppaelias Nacken sträubten sich.

Die Zeit wurde knapp. SNKRs kleines, doch sehr leistungsfähiges metallisches Gehirn erkannte das. Das Ziel, das er suchte, hatten seine Sensore noch immer nicht aufgefangen. Seine Bestimmung war das Starship *Enterprise*. Darüber hinaus hatte er keinerlei Direktiven. Er schlug einen weiten Bogen, seinem vorprogrammierten Kurs folgend. Seine Sensoren faßten ein großes Objekt auf, registrierten es in seinem Datenspeicher, und der SNKR wich den Asteroiden aus, den er identifiziert hatte.

Die Sterne verfolgten seinen Zickzack-Kurs milde amüsiert. Ihr würdevoller Tanz ließ die Bewegungen des kleinen Computers so zappelig und lächerlich wie eine Chaplin-Komödie erscheinen, doch sie waren nicht intolerant. Auf seine Weise erfüllte das winzige Gerät seine Bestimmung, genau wie sie. Es suchte nach seinen Zielhafen, genau wie sie, zog tapfer durch das Unbekannte, mit nur einer sehr rudimentären Beschreibung als Anleitung. Es war ein Farbtupfer in dem Tanz, ein kleines Lachen inmitten der Pracht.

SNKR blieb auf seinem Kurs und wußte nur von dem, was ihm fehlte: das Starship *Enterprise*.

KAPITEL 10

Tiercellus ging mit steifen, langsamen Schritten zu seiner Kabine. Obwohl die Posten zu beiden Seiten der Tür weder nach links noch nach rechts blickten, wußte er, daß sie jede seiner Bewegungen genau verfolgten. Er durfte vor ihnen keine Schwäche zeigen. Er hob mit einer trotzigen Bewegung das Kinn, als er zwischen ihnen hindurchschritt. In dem Moment, als sich die Kabinentür hinter ihm geschlossen hatte, krümmte er sich vor Schmerzen zusammen und preßte eine Hand gegen die rechte Seite. Er taumelte, als er nach seiner Medizin tastete, und zwang sich mit finsterer Entschlossenheit, am Leben zu bleiben. Er wurde gebraucht. Er würde sich dem Gesetz der Natur erst ergeben, wenn die Krise vorüber war.

Der Schmerz begann zu verklingen, und er konnte wieder atmen, obwohl er noch immer beim Luftholen das Gefühl hatte, seine Lungen würden zerspringen. Er durchquerte mit langsamen Schritten die Kabine, ließ sich in einen großen weichgepolsterten Sessel fallen und umklammerte die Armlehnen so fest, daß die Knöchel weiß hervortraten. Er schloß die Augen und wartete, daß der Schmerz ganz aufhörte. Er ebbte langsam aus seinem Körper und aus seinem Bewußtsein.

Er war leichtsinnig gewesen, hatte sich von seiner Aufgabe überwältigen lassen wie ein Rekrut. Er hatte vergessen, regelmäßig seine Medizin zu nehmen, was um ein Haar zu seinem Tod geführt hätte. Nein, jetzt nicht! Das Imperium brauchte ihn. Er würde sich vom Bordarzt tyrannisieren lassen, soviel der es wollte, selbst wenn das bedeutete, eine endlose Menge von Pillen und Tinkturen schlucken zu müssen.

Er versuchte vorsichtig, tief durchzuatmen, und stellte erleichtert fest, daß es nur noch ein wenig schmerzte. In wenigen Minuten wäre er wieder dienstbereit.

»Sir.«

Die Stimme des Postens drang aus dem Intercomgerät, das auf dem Schreibtisch stand.

»Was gibt's?«

»Der Waffenmeister möchte Sie sprechen.«

»Schicken Sie ihn herein.«

Es kostete Tiercellus Mühe, die Erschöpfung aus seiner Stimme zu verbannen. Er schloß die Augen und mobilisierte seine ganze Kraft, um dieses Gespräch bestehen zu können.

»Mein Eid heißt Gehorsam.«

Die tiefe, raspelnde Stimme brachte Tiercellus auf die Beine – zu schnell. Der Waffenmeister umklammerte seinen Arm, um ihn zu stützen.

»Sie sind krank, mein Freund.«

Tiercellus schüttelte den Kopf.

»Nur alt, Hexce. Es hat nichts zu bedeuten.«

Hexce half ihm, sich wieder in den Sessel zu setzen. Tiercellus deutete auf einen zweiten Sessel.

»Setzen Sie sich, Hexce. Ich habe Sie seit zwanzig Jahren nicht gesehen. Ich dachte, Sie seien tot.«

Ein Funkeln von Humor stand in den Augen Tiercellus'.

»Ich doch nicht. Ich bin zu dickfellig, um zu sterben.«

»Eher zu kräftig, würde ich sagen.«

Tiercellus blickte den anderen Mann mit offenkundiger Zuneigung an. Er und Hexce hatten viele Jahre lang zusammen gedient. Sie hatten einander das Leben gerettet. Und jetzt waren sie wieder zusammen bei dieser letzten Schlacht. Irgendwie war es passend.

»Ihre Anwesenheit auf diesem Schiff ist ein Glück, das ich nicht erwartet hatte. Wären Sie bereit, wieder einmal mein starker rechter Arm zu sein? Ich bin mir meiner eigenen Stärke nicht sicher. Wenn ich im entscheidenden Moment ausfallen sollte... Hexce, ich brauche jemanden, dem ich vertrauen kann.«

Hexces Stirn zog sich in Falten. Die Muskeln auf seinem breiten Rücken spannten sich, als er die rechte Faust in die linke Handfläche schlug.

»Was immer Sie von mir verlangen, werde ich tun. Aber ich bin Ingenieur, kein Führer von Männern.«

Tiercellus lächelte.

»Sie haben bei einigen Gelegenheiten mich geführt.«

Hexce lachte leise.

»Ich habe Gehorsam geschworen. Ich nehme es an, Sir.«

»Gut. Wir werden die Befehle des Praetors gemeinsam durchgehen, und ich werde Ihnen erzählen, was ich von unserem jungen Freund S'Talon weiß. Auch er spielt eine wichtige Rolle in diesem Stück.«

»Er war schon immer ein guter Junge, aber viel zu ehrlich, um politisch voranzukommen.«

»Im Augenblick wird seine Ehrlichkeit gegen ihn verwendet. Wir werden jetzt die Einzelheiten besprechen...«

»... bei einem Glas Bier?« schlug Hexce vor.

»Sie ändern sich wahrhaftig nie. In einer Welt, die so schnellebig ist wie die unsere, ist das wahrlich selten.«

»Aber vielleicht nicht immer gut. Meine Zeit ist vorüber. Seit unserer letzten Schlacht habe ich keinen Kommandanten mehr gehabt, dem ich ruhigen Gewissens folgen konnte.«

»Wir sind zwei alte Habichte, Hexce. Es wird Zeit, in den Wald zurückzukehren, um zu sterben, wie man es uns gelehrt hat.« Tiercellus streckte eine Hand aus.

»Kommen Sie, mein alter Freund! Eine letzte Arbeit, dann können wir zur Ruhe gehen.«

Hexces breite Hand umschloß Tiercellus' Unterarm.

»Zum Wohl des Imperiums!« sagte er, und die Augen der beiden Männer sahen einander in vollkommenem Verstehen an.

Die fahle Sonne Canaras warf ihr weißes Licht auf wogende Kornfelder. Endlose Winde fuhren über den Planeten und ließen Wellen durch die Felder gleiten, und die Flut wechselte mit der Richtung, aus der der Wind wehte. Ein Ozean von Korn schloß die Hügel ein und kroch die Flanken gewaltiger Berge hinauf.

Romm Joramm, der in der Mitte eines Feldes auf den Knien hockte, blickte zu den Bergen empor, um deren Gipfel die Wolken wehten, und überlegte, daß Canara sehr weit gekommen war. Vor einer Dekade hatte es hier ganz anders ausgesehen: Überall nur nackter Fels und Sand, mit isolierten Vegetationsinseln um die wenigen natürlichen Quellen. Das Leben war hart gewesen. Überleben war der Gott, den viele seiner Leute anbeteten.

Doch die Föderation hatte dies alles verändert. Nicht, dachte er bitter, daß sie sich die Mühe gemacht hätten, ihnen umwälzende technische Neuerungen zu bescheren. Aber sie hatten ihnen Vorschläge gemacht, das Wissen und die Werkzeuge, die Canara bereits besaß, besser zu nutzen. Das Ergebnis war ein dramatischer Aufschwung des Lebensstandards gewesen. Das Leben war noch immer hart, doch gab es jetzt genug für alle. Im großen und ganzen war er froh, Teil der Bewegung gewesen zu sein, die den Anschluß an die Föderation bewirkt hatte.

Joramm schaukelte auf den Fersen vor und zurück und ließ den Blick über das Meer von Korn schweifen. Hier war Nahrung für seine Leute und Gesundheit für die Galaxis. Das Korn war Nahrung und auch ein medizinischer Grundstoff. Sowohl das ungemahlene Korn als auch das Mehl, das aus ihm gewonnen wurde, enthielten einen Wirkstoff, der zur Zähigkeit und Langlebigkeit der Canaraner beitrug und auch den bemerkenswerten Mangel an Krankheiten auf diesem Planeten bewirkte. Dies hatten die Wissenschaftler der Föderation entdeckt und an das Volk weitergegeben. Außerdem hatte sie jeden Überschuß an Korn zu einem fairen Preis aufgekauft. Ja, das Leben war jetzt gut... es gab so vieles, das man lernen und sehen konnte. Und als Ältester der Canaraner mußte er als erster lernen und sehen, um die anderen führen zu können, wenn sie jetzt begannen, mit ihren Gedanken die Welt jenseits des Heimatplaneten zu erfassen. Den zähen canaranischen Willen zu beugen, war, als ob man versuchte, eine Stahlfeder zu biegen. Sobald der Druck nachließ, sprang sie sofort in ihre ursprüngliche Form zurück. Doch dieser Wille mußte gebeugt werden, wenn die Canaraner in einer Welt leben und wachsen wollten, die von radikal anderen Lebewesen bevölkert wurde. Er hatte sich selbst des insularen, archaischen Denkens schuldig gemacht. Er seufzte und ließ das Gewicht seiner Verantwortung zusammen mit dem Atem ausströmen. Später würde er darüber nachdenken. Jetzt gab es zuviel zu tun.

Joramms Rücken beugte sich wieder über seine Arbeit, und seine rhythmischen Bewegungen beim Jäten des Feldes übten eine hypnotisch beruhigende Wirkung aus. Die Sonne brannte auf sein weißes Haar und auf das reifende Gold auf dem Feld herab. Ein Windstoß fuhr über das Feld, ergriff Joramms Seufzer und trug ihn mit sich fort.

»Livius hatte recht. Sie sind verrückt!«

Argelian war jenseits der Wut. Seine Stimme hatte den Klang trockener Gewißheit, den S'Talon noch viel beunruhigender fand. Er bezweifelte, daß es ihm gelingen konnte, Argelian noch einmal zur Vernunft zu bringen, doch mußte er es versuchen.

»Argelian, wir stehen jetzt jenseits jeder Debatte. Wir sind Gefangene. Ich gebe zu, daß das meine Entscheidung war, doch werde ich sie weder gegenüber Ihnen noch gegenüber irgendeinem anderen Besatzungsmitglied rechtfertigen. Sie werden sich der Autorität beugen, die ich kraft Gesetz besitze, oder Sie werden die Konsequenzen ziehen. Ich glaube nicht, daß es einen Mann an Bord gibt, der mich daran hindern könnte, Sie zu töten.«

Argelian wurde bleich. Er wußte, daß sein Kommandant niemals leere Drohungen aussprach. Er nahm Haltung an und trat zurück. S'Talon blickte ihm nach und wußte, daß der Mann eingeschüchtert war. Er hatte sich Argelian nicht zum Feind machen wollen; doch war es wichtiger, seine Autorität zu wahren. Er mußte jetzt um jeden Preis die Disziplin aufrechterhalten.

S'Talon blickte sich in dem großen Arrestraum der *Enter-*

prise um. Ihre Illusion von Freiheit wurde durch die Abwesenheit sichtbarer Bewacher geschaffen. Der Raum war spartanisch, doch bequem eingerichtet. Wenn man von dem Kraftfeld in der Tür absah, hätte er ein Mannschaftsquartier in irgendeiner Truppenunterkunft sein können.

»Centurion.«

»Commander.«

»Sie kennen Argelian besser als ich. Glauben Sie, daß er rebellieren wird?«

»Nein. Aber Sie haben sich ihn zum Feind gemacht.«

»Kein Mann mag von einem anderen unterworfen werden. Trotzdem war es notwendig.«

S'Tarleya nickte. Seit dem Anschlag auf S'Talons Leben war sie sein unauffälliger Schatten gewesen. Jetzt, als sie hinter seinem Sessel stand, bemerkte sie zum ersten Mal die Erschöpfung in seiner Haltung. Er mußte sowohl gegen seine eigenen Leute als auch gegen den Feind kämpfen, und bald würde er zwischen beiden zermahlen werden. Der Praetor hatte ihn zum Sündenbock gemacht, sich auf sein Ehrgefühl verlassen, auf seinem Posten auszuharren. Die Hand eines jeden war gegen ihn erhoben. Nur in seiner Centurion fand er bedingungslose Treue.

Sie blickte auf das dunkle Haar mit den widerspenstigen Wellen hinab, und ihre Augen wurden sanfter. Er fühlte, daß seine Sache es wert war, für sie in den Tod zu gehen und für sie sogar seine Ehre und seinen guten Namen herzugeben. Ihre Motivation war komplizierter. Als romulanischer Offizier hatte sie geschworen, das Imperium zu verteidigen, doch Tiercellus hatte das nicht von ihr verlangt. Er hatte sie aufgefordert, S'Talon zu beschützen, da er ihre Antwort von vornherein kannte, und er war weise gewesen. Es gab nur eines, wofür sie ihr Leben hingeben würde: für das Leben von jemanden, den sie liebte.

»Nun, Centurion«, sagte S'Talon, »sehen Sie die Alternative, von der ich gesprochen habe?«

»Ja, Commander. Aber ich glaube nicht, daß sie mir eingefallen wäre.«

»Sie müssen lernen, über die Vorschriften hinauszudenken, Centurion.«

»Ich lerne, daß das manchmal nötig ist«, antwortete sie.

S'Talon lehnte sich in seinem Sessel zurück und schloß die Augen. S'Tarleya sah, wie sein Körper sich entspannte, und war gerührt über das Vertrauen, das er in sie setzte. Mochten alle anderen ihn verraten. Sie würde ihm niemals Schaden zufügen.

Yang schob die Reste seines Mittagessens in den Abfallverwerter und betrachtete seinen Schreibtisch. Magnetbänder in Schachteln zu je fünfzig waren an den Rändern aufgeschichtet. Einzelne Bandkassetten lagen in der Mitte. Er hatte die ganze letzte Woche daran gearbeitet, sie aufzulisten, und es waren noch immer dreihundert Schachteln da, die er durchsehen mußte. Die Bänder wurden in dreifacher Ausfertigung hergestellt, und jedes von ihnen mußte von ihm selbst autorisiert werden. Das nächste Mal, wenn irgendwelche vorlauten Feld-Offiziere abfällige Bemerkungen über Schreibstubenhengste machten, würde er ihnen eine kleine Kostprobe davon geben und sie ihre kostspielige, präzise wissenschaftliche Ausbildung an einer solchen Arbeit versuchen lassen. Nach seiner Schätzung würden sie in spätestens drei Tagen einen Nervenzusammenbruch erleiden.

Die Vorstellung erfüllte ihn mit tiefer Befriedigung, als er nach dem nächsten Magnetband griff.

»Kommodore.«

Verdammt. Er hatte gerade seine Impuls-Triebwerke angeworfen. Alles was er jetzt brauchte, war irgendein idiotischer diplomatischer Disput.

»Ich habe Ihnen doch gesagt, daß ich nicht gestört werden will.«

»Ich weiß, Sir, aber Admiral Iota vom Star Fleet-Hauptquartier ist hier. Und Captain Garson von der *Potemkin*.«

»Bitten Sie sie herein.«

Yang erhob sich mit einer nicht gerade elegant zu nen-

nenden Bewegung (Magnetbänder fielen vom Tisch und auf seine Füße), als Iota den Raum betrat.

»Yang, was haben Sie in der romulanischen Situation unternommen?« fragte der Admiral sofort.

»Ich führe einige diskrete Nachforschungen durch, Sir. Bis jetzt haben sie noch nichts gebracht, doch mit der Zeit...«

»Wir haben aber keine Zeit! Die romulanische Flotte wird in den Raum der Föderation einfallen, während wir noch immer hier sitzen und auf Ergebnisse warten.«

»Haben Sie von Kirk gehört, Kommodore?«

Yang wandte sich beim Klang der festen, klaren Stimme um und blickte Captain Garson an. Er hatte ihn bisher noch nicht kennengelernt. Garsons ruhige Haltung, sein hellblondes Haar und seine grauen Augen, kombiniert mit seiner Größe, vermittelten einen Eindruck von Autorität. Er gefiel ihm.

»Nein. Normale Kommunikationen sind noch immer blockiert, und, da Sie die Frage nun mal gestellt haben, ich bin der Ansicht, daß andere, weniger normale Verbindungen ebenfalls blockiert sind.«

Garson senkte den Kopf. Ein Mann von wenigen Worten, dachte Yang. Bewundernswert. Er wurde in seinem Job von Worten überschüttet, und sie machten ihn müde.

»Ich arbeite jedoch an einer anderen Methode, mit der *Enterprise* in Verbindung zu kommen... über die ich im Moment jedoch noch nicht sprechen kann.«

»Kommodore, ich bin Mitglied des Verteidigungsrates von Star Fleet. Ich verlange zu wissen...«

»Das wäre ein Vertrauensbruch, Sir. Außerdem: Sind Sie nicht der Ansicht, daß die *Enterprise* vernichtet worden ist?«

Iota zuckte zusammen.

»Ja.«

»Warum also wollen Sie Zeit mit dem Versuch vergeuden, Kontakt mit einem nicht existierenden Schiff aufzunehmen?«

Garsons Augen bekamen einen interessierten Ausdruck. Yang war mehr, als er schien.

»Natürlich, natürlich... auf jeden Fall ist es unsere Hauptaufgabe herauszufinden, was dort drüben vor sich geht. Da es keine neuen Entwicklungen zu geben scheint, schlage ich vor, unsere Schiffe durch die romulanische Neutrale Zone ins Herz des Romulanischen Imperiums zu führen, in die Höhle des Löwen sozusagen. Wenn wir den ersten Zug machen, können wir dadurch vielleicht einen galaktischen Krieg verhindern. Kommodore, Sie werden uns die direkteste Route zum Planeten Romulus nennen.«

Yang riß die Augen auf. Es gab keine Lücken in Iotas Logik. Sie war ein verwirrtes Knäuel, das fest verknotet war, mit Zerstörung in jeder Schlinge. Er riß sich zusammen.

»Nein.«

Garsons Einspruch war klar und vernünftig. Yang atmete befreit auf.

»Admiral, Sie müssen wissen, daß jedes Überschreiten der Neutralen Zone sowohl bei uns als auch bei den Romulanern als Kriegshandlung angesehen wird«, brachte Yang heraus.

Iota wollte etwas sagen, doch Garson kam ihm zuvor.

»Sie haben recht, Kommodore«, sagte er. »Die einzige Möglichkeit besteht darin, entlang der Neutralen Zone zu patrouillieren.«

»Sinnlose Spielerei! Wohin hat uns das geführt?«

»Ich werde Ihnen sagen, wohin es uns geführt hat, Admiral. Es hat uns nicht in einen Krieg geführt.« Yang hatte sich jetzt wieder ganz in der Gewalt und stieß vor. »Ich lebe hier mit der ›romulanischen Bedrohung‹, von der Sie sprechen. Und ich habe gelernt, daß der kürzeste Weg, eine Bedrohung zur Realität werden zu lassen, über die Herausforderung führt. Wenn man die Ruhe bewahrt und den Dingen ihren Lauf läßt, verblaßt die Bedrohung normalerweise wieder. Ich meine damit nicht, daß wir die Köpfe in den Sand stecken sollen. Aber einen Kampf herauszufordern, ist der sicherste Weg, ihn auch zu bekommen.«

»Ich bin völlig Ihrer Meinung«, erklärte Garson. »Ein Eindringen in die Neutrale Zone fällt in mein Ressort als militärischer Kommandeur dieses Geschwaders. Wir werden nicht in die Neutrale Zone eindringen, falls wir nicht direkt dazu provoziert werden sollten.«

Iota kochte innerlich. Garson befürchtete einen Moment, daß er auf seinen Dienstgrad pochen und damit die Situation noch gespannter machen könnte, doch schien er einzusehen, daß er damit nicht weit käme.

»Dann werden wir also entlang der Zone patrouillieren und die Entwicklung der Dinge abwarten, Gentlemen. Doch füge ich mich unter Protest und übernehme keinerlei Verantwortung für diese Entscheidung.«

Und die werden Sie auch nicht bekommen, dachte Yang.

»Start in einer Stunde«, sagte Iota. »Bis dahin bin ich in meiner Kabine, Gentlemen.«

Yang und Garson verfolgten den strategischen Rückzug des Admirals. Die Tür schloß sich hinter ihm, und Yang wandte sich dem Captain zu.

»Setzen Sie sich, Captain. Darf ich Ihnen irgend etwas anbieten? Nein? Dann beantworten Sie mir eine Frage: Wie im Namen von allem, was heilig ist, hat dieser Idiot das Kommando dieses Unternehmens erlangen können? Er hat der romulanischen Flotte fast eine formelle Kriegserklärung zugeschickt.«

»Wie hat er Admiral werden können? Oder eine Berufung zum Verteidigungsrat erhalten?« konterte Garson. »Wie ich gehört habe, kultiviert er einflußreiche Freunde.«

Yang lächelte.

»Er hätte direkt in die Politik gehen sollen. Er hat seine Berufung verfehlt. Können Sie ihn unter Kontrolle halten?«

»Das brauche ich nicht, Kommodore. Ich habe die volle militärische Befehlsgewalt dieses Unternehmens.«

»Das mag schon sein. Sie haben eine absolut legale und bindende Autorisierung von Star Fleet Command, aber an der Grenze der Neutralen Zone sind Sie ein großes Stück vom Hauptquartier entfernt. Sie kennen die Art von Problemen, die er für Sie schaffen kann, wenn er nur den Mund auftut.«

»Ich gebe zu, daß da eine gewisse Gefahr besteht.«

»Sir, Sie sind ein Meister der Untertreibung. Ich hoffe, daß Sie alle möglichen Konsequenzen durchdacht haben.«

»Das habe ich.«

»Dann lassen Sie mich nur noch sagen, daß mir das Wohlergehen der Föderation am Herzen liegt. Ich habe zwanzig Jahre meines Lebens damit verbracht, den Kommunikationsfaden zwischen dem Romulanischen Imperium und der Föderation nicht abreißen zu lassen. Es ist ein sehr dünner und sehr stark gespannter Faden, und die kleinste Erschütterung könnte ihn zum Reißen bringen. Und Iota ist keine kleine Erschütterung, er ist eine Atombombe. Falls irgendeiner von uns überleben will, so ist der Friede die einzige Möglichkeit dazu, und die einzige Hoffnung, den Frieden zu bewahren, liegt darin, die Motive des anderen zu kennen und zu verstehen. Und das können wir nicht, wenn wir nicht miteinander reden. Im Moment besteht unser einziger Kontakt mit den Romulanern durch neutrale Händler und ein Minimum an Informationen durch automatisierte Nachrichten-Sensoren. Das ist wenig genug. Ich möchte nicht, daß dieser Faden zerrissen wird. Ich wollte Ihnen nur meinen Standpunkt klarmachen. Haben Sie mich verstanden, Captain?«

»Ich denke ja, Kommodore.«

Ja, Yang war mehr, als er schien, und dieses Angebot von Unterstützung war etwas, womit er nicht gerechnet hatte. Es war ein Bonus, der entscheidend sein mochte.

»Ich danke Ihnen, Kommodore.«

Garson lächelte, als er hinausging, und Yang war erstaunt, welche Wärme das Lächeln diesem Gesicht verlieh. Der Mann war ein Geschenk der Götter, aber dennoch konnte Yang nicht ein Gefühl heraufziehender Gefahr abschütteln.Er wandte sich wieder seinen Magnetbändern zu. Selbst wenn die Galaxis morgen explodieren sollte, war es trotzdem heute seine Aufgabe, sie durchzusehen.

Die VIP-Kabine der *Potemkin* lag im Halbdunkel, in einem künstlichen Zwielicht, welches das runde Sichtfenster in der Decke hervorhob, das ein wechselndes Panorama von Sternbildern zeigte. Iota, der ausgestreckt auf dem Bett lag, fand ihren Anblick jedoch alles andere als beruhigend. Er schloß die Augen, um sie auszuschließen, und mußte plötzlich an Kirk und an die Romulaner denken. Von allen Kommandanten der Flotte hatte Kirk als einziger zweimal gegen die Romulaner gekämpft. Er und seine Männer waren die ersten gewesen, die einen Romulaner von Angesicht zu Angesicht gesehen hatten... und sie sahen wie Vulkanier aus!

Iota erinnerte sich an den Schock, den diese Nachricht in ihm ausgelöst hatte. Er hatte Kirks Logbuch-Eintragungen und Commander Spocks Aufzeichnungen über dieses erste Zusammentreffen mit großem Interesse gelesen. Spock hatte behauptet, die Romulaner seien Abkömmlinge der vulkanischen Rasse, und Iota hatte die Bedeutung dieser Erkenntnis sofort begriffen. Er beneidete Kirk und Spock um die Chance, ihren Verstand mit dem solcher Gegner zu messen.

Er versuchte sich zu erinnern, wann er erkannt hatte, daß die Romulaner die äußerste Herausforderung im Spiel um die Macht darstellten. Er mußte noch sehr jung gewesen sein. Sein Vater war ein Schreibtisch-Admiral gewesen, der seine militärischen Gelüste in Kriegsspiele kanalisiert hatte. Einige von Iotas angenehmsten Kindheitserinnerungen drehten sich um einen Spieltisch, an dem sein Vater und er Weltraumkriege austrugen. Selbst damals hatte er schon gegen die Romulaner kämpfen oder – noch besser – Romulaner sein wollen! Die Klingonen waren gefährlich, aber entsetzlich langweilig, und die Andorianer zu unbeständig für einen wirklichen Kampf. Allein die Romulaner machten das Spiel reizvoll.

Sein ganzes Leben lang hatte er Strategie nur aus zweiter oder gar nur aus dritter Hand spielen dürfen. Jetzt aber würde er das Spiel in Wirklichkeit verwandeln. Er würde endlich Gelegenheit zu einer herrlichen Auseinandersetzung bekommen. Zum ersten Mal würde er alle seine Fähigkeiten ins Spiel bringen können, sie dazu benutzen, die Föderation vor ihrer eigenen Blindheit zu schützen. Wenn die Trümmer der Schlacht aufgeräumt waren, würde man ihn als den Helden erkennen, dessen Weitblick und Können die Rettung gebracht hatten. Von Kindheit an hatte er sich auf diese Gelegenheit vorbereitet, und er dachte nicht daran, sich dabei von irgendwelchen bürokratischen Vorschriften behindern zu lassen. Poppaelia, Garson, Yang – alles Narren! Er hatte immer gewußt, daß die Romulaner irgendwann die Konfrontation mit der Föderation suchen würden. Krieg lag ihnen im Blut. Wenn die gurrenden Tauben eine Kriegshandlung nicht erkennen konnten – er konnte es, und er würde sie retten, selbst gegen ihren Willen.

Kirk trat mit energischen Schritten aus seiner Kabine. Völlig auf sein Vorhaben konzentriert, S'Talon zum Sprechen zu bringen, wäre er beinahe mit seinem Ersten Offizier zusammengeprallt.

»Verzeihung, Spock!« entschuldigte er sich. »Ich war mit einem Problem beschäftigt.«

»Das war nicht zu übersehen, Captain. Vielleicht mit demselben, das mich zu Ihnen bringt.«

»Die Romulaner?«

»Ja.«

»Sie haben mit ihnen gesprochen. Haben Sie irgendwelche Schwachstellen entdeckt?«

»Vielleicht. Ich glaube nicht, daß die Crew die Gründe für die Aktionen ihres Kommandanten kennt. Sie wissen nicht, woran sie mit ihm sind. Einer der Posten berichtete sogar von einer Konfrontation zwischen S'Talon und einem seiner Offiziere.«

»Er steht also völlig allein?«

»Nein. Er hat einen persönlichen Bewacher oder Adjutanten. Sie scheint ihm absolut ergeben zu sein.«

»*Sie?*«

Spock nickte.

»Wie sieht sie aus?«

Spock hob eine Braue.

»Sie hat keinerlei besondere Merkmale.«

»Spock! Ist sie hübsch?«

»Ich vermute, Sie würden sie hübsch finden.«

»Und S'Talon absolut ergeben...«

Kirks Augen wurden nachdenklich.

»Spock, ich glaube, wir haben den Hebel gefunden, den wir ansetzen können. Bringen Sie S'Talon und diese Frau in Lageraum zwei. Wieviel wissen sie über Vulkan?«

»Ich würde sagen, etwa soviel, wie wir über sie wissen.«

»Also kaum das Notwendigste. Es könnte... klappen.«

Kirks nachdenkliche Stimmung verflog jäh.

»Also los, Spock! Und, Spock... versuchen Sie, brutal zu wirken.«

»Captain?«

»Lassen Sie nur. Es reicht, wenn Sie kein Wort reden. Und folgen Sie meiner Gesprächsführung. Was immer sie verheimlichen, muß von ungeheurer Tragweite sein; sonst hätten sie sich nicht soviel Mühe gemacht, es vor allen zu verbergen.«

»Sich zu ergeben, ist gegen den romulanischen Ehrenkodex. Aber ich bin Ihrer Meinung. Außerdem halte ich das, was sie verbergen, für ungemein wichtig für die Föderation.«

»Aber wo setzen wir an?«

»Sie waren auf unserer Seite der Neutralen Zone.«

»Ein guter Grund. Und wie S'Talons Worten zu entnehmen war, arbeitet die Zeit für sie.«

»Dann müssen wir uns beeilen.«

»Das müssen wir wirklich. Holen Sie sie her.«

KAPITEL 11

›Captains Logbuch: Sterndatum drei-eins, zwei-sieben Komma zwei.

Seit der Freigabe der Hilfsbrücke scheint der Computer sich jeder aktiven Einmischung zu enthalten. Er läßt Reparaturen zu und führt zum Teil sogar eine Reprogrammierung der Personalakten durch. Obwohl das Schiff noch immer von der Hilfsbrücke aus gefahren wird und für eine komplette Überholung die Einrichtungen einer Starbase benötigt werden, sollte die Brücke in etwa vierundzwanzig Stunden wieder funktionsbereit sein. Die Romulaner haben uns wenig Schwierigkeiten bereitet, doch haben wir noch keinerlei Fortschritte bei der Untersuchung der Frage erzielt, was sie auf dieser Seite der Neutralen Zone vorhatten.‹

Der Lageraum II war wie ein bewaffnetes Camp. S'Talon und seine Centurion, die Kirk und seinen Offizieren gegenübersaßen, hatten einen Schild des Mißtrauens vor sich aufgerichtet. Kirk parierte und focht und erkannte bei jedem Schlagabtausch mehr Fähigkeiten S'Talons. Es war eine Pattsituation, bei der jede Seite ihre Stellung hielt. Kirk blickte seinen Ersten Offizier an. Spock hatte alles schweigend beobachtet, das Gesicht ausdruckslos, die Arme vor der Brust verschränkt.

»Mister Spock«, sagte der Captain, »wie können wir unsere Gegner von unserer Vertrauenswürdigkeit überzeugen? Ihre Haltung zeigt einen bedauerlichen Mangel an Vertrauen.«

»Sie haben recht, Captain. Doch abgesehen von einem telepathischen Kontakt sehe ich keine Möglichkeit eines logischen Vorgehens.«

»Sie würden Ihre Fähigkeiten dazu mißbrauchen, Vulkanier?«

Die Stimme der Centurion war scharf, und S'Talon stand

die Überraschung deutlich ins Gesicht geschrieben. Spock schwieg wieder und betrachtete die beiden Romulaner mit gefühlloser Objektivität.

»Kirk, würden Sie das zulassen?«

»Ich fürchte, Commander, daß wir alle zur Verfügung stehenden Mittel gebrauchen müssen, um den Grund für ihr Hiersein in Erfahrung zu bringen. Falls es dazu vulkanischer Psychotechniken bedarf... die Wahl liegt bei Ihnen, Commander.«

S'Talons Augen verengten sich, als er Kirk in feindseligem Schweigen anstarrte. Es lag ein Ausdruck von Wut in ihnen, dunkel und gefährlich.

»Spock.«

Der Klang von Kirks Stimme hing in der Luft, das sanfte Timbre im scharfen Gegensatz zu der Drohung, die sich mit ihr verband.

»Kommen Sie, Centurion!« sagte Spock.

S'Talon sprang auf und schlug mit der Faust auf den Tisch.

»Nein! Wenn jemand diese Barbarei über sich ergehen lassen muß, dann bin das ich! Ich werde nicht zulassen, daß ein Mitglied meiner Besatzung gefoltert wird!«

Zwei Männer des Sicherheitsdienstes traten auf S'Talon zu, doch Kirk hielt den Romulaner mit seinem Blick eisern fest.

»Centurion«, wiederholte Spock.

S'Talon wollte etwas sagen, doch die Centurion hob die Hand und sagte: »Es ist mir eine Ehre, dem Imperium dienen zu dürfen, Commander.«

Sie erhob sich, und ihre Bewegungen verliehen dem strengen Schnitt ihrer Uniform weibliche Grazie. Sie ging auf die Tür zu, den Kopf stolz erhoben. Spock wandte sich um und folgte ihr. Seine entschlossene Bewegung ließen S'Talon erschauern. Er kannte die entsetzliche Wirkung einer erzwungenen Bewußtseins-Verschmelzung nur zu gut.

Kirk hatte nicht einen Moment seinen Blick vom Gesicht

des Romulaners gelassen. Er bedauerte, daß er ihm Schmerz zufügen mußte; doch S'Talon war hartnäckig.

»Und jetzt, Commander«, sagte Kirk, »werden wir unser Gespräch fortsetzen.«

Die Tür schloß sich hinter Spock, und die Centurion wandte sich zu ihm um. Er bewunderte ihre Selbstkontrolle, das Glühen der Herausforderung in ihren Augen, das den Ausdruck von Angst überdeckte, die Abwehrhaltung, die sie eingenommen hatte.

»Ich warne Sie, ich werde mich wehren.«

Spock wußte, sie würde es wirklich tun, aber er wußte auch, daß sie sich voll und ganz der Gefahr bewußt war, in der sie sich befand. Offensichtlich waren solche extremen Verhörmethoden bei den Romulanern nicht unüblich, doch hatte sie sie nicht von einem Vulkanier erwartet. Ihr Mut angesichts geistiger Folterung war bemerkenswert. Er zollte ihm Hochachtung.

»Das wird nicht nötig sein, Centurion.«

Als sie mit völliger Verblüffung reagierte, erklärte er ihr: »Die Föderation gebraucht keine Foltermethoden, um Aussagen zu erzwingen.«

»Ein Trick!«

»Ja.«

»Nein!« rief sie und sprang auf die Tür zu.

Spock packte sie und achtete darauf, daß sie mit den Händen nicht sein Gesicht erreichen konnte, als sie sich gegen ihn wehrte und freizukommen versuchte.

»Nein!« keuchte sie. »Sie wollen ihn zum Verrat zwingen! Er soll seine Ehre für nichts opfern! Nein! Nein!«

Sie erkannte, daß sie Spock nicht gewachsen war, hörte auf, sich zu wehren, und blickte mit tränendunklen Augen zu ihm auf.

»Bitte, tun Sie ihm das nicht an! Es muß einen anderen Weg geben. Ich werde reden. Zwingen Sie ihn nicht, seine Ehre zu verraten!«

Spock betrachtete sie voller Mitgefühl.

»Und was ist mit Ihrer Ehre?« fragte er.

»Auf die kommt es nicht an. Ich werde reden! Aber hören Sie mit dieser Komödie auf!«

»Wie Sie wünschen, Centurion.«

S'Talon blickte den terranischen Captain an, versuchte in seinem Gesicht zu lesen. Alles was er von Kirk wußte – von seiner persönlichen Ausstrahlung, seinem militärischen Genie, seinem diplomatischen Geschick –, riet ihm, äußerst vorsichtig vorzugehen. Er schwor sich, diesen Mann nicht noch einmal zu unterschätzen, obwohl er immer gehört hatte, Terraner seien Weichlinge.

»Also, Commander. Ich frage Sie noch einmal: Was wollten Sie im Raum der Föderation?«

»Es sollte Ihnen reichen, daß ich hier bin. Ich erwarte die juristischen Formalitäten für meine Exekution.«

Kirks Stimme war scharf, schneidend.

»Es wird keine Exekution geben... nicht für Sie. Was jedoch Ihre Crew angeht...«

»Sie erwartet kein anderes Schicksal«, sagte der Commander. »Das ist unsere Art.«

»Wirklich, Commander? Warum versuchen Ihre Leute dann jetzt, ihr Leben zu kaufen – durch Kooperation?«

Kirk sah einen Ausdruck von Überraschung und Schmerz über S'Talons Gesicht zucken und beschloß, seinen Vorteil auszunutzen.

»Sie lügen!« preßte S'Talon zwischen zusammengebissenen Zähnen hervor. »Terraner sind geborene Lügner.«

»Vielleicht. Doch in diesem Fall brauche ich nicht zu lügen. Sie verraten Sie. Warum wollen Sie Ihr Leben für sie opfern? Selbst die Centurion ist verwundbar.«

S'Talons Augen funkelten.

»Sie wird freiwillig nicht ein Wort sagen, Captain. Sie ist seit Jahren bei mir! Sie ist ein loyaler Offizier!«

»Aber sie ist auch eine Frau, eine sehr attraktive Frau. Ich glaube kaum, daß Spock Gewalt anwenden muß.«

»Nein!« knirschte S'Talon.

»Sie ist ihm freiwillig gefolgt...«,murmelte Kirk beziehungsvoll.

»Als romulanischer Offizier! Sie hat sich freiwillig zur Verfügung gestellt, obwohl sie wußte, daß es ihren Tod bedeutete! Sie würde sterben, um ihr Volk zu retten!«

»Um ihr Volk zu retten«, wiederholte Kirk. »Das Leben des Imperiums wollten Sie sagen. Natürlich – warum sonst sollten die Romulaner wohl einen galaktischen Krieg riskieren? Es wäre purer Selbstmord – und Wahnsinn, falls nicht... falls nicht das Ausweichen vor diesem Risiko den sicheren Tod bedeutete.«

S'Talons Gesicht war hart, die Haut über den Wangenknochen straff gespannt. Nur die Augen verrieten seine Gefühle, und in ihnen stand verzweifelte Wut. Kirk fuhr mit seinen Mutmaßungen fort.

»Sie waren der Köder! Sie sollten Außenstehende daran hindern, sich einzumischen. Deshalb haben Sie Ihr Tarnsystem so lange eingesetzt, deshalb haben Sie lieber Ihr Schiff geopfert als zu fliehen. Um Zeit zu gewinnen! Aber Zeit wofür? Sagen Sie mir das, Commander!«

Kirk erkannte plötzlich, daß der Romulaner ihm nicht mehr zuhörte. S'Talons Augen waren auf einen Punkt gerichtet, der sich hinter Kirk befand, und sie waren vor Entsetzen aufgerissen. Ohne seinen Gegner aus den Augen zu lassen, wandte Kirk den Kopf, als Spock verkündete: »Captain, ich habe nach Doktor McCoy geschickt. Die Centurion ist zusammengebrochen.«

Spock hielt sie auf den Armen; der schlaffe Körper und das bleiche Gesicht ließen sie erschreckend zerbrechlich wirken. Die Überraschung des Captain war nicht zu übersehen, doch S'Talon bemerkte es nicht. Er hatte nur Augen für die Centurion.

»Selbst Klingonen hätten das nicht fertiggebracht!« zischte er angewidert.

Spock ignorierte den Haß in S'Talons Stimme. Er reagierte so, als hätte er nur eine amüsante Bemerkung gehört. Vorsichtig bettete er die Centurion auf den Boden.

»Commander, die Centurion hat nichts anderes enthüllt als ihre Loyalität, bevor sie zusammenbrach. Ich bin nicht in ihr Bewußtsein eingedrungen und habe sie auch körperlich nicht angerührt.«

»Wir gebrauchen keine Folter«, fügte Kirk hinzu.

S'Talon kniete neben S'Tarleya nieder und blickte ihr ins Gesicht.

»Sie haben mich hereingelegt, Kirk.«

»Ja, Commander. Das Zusammenbrechen der Centurion war ein Unglücksfall, und ich versichere Ihnen, daß Mister Spock in keiner Weise dafür verantwortlich ist.«

S'Talon blickte zu Kirk auf, dessen Worte und Haltung seine Sorge verrieten.

»Ich glaube Ihnen. Dies kam nicht unerwartet.«

Kirk und sein Erster Offizier tauschten verwunderte Blikke.

McCoy trat herein, zwängte sich zwischen Kirk, Spock und S'Talon hindurch und kniete neben der Centurion nieder. Er ließ seinen medizinischen Scanner über ihren Körper gleiten, griff ihr unter den Kopf, hob ihn vorsichtig an und bettete ihn dann wieder auf den Boden. Mit klinischer Gründlichkeit studierte er ihr Gesicht. Die geschwungenen Brauen und langen Wimpern waren wie Ziffern, die auf schneeweißes Papier gemalt waren, das Gesicht umrahmt von einer Fülle schweren Haars. Er blickte den romulanischen Commander an. S'Talon wirkte sowohl ergeben als auch traurig.

»Pille, was ist los?«

McCoy hob den Kopf und blickte zu Kirk empor.

»Es ist Myrruthesie. Verbreitet allein unter Vulkaniern und Romulanern, doch allgemein sehr selten und nur im Frühstadium übertragbar. Hier scheint es sich um eine besonders virulente Abart des Virus zu handeln... ich kann noch nicht sagen, wie gefährlich sie ist...«

»Aber ich kann es.« S'Talons Stimme klang wie durch Kies gepreßt. »Die Centurion wird innerhalb von achtundvierzig Stunden sterben, wenn sie nicht das Gegenmittel bekommt. Und es kann schon zu spät sein, um sie zu retten.«

»Gegenmittel?«

»Quinneal, Jim. Aber was für eine Wirkung es auf diese mutierte Form des Virus hat, weiß ich nicht.« McCoy gab der Kranken eine Injektion, bevor Sanitäter sie ins Bordlazarett brachten. »Kommen Sie lieber auch mit, Mister Spock, Commander und auch du, Jim. Wir haben einen kleinen Vorrat von Schutzimpfstoff an Bord.«

»Wir kommen gleich nach, Doktor.«

Spocks Antwort machte es McCoy klar, daß er kommen würde, wenn er es für richtig hielt.

»Ich erwarte Sie, Mister Spock, in Ihrem Interesse.«

McCoy wollte noch mehr sagen, doch sah er den Blick, den Kirk auf ihn richtete, und verließ den Raum, um der Bahre der Centurion zu folgen.

»Ist es das, was Sie zu verbergen suchen, Commander? Eine Krankheit? Eine Seuche, die das ganze Romulanische Imperium bedroht? Aber McCoy sagte doch eben, daß sie nur in ihrem Frühstadium übertragbar ist…«

»Wie der Arzt richtig vermutet, handelt es sich um eine mutierte Form des Virus. Dadurch wird die Krankheit äußerst ansteckend – und Quinneal ist nicht immer erfolgreich bei ihrer Behandlung und bei der Vorbeugung«, sagte S'Talon gepreßt.

»Ich begreife aber noch immer nicht, warum Sie versuchten, diese Krankheit geheimzuhalten. Die Föderation hätte Ihnen vielleicht helfen können…«

Ein bitteres Lächeln verzog S'Talons Lippen.

»Ihren Feinden helfen, Captain? Auf eine gewisse Weise tun Sie das ja bereits.«

»Die Föderation und das Romulanische Imperium mögen politische Feinde sein, Commander, doch haben wir nicht den Wunsch, Ihr Volk an einer Seuche zugrunde gehen zu sehen. Zumindest können wir Medikamente liefern, und unser Forschungsteam hier an Bord der *Enterprise* wird versuchen, ein besseres Vakzin zu entwickeln.«

Das Lächeln des Commanders vertiefte sich.

»Quinneal wird durch einen Prozeß gewonnen, bei dem eine bestimmte Kornart als Katalysator verwendet wird. Die nächste größere Quelle dafür ist das Canara-Sonnensystem im Raum der Föderation«, kommentierte Spock.

Kirks Augen weiteten sich, zogen sich dann zu Schlitzen zusammen, als seine Gedanken sich auf die Situation konzentrierten.

»Die romulanische Flotte ist in Canara! Sie sollten ihr die Zeit verschaffen, das Korn zu stehlen! Commander, das wird nicht leicht sein, nicht einmal für die romulanische Flotte. Die Canaraner sind eine Kriegerrasse, einfach, aber gefährlich. Sie wären fähig, ihre Felder zu vernichten, bevor sie die Ernte in romulanische Hände fallen lassen.«

»Wir werden tun, was nötig ist, um unser Volk zu retten, Captain.«

»Wenn Sie gegen die Canaraner Gewalt anwenden, könnten Sie ihr Volk vernichten! Hören Sie, Commander! Es mag sein, daß Terraner Lügner sind, doch Vulkanier sind es nicht! Spock!«

»Der Captain sagt die Wahrheit, Commander. Die Canaraner sind hart und gewalttätig, und sie neigen zu extremen Reaktionen. Sie sind außerdem von einer fanatischen Treue gegenüber der Föderation. Wenn Sie sie zwingen wollen, Korn für Sie zu veredeln, wären sie durchaus fähig, die gesamte Ernte zu vernichten.«

Die angespannten Muskeln in S'Talons Wangen erschlafften, und er setzte sich. Angesichts der Niederlage hatte er seine militärische Haltung völlig verloren.

»Dann sind wir am Ende. Ich werde also den Untergang des Romulanischen Imperiums erleben, nicht durch einen militärischen Holocaust, sondern durch einen mikroskopischen Henker.«

»Commander, wir wollen Ihnen helfen! Die Föderation will Canara nicht verlieren, und sie will auch keinen Krieg mit dem Romulanischen Imperium! Sie müssen mir vertrauen, Commander!«

S'Talon blickte in Kirks ernstes Gesicht.

»Ihnen vertrauen, Captain? Wo Sie mich gerade hereingelegt haben?«

»Ich gebe zu, daß ich sehr viel von Ihnen verlange, doch es geht auch um sehr viel. Sie müssen mir vertrauen. Wir müssen einander vertrauen, wenn wir nicht wollen, daß beide Seiten vernichtet werden. Millionen unschuldiger Leben würden vernichtet, weil wir einander nicht trauen können. Selbst mit Ihrer Hilfe sind die Chancen nur gering, ein galaktisches Armageddon zu verhindern. Ohne Sie sind sie gleich Null.«

»Es scheint mir keine Alternative zu bleiben, Captain.«

S'Talon straffte die Schultern, als er sich entschloß, wieder einen unbegangenen Weg zu beschreiten. Tiercellus hatte ihm gesagt, daß er für neue Ideen empfänglich sein müsse, selbst wenn diese vom Feind kommen sollten. Sein alter Kommandeur hatte sich als Prophet erwiesen.

Das Kommunikationszentrum des Star Fleet Command konnte zweitausend Nachrichten gleichzeitig empfangen. Seine Kapazität war gewaltig. Es diente als Relais-Zentrum für alle militärischen und auch für eine große Anzahl von zivilen Transmissionen. Es arbeitete rund um die Uhr, empfing, entschlüsselte und verteilte einlaufende Nachrichten. Seine Vielseitigkeit und kühle, mechanische Wirksamkeit waren überwältigend, und Poppaelia fühlte sich daneben ein wenig verlassen.

Seit seinem unerlaubten Besuch in Iotas Büro hielt er sich fast ständig hier auf. Er wußte, daß er die Techniker verrückt machte, doch die Bestätigung seines Verdachts hatte ihn in eine schwierige Lage gebracht. Er konnte seine illegal erworbenen Informationen nicht mit anderen besprechen, noch hatte er einen stichfesten Grund, Iotas Büro und Wohnung durchsuchen zu lassen. Er wußte, daß die Föderation noch nie so hart am Rand eines Krieges gestanden hatte wie jetzt, doch konnte er nichts dagegen tun. Wenn er versuchte, Yang und Garson deutlicher zu warnen, als er es bereits getan hatte, würde seine Glaubwürdigkeit ins Wanken geraten. Er war gezwungen, tatenlos zuzusehen – außer jede noch so geringe Nachricht aus dem romulanischen Sektor zu überprüfen. Drei oder vier Kommunikationen, die der Computer aufgefangen hatte, waren mit einem neuen Code verschlüsselt, und das verstärkte seine Sorgen noch.

Er wandte sich vom Bildschirm ab und rieb die vor Müdigkeit geröteten Augen. Er mußte sich ausruhen, aber nicht lange.

»Bryan, ich werde einen Moment abschalten. Behalten Sie die Bildschirme im Auge und die Ohren offen. Wecken Sie mich sofort, wenn irgend etwas – und ich meine die geringste Kleinigkeit – ungewöhnlich wirkt.«

»Jawohl, Sir«, antwortete der Kommunikations-Ingenieur.

Poppaelia legte den Kopf auf die Arme. Innerhalb von Sekunden begann er leise zu schnarchen.

»Exzellenz.«

Der Praetor neigte leicht den Kopf.

»Exzellenz, wir können keinen Kontakt mit den Canaranern herstellen. Der Planet scheint von einer Art Ältestenrat regiert zu werden, dessen Vorsitzender ein gewisser Romm Joramm ist. Man hat uns mitgeteilt, daß er erst um die fünfte Stunde erreichbar sei, wenn er von den Feldern zurückkäme, um zu essen.«

»Gibt es keine Möglichkeit, den Mann vor dieser Zeit zu erreichen? Haben diese Leute denn kein Kommunikationssystem für Notfälle?«

»Doch, aber sie weigern sich, es zu benutzen. Sie sind ein stures Volk, und ich konnte sie nicht von der Dringlichkeit unserer Sache überzeugen, ohne ihnen einen Eindruck von Schwäche zu geben.«

»Ich werde ihnen Dringlichkeit zeigen! Wir könnten diese Ansammlung von Hütten, die sie eine Hauptstadt nennen, mit einer einzigen Phasersalve dem Erdboden gleichmachen. Wir werden uns einfach nehmen, was wir brauchen!«

»Mein Praetor, ich begreife Ihre Gefühle, aber Canara hat nicht nur die größte Kornanbaufläche in diesem Quadranten, sondern auch die Einrichtungen, es zu veredeln. Wenn wir die Hilfe der Canaraner erlangen, könnten wir Quinneal tausendmal schneller herstellen, als wenn wir es selbst produzieren müßten. Sie haben Erfahrung in dem Prozeß, sie mögen auf vielerlei Weise primitiv sein, aber sie wissen, wie man Quinneal herstellt. Und von erstklassiger Qualität. Wir müssen behutsam vorgehen. Sie stehen treu zur Föderation. Bis jetzt wissen sie noch nicht, wer wir sind. Wenn wir vorsichtig vorgehen, könnte es uns vielleicht gelingen, die gesamte Ernte zu bekommen.«

»Haben sie eine ausreichende Ernte?«

»Ja, ich habe die Felder gesehen. Das Korn steht gut, und es ist reif. Im Süden hat die Ernte bereits begonnen.«

»Dann sprechen Sie mit diesem Romm Joramm. Bieten Sie ihm alles, was Sie ihm bieten müssen, um die Droge zu bekommen.«

»Exzellenz, ich bin informiert worden, daß Romm Joramm nur mit dem Führer dieser Expedition sprechen will. Ich glaube also, daß Sie selbst mit ihm reden müssen.«

»Sie werden an meiner Stelle verhandeln. Wie sollten diese Primitiven den Unterschied merken?«

»Das weiß ich nicht, mein Praetor, doch sie tun es. Und sie wollen nur mit Ihnen verhandeln. Sie sind gerissen, diese Canaraner.«

»Dann arrangieren Sie ein Treffen mit diesem Mann. Wir werden mit ihm reden, aber wenn er nicht mitzieht, nehmen wir uns einfach, was wir brauchen – im Namen des Imperators.«

»Jawohl, mein Praetor.«

Der Praetor wandte sein Interesse der Flotte zu, die sich jetzt im Orbit um Canara befand. Der Eindruck von Macht, den sie vermittelte, war nur Kulisse. Nicht eins der Schiffe war voll bemannt. Seit sie Romulus verlassen hatten, waren über einhundert Männer erkrankt und ausgefallen. Sie hatten keine Zeit mehr für Verhandlungen, für Diplomatie. Ein winziger Schatten der Furcht kroch in das Herz des Praetors.

»Alarmstufe Rot! Alarmstufe Rot!«

Der schrille Ton der Sirenen jaulte durch die *Potemkin*. Die Crew eilte zu den Gefechtsstationen.

»Feindliche Schiffe voraus, Captain. Sie wirken wie klingonische Typen, aber ich wette, daß es Romulaner sind. Die Allianz...«

»Ja, Mister Farrell. Entfernung?«

»Extrem-Reichweite, Sir. Sie scheinen an der Grenze der Neutralen Zone Position zu halten.«

»Sie reagieren nicht auf unsere Versuche, Verbindung mit ihnen aufzunehmen. Auf allen universellen Ruffrequenzen... keine Antwort, Sir.«

»Na also, Garson. Sind Sie jetzt zufrieden? Vier romulanische Schiffe. Glauben Sie mir jetzt endlich, daß die Föderation angegriffen wird?«

Iotas Stimme war eisig von Befriedigung.

»Ich will keine voreiligen Schlußfolgerungen ziehen, Admiral. Diese Schiffe – seien es Romulaner oder Klingonen – haben nicht die Grenze der Neutralen Zone überquert. Sie haben also das Recht auf ihrer Seite. Mißverstehen Sie mich nicht. Wir befinden uns im Alarmzustand und werden hier bleiben, solange jene Schiffe in Sichtweite sind. Ruder: Bringen Sie uns in eine Position gegenüber den feindlichen Schiffen. Fähnrich: Versuchen Sie weiter, Verbindung mit ihnen aufzunehmen.«

Die *Potemkin* und ihre Schwesterschiffe nahmen Position gegenüber den Romulanern ein. Die beiden Flottillen lagen in Konfrontation zueinander, doch keine wich zurück.

»Keine Antwort von den feindlichen Schiffen, Captain.«

»Tun Sie doch etwas, Garson!«

»Das mache ich ja. Ich warte.«

»Worauf? Hier abgeschossen zu werden? Mein Gott, Mann, stellen Sie ein Ultimatum!«

»Mit welchem Zweck?«

»Zur Verteidigung der Föderation.«

»Manchmal ist Geduld die beste Verteidigung. Fähnrich: Versuchen Sie, die Kommunikation des Gegners abzuhören. Ruder: Halten Sie Position. Befehlen Sie den anderen Schiffen, es ebenfalls zu tun.«

Garson lehnte sich in seinem Sessel zurück und schloß die Augen. Er konnte Iotas Wut spüren, ein Vulkan, der unter Druck stand. Ruhig durchdachte er die Situation. Beide Verbände waren gleich stark. Zusammen mit den Aufklärungsschiffen befand sich die Föderation sogar ein wenig im Vorteil. Doch wenn die Romulaner – jedenfalls hielt er sie für Romulaner – aus der Neutralen Zone das Feuer auf sie eröffnen sollten, würde es schwer nachzuweisen sein, wer sich im Unrecht befand. Er mußte äußerst behutsam vorgehen.

»Sir, die feindlichen Schiffe scheinen Funkstille zu wahren. Es gibt überhaupt keine Subraum-Kommunikation.«

»Seltsam. Es sieht aus, als wenn sie uns aufhalten wollten. Aber warum?«

»Ich werde Ihnen sagen, warum«, erklärte Admiral Iota. »Weil die romulanische Flotte inzwischen in den Raum der Föderation eingedrungen ist. Können Sie das nicht selbst erkennen?«

»Das wäre das auf der Hand liegende Motiv. Aber wir habe keine Beweise dafür, und ich kann nicht allein auf einen Verdacht hin handeln.«

»Sir, eine Nachricht kommt herein. Sie ist vom Gegner, Sir.«

»Schalten Sie sie auf den Haupt-Bildschirm.«

Ein Romulaner erschien auf dem Bildschirm. Kurzgeschnittenes Haar umrahmte ein stolzes Patriziergesicht. Obwohl weit über die Blüte der Jahre hinaus, war Willenskraft in jedem Gesichtszug erkennbar. Hinter ihm stand eine Reihe der Praetorianergarde.

»Föderations-Starship. Im Namen des Imperators: Ziehen Sie sich aus diesem Sektor zurück, oder tragen Sie die Konsequenzen.«

»Dies ist Captain Garson, Kommandant des Raumschiffes *Potemkin*. Identifizieren Sie sich, Sir!«

Der harte Mund des Romulaners verzog sich verächtlich.

»Damit Sie wissen, wer das Todesurteil an Ihnen vollstreckt, Erdling: Ich bin Tiercellus, Oberkommandierender der romulanischen Flotte.«

»Was ist Ihre Absicht, Tiercellus?«

Ihn allein mit seinem Namen anzusprechen, war eine wirksame Unverschämtheit. Garson stieg ein wenig in der Achtung des Romulaners.

»Meine Absicht geht Sie nichts an«, antwortete er.

»Aber ja. Besonders, da Sie es für nötig halten, uns ein Ultimatum zu stellen.«

»Und ich wiederhole dieses Ultimatum, Captain. Verlassen Sie sofort diesen Sektor. Ich habe es satt, leere Worte zu wechseln.«

»Sie befinden sich in einer schlechten Position, um uns zu drohen. Was ist der Grund für diese Konfrontation? Sie riskieren einen galaktischen Krieg.«

»Ich bin Ihnen keine Erklärung schuldig. Verschwinden Sie, oder wir eröffnen das Feuer.«

»Das glaube ich nicht. Wir befinden uns – wenn Sie sich die Mühe machen würden, Ihre Meßwerte zu überprüfen – außerhalb Ihrer Reichweite. Um wirksam auf uns feuern zu können, müßten Sie in den Raum der Föderation vordringen, und ich glaube nicht, daß Sie das tun werden – jedenfalls noch nicht jetzt. Sie sind schachmatt gesetzt, Sir.«

Der Gesichtsausdruck des Romulaners veränderte sich nicht.

»Sie sind gewarnt, Captain Garson.«

Der Bildschirm flackerte, und die vier romulanischen Schiffe tauchten wieder auf, drohende graue Formen, wie Geier. Die Ähnlichkeit ließ Garson einen Schauer über den Rücken laufen.

»Captain Garson, wenn Sie nicht sofort etwas gegen die romulanische Bedrohung unternehmen, sehe ich mich gezwungen, ihren Mangel an Pflichtgefühl zur Meldung zu bringen.«

»Admiral, ich werde auf keinen Fall in die Neutrale Zone eindringen, und ich werde auch keinen Gegner angreifen, der Krieg allein mit Worten führt.«

»Wenn Sie zuerst angreifen und sich über das Protokoll später Sorgen machen würden, wären Sie Sieger. Sie scheinen nicht begriffen zu haben, daß es im Krieg keine Regeln gibt.«

»Und Sie scheinen nicht begreifen zu können, daß es bis jetzt noch gar keinen Krieg gibt.«

»Garson, Sie sind ein Narr!«

»Vielleicht. Das wird sich zeigen.«

»Ich betrachte Ihre Handlungsweise als unannehmbar.«

»Ich stehe vor einer rein militärischen Situation. Auf diesem Gebiet haben Sie keine Befehlsgewalt.«

»Das werden wir sehen. Der höhere Dienstgrad bringt einige Vorteile mit sich. Als Chef des Nachrichtendienstes bin ich in der beneidenswerten Lage, dafür sorgen zu können, daß die Tatsachen richtig dargestellt werden.«

Garson ignorierte das Geschwafel des Admirals und schloß wieder die Augen. Mit seinem ganzen Wissen und seiner ganzen Erfahrung suchte er nach einer Antwort.

KAPITEL 12

›Captains Logbuch: Sterndatum dreißig-eins, zwanzig acht Komma sechs.

Die *Enterprise* hat Kurs auf Canara genommen, um als Vermittler zwischen dem Romulanischen Imperium und den Canaranern zu wirken. Das Kommunikationssystem ist noch immer gestört, sollte jedoch innerhalb einer Stunde wieder betriebsbereit sein. Wir haben keinerlei Kontakt mit Star Fleet Command gehabt. Commander S'Talon will uns dabei unterstützen, die romulanische Führung zu überzeugen, daß Hilfe im besten Interesse der Föderation liegt. Sein einziges Anliegen scheint das Wohl seines Volkes zu sein. Die Centurion befindet sich im Bordlazarett, und trotz aller Bemühungen von Dr. McCoy verschlechtert sich ihr Zustand ständig.‹

Kirk saß im Büro des Arztes. In einer Hand hielt er McCoys Bericht über Myrruthesie. Er legte ihn auf den Schreibtisch zurück und blickte auf, erschüttert von der Schnelligkeit, mit der diese Krankheit tötete.

»Pille, gibt es denn gar nichts, was du tun kannst?«

»Ich fürchte nein, Jim.«

Der Schmerz in McCoys Stimme schickte eine Welle des Mitgefühls durch Kirk.

»Eines haben wir getan. Es ist uns gelungen, aus dem Blut und aus Gewebeproben der Centurion das mutierte Virus zu isolieren, und ich glaube, daß wir jetzt ein Quinneal-Derivat haben, das ihn aufhalten wird... bevor die Krise einsetzt. Aber der Centurion wird es nichts nützen... die Krankheit ist schon zu weit fortgeschritten. Ich glaube, sie hat es gewußt, als sie sich freiwillig für dieses Unternehmen meldete.«

»S'Talon hat so etwas angedeutet.«

Beide Männer blickten auf die stoische Gestalt S'Talons, der sich über das Bett der Centurion beugte. In dem Rahmen der Tür von McCoys Büro gesehen, war es ein zeitloses Symbol der Trauer. Ein Gefühl tiefen Mitgefühls stand in den Augen von McCoy und Kirk.

»Sie liebt ihn, Jim.«

»Ich weiß. S'Talon sagte mir, daß sie seit Jahren mit ihm zusammen sei; doch glaube ich nicht, daß er es weiß. Es ist ein Jammer, daß ihr nicht einmal das gewährt wurde.«

»Sie hat während der letzten Stunden im Delirium gelegen, Jim, und dabei einiges gesprochen. S'Talon ist ein sehr ungewöhnlicher Mann. Stammt aus einer alten Familie, ist hochgebildet und hat es geschafft, sich aus allen Intrigen des romulanischen Hofes herauszuhalten. Der Praetor mag ihn nicht.«

»Das erklärt, warum gerade er für die Rolle des Köders ausgesucht wurde. Man konnte sich darauf verlassen, daß er seine Pflicht tun würde, doch sein Tod würde sehr willkommen sein. Er scheint sich irgendwie im Niemandsland zu befinden, genauso gefährdet durch seine Vorgesetzten wie durch die Föderation.«

»Nach allem, was ich von ihr gehört habe, mehr durch die eigenen Leute als durch uns. Er wäre vor einigen Tagen beinahe einem Attentat zum Opfer gefallen.«

Kirks Blick glitt zu dem romulanischen Commander hinüber.

»Pille, ich habe das Gefühl, daß S'Talon der Hebel ist, den wir brauchen, um die Dinge in unsere Richtung zu drücken.«

S'Talon beachtete Kirk und McCoy nicht. Er wachte am Bett der Centurion. Die Tiefe seines Gefühls war für ihn eine Überraschung, die er nicht zu analysieren versuchte. Er blickte in das bleiche Gesicht, bemerkte die elegante Form der geschwungenen Augenbrauen, die langen gebogenen Wimpern, das Haar, das ausgebreitet auf dem Kissen lag wie eine dunkle Wolke. Er lächelte schwach, als seine Centurion die Augen öffnete.

»Commander...«, flüsterte sie.

»Schsch...« S'Talon legte zwei Finger auf ihre Lippen.

»Ich weiß, daß Sie nichts enthüllt haben... oder nur etwas von sehr hohem Wert: Ihre Loyalität.«

Die Augen der Centurion weiteten sich vor Überraschung.

»Ich konnte nicht zulassen, daß Sie sich verrieten, Commander.«

»Ich weiß.«

»Commander.«

»Nicht reden.«

»Ich muß. Ich weiß, daß es selbstsüchtig ist, aber ich will es Ihnen sagen, bevor das Ende kommt... Ich habe Sie immer geliebt.«

Unerklärliche Reaktionen in S'Tarleyas Verhalten wurden ihm plötzlich klar und erkennbar. Er hatte ihre Loyalität immer ungewöhnlich gefunden und sehr geschätzt, doch erst jetzt erkannte er die Quelle.

»Ich bin blind gewesen, Centurion. Und ein Narr.«

»Nicht blind. Zu pflichtbewußt, glaube ich. Sie hatten keine Zeit für meine Liebe. Ich hätte gewartet, bis sie die Zeit dafür gefunden hätten. Ein Narr? Vielleicht. Denn ich glaube, Sie hätten meine Gefühle erkennen müssen.«

»Manchmal, Centurion, hält man den größten Schatz in der Hand und sieht nur seine praktischen Eigenschaften. Vertrautsein ist eine höchst wirksame Tarnung.«

»Und jetzt ist es zu spät... für uns beide.«

Bedauern umwölkte S'Talons Gedanken und goß Schmerz in die Augen der Centurion. Er riß sich zusammen. Zum Selbstmitleid war auch noch später Zeit. S'Talons Finger fuhren streichelnd über ihr Gesicht. Er schloß die Augen und konzentrierte sich darauf, inneren Frieden zu erlangen. Die Barrieren in seinem Bewußtsein schmolzen.

»S'Tarleya«, sagten seine Gedanken, und sie wandte sich ihm zu, einen Ausdruck tiefer Verwunderung in den Augen. »Diese Zeit bleibt uns noch«, sagten seine Gedanken. »Und man braucht so wenig Zeit, um zu sagen... ›Ich liebe dich‹.«

»Meine Liebe wird immer bei dir sein«, antwortete sie.

S'Talon spürte, wie ein weißes Licht durch sein Bewußtsein leuchtete, es mit kristallener Klarheit durchflutete. Sein sinnliches Wahrnehmungsvermögen erhöhte sich. Er erfaßte alles in einer Tiefe und Breite, wie er es nie zuvor erreicht hatte.

»Ich liebe dich, S'Tarleya«, wiederholten seine Gedanken. »Ich liebe dich.«

Die beiden Menschen behielten ihren Gefangenen von McCoys Büro aus im Blick, während sie ihm ein gewisses Maß persönlicher Freiheit gewährten.

»Dies ist das Schicksal des Romulanischen Imperiums, Jim: Schmerz und Verlust und unendliche Trauer«, sagte McCoy.

Kirk blickte den romulanischen Commander und seinen Offizier an. Weder die Hilflosigkeit der Centurion noch die zärtliche Stärke des Commanders entgingen ihm. Die Centurion lag im Sterben. Sie alle wußten es. Seine eigene Machtlosigkeit versetzte ihn in Wut. In vielem erinnerte S'Talon ihn an Spock. Er besaß die gleiche Selbstbeherrschung, die gleiche ruhige Logik. Er war einer der Männer, wie sie sich die Föderation innerhalb des Romulanischen Imperiums wünschte, ein Mann mit Weitblick und Mut, der bereit war, sich neuen Konzepten zuzuwenden. Und er verlor jetzt nicht nur eine treue und vertrauenswürdige Gefährtin, sondern etwas, das selbst ein Außenstehender als eine ganz besondere Liebe verstehen konnte. Kirk stellte sich vor, daß eine Krankheit, die hoffnungslos und endgültig war, über die *Enterprise* herfiele. Wenn das seinem Schiff geschähe, seiner Welt... wenn Spock, Pille, Scotty, Chekov, Uhura, Sulu... alle vierhundertdreißig Menschen an Bord... allein der Gedanke war unerträglich.

»Pille, es muß doch irgend etwas geben!«

»Die Forschung ist erfolgversprechend, Jim, aber ohne große Mengen von Quinneal haben wir keine Chance. Jim... ich weiß, wie du dich fühlst, aber meinst du, daß dies der richtige Kurs ist? Die Romulaner sind immer unsere

Feinde gewesen. Du weißt, es wird später Stimmen geben, wir hätten das Imperium sterben lassen sollen und eine Menge Kopfschmerzen mit ihm.«

Kirk lächelte bitter.

»Ich weiß. Ich erwarte auch eine Menge Beschuß aus dieser Richtung. Aber wenn wir nichts dagegen tun... also, soweit es mich betrifft, gibt es keinen anderen Weg. Es mag sogar der erste Schritt dazu sein, aus einem Feind einen Freund zu machen.«

Er schaltete das Intercom ein.

»Spock«, sagte er.

»Hier Spock.«

»ETA* auf dem Planeten Canara, Mister Spock?«

»Vier Komma zwei-drei Stunden, Captain. Wir haben eine Kommunikations-Drohne aufgefangen. Es ist ein mir unbekanntes Modell und scheint auf Stimmencode programmiert zu sein. Sie ist nur Ihrem Befehl zugänglich.«

»Gut, Mister Spock. S'Talon und ich kommen gleich zu Ihnen. Ende.«

Er trat langsam auf S'Talon zu, nur ungern in seine Privatsphäre eindringend.

»Commander...«

»Ja, Captain. Ich habe gehört. Ich bin bereit. Die Centurion«, setzte er hinzu und wandte sich zu Kirk um, »ist tot.«

»Es tut mir leid, Commander«, sagte Kirk und blickte in S'Talons Gesicht. »Commander...«

Kirk legte eine Hand auf die Schulter des Romulaners, und S'Talon blickte zu ihm auf. Für einen zeitlosen Augenblick verstanden Terraner und Romulaner einander.

»Gehen wir«, sagte Kirk leise.

Sie gingen schweigend zum Turbolift, jeder in seine eigenen Gedanken versunken.

»Deck acht«, sagte Kirk, als die Tür zuglitt.

»Sie wissen hoffentlich, daß dies nicht leicht sein wird, Captain. Der Praetor wird glauben, daß Sie die Centurion

*Estimated Time of Arrival: Geschätzte Ankunftszeit (A. d. Ü.)

ermordet und mich einer Gehirnwäsche unterzogen hätten. Sie müssen ihn und seine Offiziere davon überzeugen, daß dies nicht der Fall ist. Sie setzen sich einer sehr großen Gefahr aus.«

»Und Sie, Commander? Sie riskieren Ihr Leben. Aber ist nicht der Friede – wenn er auch noch so unsicher ist – diesen Einsatz wert?«

S'Talon versuchte zum hundertsten Mal, Kirk abzuschätzen.

»Ja.«

»Bericht, Mister Spock«, sagte der Captain, als er und S'Talon in die Hilfsbrücke traten, die jetzt von der normalen Brückencrew besetzt war. S'Talons linke Braue hob sich vor Verwunderung über den beengten Raum, und Kirk lächelte innerlich, befriedigt, daß der Romulaner keine Gelegenheit für eine längere Beobachtung der *Enterprise*-Brücke hatte.

»Kommunikation wieder in Ordnung, Sir. Der Computer hat zwar den Subraum-Monitor abgeschaltet, doch konnten wir da eine Überbrückung herstellen«, sagte Uhura.

S'Talon lachte leise.

»Dann hätten wir uns um Ihre Kommunikation überhaupt keine Sorgen machen müssen. Sie wissen gar nicht, wieviel Zeit wir darauf verschwendet haben.«

»Captain.«

Spocks Tonfall sagte Kirk, daß er ihn allein sprechen wollte.

»Ich möchte empfehlen, daß Sie die Kommunikations-Drohne öffnen, bevor Sie sich mit Star Fleet in Verbindung setzen.«

Spock reichte Kirk den kleinen Würfel. Die Buchstaben SNKR waren auf eine seiner Seiten geprägt, daneben das Emblem der Föderation.

»Dies ist etwas Neues«, sagte er.

»Ja, Captain. Es ist ein experimentelles Modell.«

»Noch eins?« Kirk hob den Würfel in Augenhöhe und

sagte: »Dies ist James T. Kirk, SC 937-0176 CEC, Kommandant der *Enterprise*.«

Ein metallisches Klicken ertönte aus dem Innern des Würfels, und seine obere Platte klappte auf. In einer Höhlung lag eine Spule mit einem Magnetband.

»Sesam, öffne dich!« murmelte Spock. Kirk nahm die Spule heraus und reichte sie Uhura, die sie in einen Dechiffrierprojektor schob. Kirk, über den Bildschirm gebeugt, konzentrierte sich auf die Nachricht. Als er sich wieder zu Spock und S'Talon umwandte, war beiden klar, daß es keine gute Nachricht war.

»Sie ist von Yang. Vier Schiffe der Starship-Klasse, unter dem gemeinsamen Kommando von Admiral Iota und Captain Garson, sind auf dem Weg in die Neutrale Zone, um den Grund für unser Verschwinden zu erforschen. Admiral Iota glaubt, daß die *Enterprise* zerstört wurde. Er hat dem Romulanischen Imperium praktisch eine Kriegserklärung zugestellt. Garson versucht, ihn zurückzuhalten. Uhura, stellen Sie sofort eine Verbindung mit Star Fleet Command her. Sagen Sie ihnen…«

»Bevor Sie das tun, Captain, sollten Sie wissen, daß vier romulanische Schiffe die Neutrale Zone bewachen. Sie haben Befehl, unsere Rückzugsroute mit allen Kräften freizuhalten.«

»Verdammt! Das schreit ja geradezu nach Krieg! Uhura, eine Verbindung mit Star Fleet Command!«

Uhura beugte sich über die kleine Kommunikations-Konsole, und ihre Finger flogen über die Knöpfe und Schalter.

»Ich habe sie, Sir. Admiral Poppaelia.«

»Schalten Sie ihn auf den Bildschirm.«

Poppaelias bekanntes Gesicht füllte den kleinen Bildschirm.

»Kirk! Gott sei Dank! Was ist da draußen los? Und ein Romulaner? Auf der *Enterprise?* Warum haben Sie sich nicht gemeldet?«

»Wir hatten mechanische Schwierigkeiten, Sir. Ich will

jetzt keine Einzelheiten schildern. Ich habe eben eine Nachricht erhalten, nach der ein Verband unter Captain Garson und Admiral Iota sich auf dem Weg zur Neutralen Zone befindet. Admiral, Sie müssen ihn aufhalten!«

»Das kann ich nicht. Er ist bereits dort. Und er hat Feindberührung. Zur Zeit sitzen die Schiffe knapp außerhalb von Phaser-Reichweite an der Grenze der Neutralen Zone. Auf der anderen Seite der Grenze liegen vier romulanische Schiffe. Eine Pattsituation. Was wird eigentlich gespielt?«

»Sir, die romulanische Flotte ist in den Raum der Föderation eingedrungen, doch nicht in kriegerischer Absicht.«

In Poppaelias Augen trat ein ungläubiger Ausdruck, und Kirk sprach rasch weiter.

»Sir, Sie wissen, daß sich die Romulaner in der letzten Zeit seltsam zurückgezogen verhielten.« Poppaelia nickte. »Wir haben entdeckt, daß die gesamte Bevölkerung von einer Krankheit heimgesucht wird.«

»Das ist richtig«, bestätigte Spock. »Die Romulaner sind von einer virulenten Abart des Myrruthesie-Virus befallen. Es ist recht selten, könnte jedoch auch eine schwere Bedrohung für Vulkan werden.«

»Holen Sie McCoy her!« flüsterte Kirk Uhura zu.

»Das erklärt noch immer nicht, warum die Romulaner in den Raum der Föderation eingedrungen sind... sagten Sie, die ganze romulanische Flotte?«

»Ja. Das einzige bekannte Heilmittel für diese Krankheit ist eine Substanz, die eine veredelte Form von Korn als Katalysator benötigt. Wie Sie wissen, sind die Romulaner arm, besonders auf dem Landwirtschaftssektor. Sie besitzen einfach nicht die Möglichkeit, ausreichende Mengen dieses Katalysators herstellen zu können. Und sie sind verzweifelt. Über ein Drittel der Bevölkerung ist der Krankheit bereits zum Opfer gefallen. Also sind sie in den Raum der Föderation eingedrungen, um genügende Mengen von Korn zu kaufen oder zu rauben, damit sie der Seuche Herr werden.«

»Ist das wahr?«

S'Talon nickte.

»Aber warum haben sie sich dann nicht an die Föderation um Hilfe gewandt? In einer Situation wie dieser...«

»Stolz, Admiral«, antwortete S'Talon, »gekoppelt mit der Überzeugung, daß die Vernichtung des Imperiums Sie mit großer Freude erfüllen würde.«

»Es gibt sicher viele, für die das zutrifft«, gestand Poppaelia ein. »Was erwarten Sie von mir, Kirk? Es ist jetzt zu einer rein militärischen Situation geworden. Wenn auch nur ein Schuß fallen sollte, stecken wir mitten in einem galaktischen Krieg.«

»Halten Sie Iota auf!« Kirks Stimme klang beschwörend. »Sie können es tun.«

»Sehen Sie einen Ausweg, Kirk?«

»Ja. Zusammenarbeit. Doktor McCoy?«

McCoy trat vor den Bildschirm.

»Admiral, ich habe das Virus isoliert und ein Vakzin entwickelt. Damit könnten wir es schaffen, wenn es schnell genug produziert und zur Anwendung gebracht werden kann.«

»Die Romulaner haben logisch gehandelt«, setzte Spock hinzu. »Das Canara-Sonnensystem ist die nächstgelegene und beste Quelle der benötigten Kornart. Wenn man die Canaraner überreden könnte, den Romulanern die nötige Menge davon zu verkaufen, würde man die Seuche eindämmen und den Frieden erhalten.«

»Und wie gedenken Sie das zu erreichen? Sollen wir der romulanischen Flotte, die in unseren Raum eingedrungen ist, eine gravierte Einladung schicken, sich bitte selbst zu bedienen?«

Kirk ignorierte den Sarkasmus.

»Lassen Sie uns die Vermittlerrolle für die Föderation übernehmen. Commander S'Talon und ich werden gemeinsam als Emissäre zwischen Canara und dem Romulanischen Imperium fungieren. Was können wir schon verlieren?«

»Nichts, schätze ich. In Ordnung, Kirk. Sie haben zwei

Solar-Tage. Wenn Sie bis dahin nicht zu einer Übereinkunft gelangt sind, bleibt mir keine andere Wahl, als dieses Eindringen als Kriegshandlung zu werten und entsprechend zu handeln.«

Poppaelias Gesicht verschwand vom Bildschirm, und Kirk atmete tief durch.

»Dann wollen wir keine Zeit verlieren«, sagte er. »Mister Sulu, Warp vier.«

Der Praetor blickte den ältlichen Mann mit schlecht verhohlener Verachtung an.

Romm Joramm saß mit gekreuzten Beinen auf einer gewebten Matte, und seine durchscheinend wirkende, elfenbeinfarbene Haut wurde von den letzten Strahlen der Canara-Sonne erleuchtet. Das togaartige Gewand, das er trug, unterstrich die Feinheit von Gesicht und Gestalt. Allein die goldene Spange, die es an der Schulter zusammenhielt, verriet seinen Rang oder seinen Reichtum. Seine fahlgoldenen Augen strahlen gastfreundliche Wärme aus.

»Sie sind also der Händler Jublius Mannius. Bitte, setzen Sie sich und teilen Sie die Früchte des Landes mit uns.«

Er deutete auf eine freie Matte, und der Praetor ließ widerstrebend seine beachtliche Körpermasse darauf nieder.

»Sie sind hergekommen, um mit uns über den Verkauf unserer Ernte zu verhandeln – das hat meine Frau mir gesagt. Es tut mir leid, wenn ich Sie abschlägig bescheiden muß, doch unser Übereinkommen mit der Föderation von Planeten umfaßt auch die Verpflichtung, alle Überschüsse an Korn direkt an die Föderation zu verkaufen.«

»Und wenn ich Ihnen einen besseren Preis biete?«

Die Stimme des Praetors war glatt vom Fett des Reichtums. Er betrachtete die Ringe an der linken Hand, die er geschickt so drehte, daß das Licht der Öllampe von ihrer aufdringlichen Pracht reflektiert wurde.

»Reichtum ist etwas sehr Schönes, doch glaube ich, daß es bessere Dinge gibt. Wir haben von der Föderation etwas bekommen, das Sie uns sicher nicht bieten können.«

»Ich versichere Ihnen, Ältester, daß wir bereit sind, jeden Preis zu bezahlen, den Sie nennen.«

»Ich glaube, die Föderation hat Ihren Preis bereits überboten... Praetor des Romulanischen Imperiums.«

»Sie haben also herausgefunden, wer ich bin. Doch das hat nichts zu bedeuten. Was ist der Preis, den ich nicht überbieten kann?«

»Simple Ehrlichkeit, Praetor. Sie sind unter Vorspiegelung falscher Tatsachen zu mir gekommen, und Ihre Geschichte, daß Sie das Korn bezahlen wollen, ist sicher ebenfalls eine Lüge. Wenn Sie mir gegenüber offen gewesen wären... aber was sollen wir davon reden, dazu ist es jetzt zu spät. Wache, führen Sie den Praetor...«

»Das wird er nicht tun. Niemand wird mich berühren oder in meiner Bewegungsfreiheit einschränken. Die Praetorianergarde hat dieses Dorf umstellt, und die Waffen der romulanischen Flotte sind auf die Ballungszentren dieses Planeten gerichtet.«

Der Praetor sprach mit selbstgefälliger Autorität, doch Romm Joramm, Ältester von Canara, schien unbeeindruckt.

»Das wird Ihnen wenig nützen, Praetor. Wer wird die Felder abernten, wenn Sie die Bevölkerung Canaras vernichten? Außerdem habe ich für alle Fälle gewisse Vorsichtsmaßnahmen getroffen.«

»Sie?«

Die Verachtung in der Stimme des Praetors war nicht zu überhören.

»Ja. Sie scheinen nicht davon überzeugt zu sein. Jaael!«

Ein junger Mann trat aus dem Schatten hervor, die schlanke Gestalt und die goldenen Augen typisch für die Bewohner Canaras.

»Jaael, bitte erkläre dem Praetor den derzeitigen Stand der Dinge.«

»Als wir die Identität unserer Besucher feststellten, haben wir die planetarische Verteidigung aktiviert...«

»Ich sehe keine Verteidigungsmaßnahmen. Ich sehe

nicht einmal Waffen. Wir werden uns nehmen, was wir haben wollen. Wenn Sie schon versuchen, mich zu betrügen, müssen Sie noch viel dazulernen.«

»Sie sprechen zweifellos aus Erfahrung, doch warten Sie ab«, antwortete Romm Joramm.

Jaael fuhr fort.

»Die Brandsätze sind entsichert und werden auf unseren Befehl gezündet. In einer Minute stehen die Felder in Flammen. In einer Stunde ist nichts mehr übrig.«

»Sie wollen sich selbst vernichten?« Es war dem Praetor nicht möglich, das Entsetzen aus seiner Stimme zu bannen.

»Vielleicht. Doch werden wir so erhalten, was wir sind. Und wir werden nicht unseren Feinden geholfen haben. Sie sehen keine Anzeichen von Krieg? Aber wir sind ein Kriegervolk. Wir verbringen unser ganzes Leben in ständigem Krieg gegen unsere Umwelt. Wir müssen kämpfen, um zu überleben. Und wir haben gelernt, uns vorzubereiten. Wir sind auch auf Sie vorbereitet.«

Das Gesicht des Praetors war eine Maske der Niederlage. Er war völlig durcheinander.

»Das Gespräch ist beendet.« Joramms Stimme war plötzlich hart. »Sie und Ihre Flotte werden Canara verlassen, oder Canara stirbt. Sie haben sechs Stunden, Praetor.«

Joramm wandte den Kopf ab und schloß damit den Praetor so völlig aus, als ob er ihm eine Tür vor der Nase zugeschlagen hätte.

Der Praetor war beleidigt worden, das war ihm klar. Dieser gebrechliche alte Mann hatte gewagt, der Macht des Romulanischen Imperiums zu trotzen – das konnte er nicht hinnehmen. Es mußte einen Weg geben, diesen jämmerlichen alten Narren zu schlagen. Er würde ihn finden; und wenn nicht – wenn das Imperium sterben mußte –, würde er zumindest die Genugtuung haben, Canara das Blut aus den Adern gesogen zu haben. Er würde diese Leute nicht töten – o nein! Er würde nur ihren Planeten so in Schutt und Asche legen, daß nichts und niemand darauf überleben konnte. Das Wasser würde giftig, das Land unfruchtbar sein. Canara würde einen langen, qualvollen Hungertod sterben. Wie immer das Ergebnis auch aussehen mochte, Canara würde nicht gewinnen.

»Captain! Eine Nachricht von Star Fleet Command kommt herein. Chiffriert und über den Scrambler.«

»Schalten Sie sie auf den Bildschirm«, sagte Captain Garson.

»Jawohl, Sir.«

Iota verzog das Gesicht, als Admiral Poppaelias kantiges Gesicht erschien.

»Captain Garson, Admiral Iota.«

Poppaelias Förmlichkeit war für beide beunruhigend.

»Admiral«, antwortete Garson.

»Wir haben neue Informationen über das romulanische Problem erhalten. Die Lage ist gefährlicher, als wir annahmen. Es hat den Anschein, als seien die Romulaner tatsächlich in den Raum der Föderation eingedrungen...«

»Was habe ich Ihnen gesagt? Aber Sie wollten mir ja nicht glauben. Was werden Sie dagegen unternehmen? Oder ist es bereits zu spät dazu?« unterbrach Iota heftig.

»Dazu werde ich gleich kommen. Es sieht so aus, als hätten wir trotz allem eine Chance, den Frieden zu erhalten. Ihre Absichten sind nicht kriegerisch.«

Poppaelia ignorierte Iotas empörten Ausbruch, doch Garsons ungläubiger Gesichtsausdruck beunruhigte ihn. Wenn er Garson verlor, gab es keine Möglichkeit, Iota unter Kontrolle zu halten, und das würde dann das Ende bedeuten.

»Die Romulaner sind von einer Seuche unglaublichen Ausmaßes heimgesucht worden: Sie brauchen dringend medizinische Hilfe.«

»Warum haben sie dann nicht darum ersucht?« bellte Iota.

»Hätten Sie sie Ihnen gegeben? Darum nicht. Ihre Reaktion spricht für sich. Sie erkannten, daß sie keine Hilfe erwarten konnten, also beschlossen sie, sich das Material, das sie brauchten, entweder zu kaufen oder es sich mit Gewalt zu nehmen.«

»Sir, darf ich nach der Quelle Ihrer Information fragen?« sagte Garson.

»Ja. Sie ist absolut zuverlässig: Kirk und die *Enterprise.* Es hat den Anschein, als ob er einen romulanischen Offizier gefangengenommen hat, der die Geschichte bestätigt. Außerdem hat der Bordarzt der *Enterprise* ausreichende Beweise für die Existenz dieser Krankheit. Er hat ein Vakzin entwickelt, das die Seuche eindämmen kann... wenn es schnell genug hergestellt und verabfolgt wird.«

»Sir, hat man einwandfrei klären können, wer der Gefangene von wem war? Es ist absolut atypisch für einen Romulaner, sich gefangennehmen zu lassen.«

Zum ersten Mal seit ihrem ersten Zusammentreffen betrachtete Iota den Captain der *Potemkin* mit einem Anflug von Respekt.

»Zweifelsfrei. Nach meiner Ansicht zumindest. Soweit ich es beurteilen kann, hat Kirk absolute Handlungsfreiheit. Ich habe ihm eine Frist von zwei Solar-Tagen gegeben, irgendeine Lösung zu finden.«

»Glauben Sie nicht, daß dies eine Entscheidung ist, die nur vom ganzen Rat getroffen werden kann?« fragte Iota scharf.

»Dazu war keine Zeit. Die romulanische Flotte ist bei Canara. Kirk befindet sich auf dem Weg dorthin. Er ist von mir autorisiert, als Bevollmächtigter der Föderation zu fungieren und zu versuchen, eine Einigung herbeizuführen. Bis dahin werden Sie keinerlei bewaffnete Aktion unternehmen – außer zur Selbstverteidigung. Gerechtfertigte Selbstverteidigung. Ist das klar? Sie sind über die Situation informiert worden, Gentlemen.«

Poppaelias Gesicht verschwand vom Bildschirm, und die gemeinsamen Kommandeure blickten einander an.

»Ich kann es einfach nicht glauben.«

Iotas Gesicht war hart, und seine Stimme verriet absolute Überzeugung.

»Ich gebe zu, daß es sehr viel Glauben erfordert, Admiral. Doch ich kenne Kirk, und sein Wort hat sich noch immer als solider erwiesen als die meisten formalen Verträge.«

»Ich hege ja auch keinen Zweifel an der Glaubwürdigkeit Ihres Freundes, Garson, und ich kenne seinen Ruf. Aber wer kann der Art von Gehirnwäsche widerstehen, die diese Barbaren anwenden? Es ist alles ein genau ausgeklügeltes Komplott, um uns überraschend zu vernichten. Ich glaube dieses Märchen nicht.«

»Wir stehen unter Befehl, Admiral.«

»Ich kann keinerlei handfesten Beweis dafür entdecken, daß Kirk Herr der Lage ist. Er könnte genausogut eine Geisel sein und dazu verwandt werden, uns so lange in Sicherheit zu wiegen, bis die Romulaner ihre Angriffsvorbereitungen abgeschlossen haben. Ich jedenfalls werde nicht tatenlos zusehen, während die Föderation hinters Licht geführt wird.«

»Wir stehen unter Befehl«, wiederholte Garson; doch der Admiral wischte seine Worte mit einer Kopfbewegung beiseite.

»Ich werde nicht tatenlos zusehen«, sagte er noch einmal.

Iota stand hinter dem Kommandantensessel, in der Haltung eines Eroberers. Er hatte den Kopf erhoben, die Schultern gestrafft, und ein Glühen der Überzeugung stand ihm in den Augen. Garson blickte ihn mit wachsender Besorgnis an, und ihm dämmerte, daß er es mit einem Fanatiker zu tun hatte.

KAPITEL 13

›Captains Logbuch: Sterndatum dreißig-eins, zwanzig-acht Komma acht. Aufgezeichnet von Mikel Garson, Captain, USS *Potemkin*.

Wir halten Position an der Grenze der Neutralen Zone und warten auf neue Order von Star Fleet Command. Die Lage ist gespannt, die Nerven sind verbraucht, und ich habe besondere Sorgen wegen Admiral Iota. Er scheint auf eine fast pathologische Art überzeugt zu sein, daß die Romulaner darauf aus sind, einen Krieg zu provozieren. Ich muß zugeben, daß seine Argumente nicht so abwegig sind, wie ich anfangs geglaubt habe, doch ist seine Besessenheit von der ›romulanischen Gefahr‹ beängstigend. Er hat seit unserem letzten Kontakt mit Star Fleet Command seine Kabine nicht verlassen, und ich befürchte, daß er dort Pläne für irgendeine drastische Aktion ausbrütet.‹

Admiral Iota, Chef des Star Fleet-Nachrichtendienstes, Mitglied des Verteidigungsrates, von seinen Freunden Jake genannt, trat aus seiner Kabine. Besatzungsmitglieder, die ihn sahen, blickten ihn verwundert an. Das Gefühl eiserner Entschlußkraft, das ihre Blicke anzog, strömte ihm durch die Adern wie flüssiges Feuer. Er hatte die Lösung gefunden. Es gab nur einen einzigen Weg, der die völlige Sicherheit der Föderation garantierte. Warum hatte er ihn nicht schon früher gesehen? Zugegeben, er verstieß gegen die Befehle dieser gackernden Großmutter Poppaelia, doch das war lediglich eine Formsache. Wenn er seinen Plan erfolgreich durchgeführt hatte und ein Held war, der Retter der Föderation, würde niemand danach fragen. Und wenn doch, so nur, um sein Handeln nachträglich zu rechtfertigen. Er lächelte, als er durch die letzte schwere Tür schritt, die ihn von seinem Ziel trennte. Die Tür glitt hinter ihm zu und verbarg seine Anwesenheit. Ein Schild an der Wand trug die Inschrift: ›Hilfsbrücke‹.

»Captain! Meine Ruder-Konsole spricht nicht mehr an! Ich kann das Schiff nicht mehr steuern!«

»Sind Sie sicher? Überprüfen Sie sie.«

Arvielas Kopf beugte sich über die Konsole, als sie die Stromkreise kontrollierte. Ihre silbern emaillierten Fingernägel drückten auf Knöpfe.

»Nein, Sir. Hier ist alles in Ordnung. Der Strom ist abgeschaltet – zu einem anderen Abnehmer umgeleitet worden.«

»Maschine! Haben Sie Schwierigkeiten?«

»Nein, Sir. Hier ist alles in Ordnung.« Die Stimme des Ingenieurs klang überrascht.

»Captain... die Phaser sprechen auch nicht mehr an. Es ist, als ob ein Hauptschalter umgelegt worden wäre.«

»Gehen Sie auf manuelle Bedienung.«

»Keine Reaktion, Sir.«

Garson sah, wie Arviela ihre Konsole zum dritten Mal durchprüfte. Und plötzlich wurde seine Besorgnis um Iota zu einem harten Stein der Gewißheit in seinem Magen: Er wußte, was geschehen war. Iota hatte die manuellen Sicherungen sabotiert, die Hilfsbrücke übernommen und war in diesem Moment dabei, den Haupt-Computer abzuklemmen.

»Hilfsbrücke!« rief Garson ins Intercom. »Admiral Iota!«

»Ja, Captain?« antwortete Iota, seine Stimme triefend vor Sarkasmus.

»Admiral, ich muß Sie ersuchen, Ruder- und Phaserkontrolle wieder auf die Brücke zurückzugeben.«

»Das werde ich nicht tun.«

»Admiral, ich möchte Sie daran erinnern, daß ich der militärische Kommandeur dieses Unternehmens bin.«

»Und ich möchte Sie an meinen Dienstgrad und an meine Position im Verteidigungsrat erinnern. Glauben Sie wirklich, daß Star Fleet Command im Ernstfall Ihr Wort über das meine stellen wird?«

»Meine Autorisierung – vom Vorsitzenden des Verteidigungsrates – ist schriftlich niedergelegt.«

»Mag sein, mag sein«, antwortete Iota, »doch das gilt nur für normale Zeiten. Wir befinden uns jetzt im Kriegszustand, und der Krieg erfordert drastische Maßnahmen. Wenn wir hier herumsitzen und darauf warten, daß die Romulaner als erste feuern, vergeben wir die beste Chance, die wir haben.«

»Admiral, bis jetzt hat noch niemand etwas unternommen! Die Romulaner sind rechtmäßig hier. Sie dürfen nicht auf sie feuern!«

»Die romulanische Flotte ist in den Raum der Föderation eingedrungen.«

Iotas Stimme sprach die Worte wie ein religiöses Glaubensbekenntnis. Garson stand dieser selbstgerechten Überzeugung hilflos gegenüber. Physische Kämpfe konnte er austragen, mit diplomatischen Schwierigkeiten konnte er fertig werden, doch wußte er nicht, wie er Iotas Blindheit begegnen sollte.

»Admiral, warten Sie! Bitte, geben Sie mir etwas Zeit. Angreifen können Sie doch immer noch. Geben Sie mir nur ein wenig Zeit!«

»Wir haben keine Zeit mehr.«

»Doch, die haben wir. Einen Tag! Geben Sie mir einen Tag, dann werde ich nachgeben.«

Garson entdeckte einen Ausdruck von Unsicherheit im Gesicht des Admirals und stieß nach.

»Tun Sie es für die Föderation, die Sie lieben. Geben Sie dem Frieden eine Chance, bevor Sie sie in den Krieg stürzen. Bitte, Admiral, denken Sie an die Föderation.«

»Ich denke nur an die Föderation. Also gut, Captain. Einen Tag. Aber das ist alles. Wenn am Ende dieser Frist keine Friedenserklärung vorliegt, wird dieses Schiff den Feind angreifen. Einen Tag«, wiederholte der Admiral und schaltete das Intercom aus.

Captain Garson atmete tief ein und ließ die Luft langsam wieder aus den Lungen strömen. Einen Tag Frist. Er hatte kein Schiff, keine Waffen. Doch zumindest waren die anderen Schiffe intakt – und er besaß noch seine Kommunikation. Er hatte Iota gesagt, daß es eine Sache des Glaubens sei, sich auf Kirk zu verlassen. Die Wahrheit dieser seiner Worte wirkte jetzt wie Hohn.

»Lieutenant, verbinden Sie mich mit Poppaelia. Blocken Sie die Transmission ab, damit sie nicht von der Hilfsbrükke aus abgehört werden kann.«

»Jawohl, Sir. Ich habe ihn, Sir.«

»Auf den Bildschirm.«

»Ja, Garson?«

Poppaelia klang verärgert, und Garson konnte es ihm nicht übelnehmen.

»Es tut mir leid, Ihnen noch eine Last aufladen zu müssen, Sir. Ich muß Ihnen melden, daß Admiral Iota sich in der Hilfsbrücke verbarrikadiert und Waffen-, Ruder- und Navigationssystem in seine Gewalt gebracht hat. Er weigert sich zu glauben, daß die Romulaner keinen Krieg wollen. Er hat mir ein Ultimatum gestellt: Wenn er innerhalb von vierundzwanzig Stunden keinen unwiderleglichen Beweis dafür hat, daß der Friede erklärt worden ist, will er die in der Neutralen Zone befindlichen romulanischen Schiffe angreifen.«

»Mein Gott!«

Garson nickte.

»Ich werde mein möglichstes tun, ihn auszumanövrieren, Sir, aber ich sehe nur eine wirklich sichere Methode, ihn aufzuhalten.«

»Warten Sie damit bis zum allerletzten Moment. Reden Sie mit ihm. Versuchen Sie, ihn zur Vernunft zu bringen. Ich weiß, er ist ein Fanatiker, glaube jedoch nicht, daß er wahnsinnig ist. Ich meine, Sie könnten trotz allem mit ihm reden.«

»Sir, er hat wenig Achtung vor mir.«

Poppaelia schnaubte.

»Er hat wenig Achtung vor irgend jemandem, aber er respektiert Tatsachen. Tun Sie Ihr möglichstes. Wenn Kirk Erfolg hat…«

Poppaelia ließ den Satz in der Luft hängen, und sein Gesicht verblaßte vom Bildschirm. Kirk war der Angelpunkt der Situation. Wenn es ihm gelang, die Dinge im Sinn der Föderation zu lösen – und er hatte das schon in einigen schwierigen Situation geschafft –, mochte es einen Weg geben, die Besessenheit des Admirals zu entschärfen. Garson klammerte sich an diesen Strohhalm der Hoffnung.

»Captain, ich habe Canara auf den Sensoren. ETA: vierzig Minuten.«

»Sehr gut, Mister Spock. Mister Chekov, bringen Sie uns in Standard-Orbit um Canara, aber achten Sie darauf, daß die romulanische Flotte sich immer auf der anderen Seite des Planeten befindet.«

»Das würde einen getarnten Anflug erfordern, Captain«, antwortete der Navigator. »Für den brauche ich etwas mehr Zeit.«

»Tun Sie es. Ich will nicht, daß die Romulaner etwas von unserer Anwesenheit wissen – noch nicht.«

»Jawohl, Sir.«

Spock wandte sich von seiner Computer-Station ab und trat zu Kirk. Der Captain blickte auf. In seinen Augen stand eine unausgesprochene Frage.

»Ich habe mich über die Canaraner informiert, Sir. Sie sind tatsächlich ein primitives und kriegerisches Volk, jedoch bemüht, ihren Wissenshorizont zu erweitern. Der Vorsitzende des canaranischen Ältestenrates, Romm Joramm, ist sozusagen der Motor dieser Bestrebungen. Ich glaube, wenn wir ihn dazu bringen können, mit den Romulanern zu verhandeln, besteht durchaus Hoffnung, daß Blutvergießen vermieden wird.«

»Dieser Romm Joramm... wie steht er zur Föderation?«

»Es ist allein ihm zu verdanken, daß Canara Mitglied der Föderation wurde.«

»Dann müßte es uns gelingen, irgendein Übereinkommen zu erzielen.«

»Ja... aber es wäre sehr unklug, die Halsstarrigkeit und Widerborstigkeit der Canaraner nicht in Rechnung zu stellen. Wenn sie sich einmal für einen bestimmten Kurs entschieden haben, sind sie so leicht nicht wieder davon abzubringen.«

Uhura preßte den Hörer des Subraum-Empfängers fester ans Ohr und legte den Kopf schief, als sie versuchte, ein kaum hörbares Signal zu verstehen.

»Sir, ich empfange einen Notruf von Canara. Er ist sehr leise, Sir. Sie erbitten Hilfe von Star Fleet.«

»Gut. Dann werden wir ihnen auf jeden Fall willkommen sein.«

»Wirklich eine glückhafte Entwicklung«, kommentierte Spock.

»Jim, so willkommen wir den Canaranern auch sein mögen, wie, glaubst du, werden sie reagieren, wenn sie feststellen, daß sich Romulaner an Bord der *Enterprise* befinden?« fragte Doktor McCoy.

»Das ist wirklich ein Problem«, murmelte Kirk mit einem Blick auf S'Talon.

»Sie haben recht, Captain«, antwortete der. »Die Canaraner könnten glauben, daß sie manipuliert werden sollen. Und wenn Sie mich als Kriegsgefangenen vorstellen, werden sie mich bestimmt nicht als Vertreter meines Volkes akzeptieren.«

»Hmmm... Lieutenant Uhura, stellen Sie eine Verbindung mit Canara her... über Scrambler. Ich möchte mit Romm Joramm sprechen.«

»Jawohl, Sir.«

»Vielleicht wäre es besser, Captain, wenn ich mich für die Dauer Ihres Gesprächs zurückzöge«, sagte S'Talon.

»Danke, Commander. Das wäre sehr klug. Doktor McCoy, würdest du den Commander begleiten?«

»Mit dem größten Vergnügen. Commander?«

Der Romulaner blickte Kirk an, eine Warnung vor Verrat. Er sah den Ausdruck von Verstehen in den braunen Augen des Terraners. ›Vertrauen Sie mir!‹ sagten sie ihm. Ihm blieb gar nichts anderes übrig: Vertrauen war die einzige

Chance, die dem Imperium verblieben war. Was ihn selbst betraf, so wußte er, daß er keine Chance hatte. Wenn er das Gesicht des Praetors sähe, stünde darin sein Todesurteil.

»Ich habe Romm Joramm, Sir.«

Kirk wartete, bis S'Talon und McCoy die Brücke verlassen hatten, bevor er antwortete.

»Schalten Sie ihn auf den Bildschirm, Lieutenant.«

»Ja, Sir«, antwortete Uhura.

Kirk war noch nie einem Canaraner begegnet. Mit Ausnahme der oberflächlichsten Gemeinplätze und der Informationen, die Spock ihm gegeben hatte, wußte er nichts über Canara, doch Romm Joramm beeindruckte ihn. Die große Würde, die dieser Mann ausstrahlte, verlieh seinem schmächtigen Körper Statur. Sie floß durch seine Bewegungen und zeigte sich in dem Faltenwurf seiner Robe. Die fahlgoldenen Augen wirkten durchsichtig.

»Willkommen!« sagte er. »Ich bin Romm Joramm, Vorsitzender des Ältestenrates.«

»James Kirk, Sir. Kommandant der USS *Enterprise*. Wir haben Ihren Notruf aufgefangen.«

»Ja. Wir brauchen dringend Hilfe. Wir haben eine Invasion der Romulaner. Sie sind als Händler getarnt gekommen und haben von unserem Korn verlangt. Als wir sie zurückwiesen, erklärten sie, daß sie sich dann nehmen würden, was sie brauchten. Wir haben ihnen gedroht, die gesamte Ernte zu vernichten. Doch wenn wir das tun, werden sie sicher uns vernichten.«

»Sir, wären Sie bereit, den Romulanern Ihr Korn zu verkaufen – zu einem fairen Preis?«

Kirks Gesicht zeigte die ganze ernste Ehrlichkeit eines Cherubs.

»Wenn sie offen zu uns gekommen wären... aber so... nein. Sie haben gelogen, also müssen sie die Konsequenzen dafür tragen. Aber warum fragen Sie? Stehen Sie auf ihrer Seite? Ist dies ein Trick?«

Die Stimme des alten Mannes klang plötzlich scharf, und Kirk dankte der Vorsehung, die sich S'Talon von der

Brücke entfernt hatte. Es war eine sehr kluge Entscheidung gewesen.

»Nein, nein. Doch gibt es besondere Umstände.«

Romm Joramm beherrschte sein aufsteigendes Mißtrauen und wartete auf eine Erklärung. Der Captain begann.

»Das Romulanische Imperium wird selbst angegriffen – nicht durch eine militärische Macht, sondern von einer Krankheit. Eine tödliche Seuche hat bis jetzt ein Drittel der Bevölkerung dahingerafft. Es gibt ein Medikament, das dieser Seuche Einhalt gebieten kann, doch zu seiner Herstellung benötigen sie Ihr Korn. Ihre eigenen Bestände sind längst verbraucht. Sie sind verwundet zu Ihnen gekommen und deshalb reizbar und gefährlich, weil sie nichts mehr zu verlieren haben. Wenn Sie Ihnen Ihr Korn verkaufen, besteht die Möglichkeit, daß das Romulanische Imperium überlebt, und Sie würden dadurch einen galaktischen Krieg verhindern.«

»Die Romulaner sind Feinde der Föderation. Warum lassen wir sie nicht einfach sterben? Das Leben dieses Planeten wäre kein zu hoher Preis für das Überleben der ganzen Föderation, für die Ausschaltung dieser ständigen Bedrohung.«

»Sir, ich will offen zu Ihnen sein. Es gibt viele, die Ihrem Vorschlag nicht widersprechen würden. Es scheint eine überaus praktische Lösung zu sein. Doch er bedeutet Krieg. Und Krieg bedeutet Leid und Tod für beide Seiten. Es liegt in unserem Interesse, ihn zu verhindern.«

Joramm dachte darüber nach.

»Ich verstehe«, sagte er und lächelte plötzlich. »Es bedeutet, daß wir das, was wir tun möchten, dem Wohlergehen der Allgemeinheit unterordnen müssen. Das ist eine Maxime, Captain, nach der ich mein ganzes Leben auszurichten versucht habe, obwohl ich bezweifle, daß es mir jemals gelingen wird. In diesem Fall jedoch sehe ich im Beugen meines Willens ein Mittel zum Profit. Canara wird nicht nur überleben, es wird reich werden – zumindest nach unseren Maßstäben.«

Der Captain fühlte, wie Erleichterung durch seinen Körper flutete. Er erwiderte Joramms Lächeln. »Ich danke Ihnen«, sagte er.

»Ich danke ihnen, junger Mann. Ich bin in Ihrer Schuld dafür, daß Sie meinen Willen gezähmt haben. Sie sind«, setzte er mit einem Augenzwinkern hinzu, »ein Mann von großer Überzeugungskraft.«

»Ich habe selbst einen starken Willen, Sir«, antwortete Kirk, »und er ist oft von einem Freund gezähmt worden.«

S'Talon hielt das dickfleischige Blatt eines Veilchens in der Hand, berührte die zarte blau-weiße Blüte. McCoy beschäftigte sich damit, verwelkte Blüten von einem kleinen Magnolienbaum zu entfernen. Er behielt den Romulaner im Auge, ließ ihn jedoch allein. Der frische Geruch wachsender Pflanzen lag in der Luft des botanischen Laboratoriums. Hätte eine kleine Brise geweht, hätte der Arzt seine Augen schließen und sich vorstellen können, zu Hause in Georgia zu sein.

»Welche Üppigkeit auf der Erde herrschen muß, daß sie soviel Schönheit hervorbringen kann, Doktor.«

Die bewegungslose Luft dämpfte S'Talons Stimme, und die tiefe Stille der Pflanzen verschluckte sie; trotzdem hörte McCoy die gemurmelte Bemerkung.

»Ja, das ist so«, antwortete er.

S'Talon blickte auf. Dunkle romulanische Augen unter schrägstehenden Brauen tasteten das Gesicht des Terraners ab. Es zeigte einen Schmerz, den er nicht begriff. »Fehlt Ihnen etwas, Doktor? Sie sehen aus, als ob Sie sich nicht wohl fühlen.«

»Das tue ich auch nicht.«

»Dann müssen wir Hilfe herbeiholen. Ihr Lazarett...«

»Nein, Commander, ich bin nicht krank.«

McCoy zögerte, da er nicht wußte, was er sagen sollte.

»Es steht Schmerz in Ihren Augen – sicherlich nicht ohne Grund.«

»Die Centurion, Commander. Es tut mir so leid. Wenn

wir das Vakzin nur rechtzeitig entdeckt hätten... sie könnte vielleicht noch am Leben sein.«

S'Talons Gedanken verdüsterten sich. Er würde den Verlust S'Tarleyas sein ganzes Leben lang spüren, doch war niemand schuld daran. Falls es irgendeine Schuld geben sollte, so lag sie bei ihm, bei seiner Blindheit. Er wandte sich um, und der Blick der dunklen Augen suchte den des Arztes.

»Es war nicht zu ändern, Doktor. S'Tarleya war glücklich, daß es für die anderen eine Chance gibt. Sie sagte mir, Sie hätten ihr erklärt, daß sie das Werkzeug ihres Überlebens sei.« Diese Menschen waren die seltsamste Kombination von Stärke und Schwäche. »Besteht Hoffnung dazu, Doktor? Kann Ihr Captain Wunder vollbringen?«

McCoy lächelte.

»Manche glauben, daß er es kann, Commander. Er wird sein Bestes geben – und das ist außergewöhnlich.«

»Dafür, Doktor, habe ich reichlich Beweise«, antwortete S'Talon.

»Er ist einmalig«, sagte McCoy.

»Wir wollen es hoffen«, sagte S'Talon so inbrünstig, daß McCoy lächeln mußte.

Das Intercom meldete sich mit einem Pfeifton, und McCoy verschwand hinter einem großen Philodendron, um sich zu melden.

»Hier McCoy.«

»Hier Kirk, Pille. Die Canaraner haben sich bereit erklärt, ihr Korn an die Romulaner zu verkaufen, und S'Talon als Vertreter des Romulanischen Imperiums akzeptiert. Bitte, bring S'Talon hierher zurück. Es ist an der Zeit, den Falken die Haube überzustreifen.«

»Das dürfte nicht einfach sein, Captain.«

Kirk drehte sich mit seinem Sessel herum und blickte seinen Ersten Offizier an.

»Das kann man wohl sagen«, murmelte er. »Aber wir müssen sie in die schlechtere Position bringen.«

»Sie sind bereits in einer theoretisch schlechteren Position. Sie sind in unser Gebiet eingedrungen und haben ein Mitglied der Föderation bedroht«, sagte Spock. »In der Praxis sieht das Bild natürlich völlig anders aus.«

»Ein Schiff gegen die ganze romulanische Flotte«, nickte Kirk. »Ein Schiff. Unsere Chance besteht darin, sie zu überraschen, die Situation intellektuell zu beherrschen.«

»Erreichen Canara«, meldete Sulu.

»Standard-Orbit, Mister Sulu.«

»Jawohl, Captain. Standard-Orbit.«

»Captain, die romulanische Flotte befindet sich auf der anderen Seite des Planeten«, meldete Chekov.

Der Captain fuhr sich mit einem Finger über die Unterlippe.

»Mister Chekov, berechnen Sie einen Kurs, der uns direkt zwischen die romulanischen Schiffe bringt. Keine Schilde. Doktor McCoy zur Brücke«, setzte er, an Uhura gewandt, hinzu.

Chekov und Sulu tauschten Blicke miteinander. Chekov atmete tief durch und führte den Befehl Kirks aus.

»Kurs errechnet, Sir«, sagte er dann.

»Warp eins, Mister Sulu.«

»Warp eins, Sir.«

Die *Enterprise* glitt mit der Eleganz eines alten Clippers unter vollen Segeln in das Herz der romulanischen Flotte. Vor dem Flaggschiff des Praetors ordnete sie sich in den Verband ein.

»Der Mann ist verrückt!«

»Nicht verrückt, mein Praetor, sondern sehr, sehr klug«, sagte ein romulanischer Offizier. »Das ist die *Enterprise*, unter dem Kommando von Kirk. Ich habe ihm schon einmal gegenübergestanden. Der Mann tut nichts ohne Grund.«

Der Praetor starrte auf das Schiff der Föderation.

»So also kauft S'Talon uns Zeit!« sagte er verächtlich. »Ich werde mit diesem Kirk sprechen! Schaffen Sie mir eine Verbindung.«

»Sofort, Praetor.«

Die Sterne schmolzen vom Bildschirm des romulanischen Schiffes, und an ihrer Stelle erschienen die Gesichter von Aliens – Aliens bis auf einen.

»S'Talon!« rief der Praetor wütend. »Das also ist es, was Sie für das Imperium tun!«

Er spuckte die Worte aus, und S'Talon hob den Kopf.

»Ja, mein Praetor«, antwortete er ruhig.

Der Praetor! Kirk und seine Brückencrew musterten den romulanischen Führer mit unverhohlener Neugier. Sie sahen einen fülligen Mann, dessen gutgeschnittenes Gesicht einen Ausdruck von Hochmut, Leidenschaft und skrupelloser Selbstsucht zeigte.

»Wo ist Ihr Schiff, S'Talon? Und wo ist Ihre Crew?« fragte der Praetor mit seidenweicher Stimme, deren Unterton jedoch rasiermesserscharf klang.

»Sein Schiff ist vernichtet, und seine Crew ist entweder tot oder an Bord dieses Schiffes.«

»Kirk«, erriet der Praetor den Namen des Sprechers.

»Richtig«, antwortete er.

»Also: Sie haben S'Talon und seine Crew, und ich habe Sie. Eine interessante Situation.«

»Mehr als interessant, Sir: katastrophal. Für Sie, wenn Sie die Situation dazu machen wollen.«

»Für mich, Captain? Ich glaube kaum, daß Sie in einer Position sind, mir zu drohen.«

»Nein«, sagte Kirk und blickte ihn herausfordernd an. »Ich bin gekommen, mit Ihnen zu verhandeln – um unser Leben, um das Leben des Romulanischen Imperiums.«

»Das Romulanische Imperium geht Sie nichts an, Captain.«

»Sie sind in den Raum der Föderation eingedrungen; deshalb geht es mich etwas an. Ihr Volk stirbt. Wenn Sie nicht sofort Hilfe erhalten, wird es bald kein Imperium mehr geben, nur noch eine Handvoll Überlebender hier und dort.«

»Wir können ohne Ihre Weisheit auskommen, Captain.«

»Nein. Sie haben bereits festgestellt, daß die Canaraner treu zur Föderation stehen. Ohne die Zustimmung der Föderation werden sie Ihnen nie ihr Korn geben, das Sie so dringend brauchen. Und Sie werden es sich auch nicht mit Gewalt nehmen können. Wenn Sie das versuchen sollten, werden sie ihre gesamte Ernte vernichten. Sie brauchen mich, Praetor.«

»Soll ich mich vielleicht darauf verlassen, daß die Föderation ihren Feinden aus reiner Gutmütigkeit medizinische Hilfe gewährt?«

»Es bleibt Ihnen gar nichts anderes übrig. Und von Gutmütigkeit kann keine Rede sein. Canara ist Mitglied der Föderation und genießt als solches Schutz und Hilfe der Föderation. Also können wir nicht zulassen, daß Sie hier nach Belieben plündern. Durch Ihr Eindringen in den Raum der Föderation haben Sie den sehr zerbrechlichen Frieden zwischen uns in Gefahr gebracht. Wir wollen keinen Krieg. Seine Kosten wäre für beide Seiten astronomisch. Und Canara ist die nächstgelegene Quelle für das begehrte Korn. Bis Sie eine andere entdeckt haben, wäre es zu spät.«

»Was Sie sagen, hat den unangenehmen Klang der Wahrheit«, murmelte der Praetor.

»Ein Imperium von Toten ist kein Imperium«, sagte Kirk. »Ich bin immer von der militärischen Qualität der romulanischen Krieger beeindruckt gewesen. Sie können sich glücklich schätzen, Sir, daß Sie Offiziere wie Commander S'Talon in Ihren Reihen haben. Seine Weitsicht kann die Situation retten. Ich bin sicher, daß der Imperator einen Mann, dem das Überleben des romulanischen Volkes zu verdanken ist, reich belohnen wird. Ein solcher Mann würde überall mit den höchsten Ehren ausgezeichnet... und für den, der seine Gaben richtig erkannte, wäre... die Belohnung...unermeßlich groß.«

Kirk sah, wie der Praetor an dem Köder roch. Ruhm und Reichtum haben einen guten Duft, und der Romulaner wäre seiner Verlockung fast erlegen, als er seine Begierde plötzlich zügelte.

»Das Wohlergehen meines Volkes ist stets mein oberstes Bestreben«, sagt er salbungsvoll.

»Selbstverständlich, Sir«, sagte Kirk und unterdrückte ein Lächeln.

»Wenn Sie S'Talon an Bord beamen, können wir mit den Verhandlungen beginnen«, erklärte der Praetor.

»Das halte ich nicht für richtig. Der Commander verfügt über Wissen, das für unser medizinisches Team wertvoll ist.«

»Das stimmt«, bestätigte McCoy.« Wir haben die Mutation innerhalb des Virus isoliert und führen ausgedehnte Versuche durch, mit denen wir die Wirksamkeit eines neuentwickelten Impfstoffes feststellen wollen.«

»Außerdem«, setzte Kirk hinzu, »ist der Commander als Vermittler unersetzlich. Die Canaraner haben S'Talon als romulanischen Vertreter akzeptiert.«

Der Praetor blickte an seiner langen schmalen Nase entlang. Jetzt konnte er S'Talon nicht mehr zum Sündenbock machen. Nun gut, aber er würde sich sein Verdienst aneignen, so daß S'Talon gerade soviel davon verblieb, um sein Leben zu retten. Das war schon mehr, als er verdiente. Er zog das Schweigen in die Länge. Und als er wieder sprach, klang seine Stimme überlegen und ein wenig gelangweilt.

»Wir werden es zulassen«, erklärte er königlich.

Kirk lächelte.

»Gut. Dann sollen die Verhandlungen sofort beginnen. Der Commander wird Sie über die Einzelheiten informieren.«

Kirk trat zurück und überließ S'Talon die alleinige Benutzung der Funkverbindung.

»Es sieht aus, als ob Sie eben eine Katastrophe verhindert hätten, Captain.«

Spock stand neben ihm.

»Drücken Sie uns die Daumen!« antwortete der Captain.

»Welche Wirkung könnte es haben, wenn man die Daumen drückt? Ich wußte nicht, daß die Menschen über außerordentliche Fähigkeiten verfügen...«

Kirk lachte leise, und die Spannung löste sich.

»Die haben nur Sie, Spock.«

KAPITEL 14

S'Tokkr, Wissenschaftsoffizier des romulanischen Schiffes *Eagle,* rieb sich mit dem Handrücken die Stirn. Er wußte, daß er krank war, hatte jetzt aber keine Zeit, sich um die Schwäche des Fleisches zu kümmern. Ohne sein Wissen wäre die Brückencrew hilflos gewesen. Das Schiff war gefährlich unterbemannt – mehr noch als jene Schiffe, die sich im Verband des Praetors befanden. Zur Zeit war er sowohl für seine Wissenschaftsstation als auch für die Waffen-Konsole verantwortlich.

S'Tokkr schüttelte den Kopf, um die Nebelwolken aus seinem Gehirn zu vertreiben, und wurde von Schwindel ergriffen. Sein eng sitzender Helm schien ihm die Luft zu nehmen. Er fühlte sich eingepfercht, unfähig zu atmen. In seiner Verzweiflung – Vorschriften hin, Vorschriften her – riß er ihn vom Kopf. Er atmete tief durch und zwang sich, wieder auf die Scanner zu blicken, entschlossen, auf seinem Posten durchzuhalten. Er blinzelte, zwang seine Augen, sich auf die Reihe der kleinen Bildschirme einzustellen. Die flackernden Computer-Diagramme übten eine hypnotische Wirkung auf ihn aus, und er wußte, daß er es nicht schaffen würde.

Er öffnete den Mund, um Hilfe herbeizurufen, doch es kam kein Ton heraus. Seine Augen rollten nach oben, und er sank auf der Konsole zusammen.

»Captain!«

Ein Maschinentechniker deutete auf S'Tokkrs reglose Gestalt.

Der romulanische Kommandant knurrte einen Fluch.

»Schafft ihn fort!«

S'Tokkrs Körper wurde von der Konsole gezerrt. Seine leblosen Hände glitten über die Bedienungsknöpfe. Ein Finger stieß gegen einen kleinen orangefarbenen Hebel und legte ihn um. Niemand bemerkte es.

»Captain, das Tarnsystem!«

Arvielas Ausruf riß Captain Garson aus seinen Gedanken. Er blickte auf den Bildschirm und sah gerade noch, wie die Konturen des letzten romulanischen Schiffes erloschen.

»Status des Schiffes?«

»Unsere Schilde sind aktiviert worden.«

»Geben Sie mir eine Verbindung zu den anderen Schiffen des Verbandes!«

»Wir haben Kurs auf die Neutrale Zone«, unterbrach der Navigator.

»Sie können sprechen, Sir.«

»Hier ist Garson von der *Potemkin*. Sie wissen alle, wie die Lage steht. Kein Schiff dieses Verbandes dringt in die Neutrale Zone ein, ohne daß ich es ausdrücklich befehle.« Es trat eine bedrückende Pause ein. »Falls die *Potemkin* sich auf die Neutrale Zone zu bewegen sollte, werden alle anderen Schiffe sie blockieren. Falls sie das nicht aufhält, sind Sie autorisiert, sie abzuschießen. Sie müssen sie mit allen Mitteln aufhalten.«

Garson gab durch eine Handbewegung zu verstehen, daß die Verbindung unterbrochen werden sollte, und sagte dann: »Geben Sie mir Iota.«

Iota saß zusammengekauert in seinem Sessel. Er hörte das Rufzeichen des Captain nicht. Er konzentrierte sich auf den Kurs, den er festlegte und der das Schiff zu der letzten Position der romulanischen Schiffe bringen sollte.

»Geben Sie auf, Admiral!«

In Garsons Stimme lag ein Befehlston, den Iota bis dahin noch nicht gehört hatte.

»Sie haben ihr Tarnsystem aktiviert. Das heißt, daß sie angreifen! Ich werde ihnen zuvorkommen!«

Iota drückte auf einen Knopf, und Arviela murmelte: »Er ist auf halbe Impulskraft gegangen.«

»Dieses Mal halte ich die höhere Karte, Admiral«, sagte Garson.

Iotas Arroganz wich einem Ausdruck ungläubigen

Schreckens, als er sah, wie die anderen Schiffe des Verbandes in den Kurs der *Potemkin* glitten. Seine Sensoren verrieten ihm, daß ihre Verteidigungsschilde aktiviert waren.

»Schachmatt, Admiral!«

»Was soll das bedeuten?«

»Wenn Sie versuchen sollten, die *Potemkin* in die Neutrale Zone zu bringen, werden die anderen Schiffe uns abschießen.«

»Die Romulaner greifen an.«

»Aber wir nicht.«

»Sie bluffen!«

»Das können Sie leicht feststellen.«

Garsons Stimme war eisig.

Iota zögerte, dann drückte er einen anderen Knopf, und das Schiff hing reglos im Raum.

»Ich habe Ihnen ja vierundzwanzig Stunden Frist gegeben. Acht davon verbleiben Ihnen noch. Danach aber werde ich das tun, was ich für richtig halte. Das Gespräch ist beendet.«

Der Bildschirm wurde dunkel. Garson erhob sich von seinem Sessel und begann auf der Brücke hin und her zu gehen. Sein Stirnrunzeln grub v-förmige Falten in seine sonst glatte Stirn, als er einen Ausweg aus dieser unmöglichen Pattsituation zu finden suchte.

»Was!«

Tiercellus sprang mit der Geschmeidigkeit eines zwanzigjährigen Akrobaten aus dem Bett und bereute seine Hast sofort, war jedoch zu erregt, um sich um den scharfen Schmerz in seiner Seite zu kümmern.

»Es ist, wie ich es gesagt habe, Sir. Das Tarnsystem der *Eagle* wurde unbeabsichtigt aktiviert. Und weil die *Eagle* Ihr Flaggschiff ist, nahm man auf den anderen Schiffen an, daß sie sich ebenfalls tarnen sollten. Wir schätzen, daß das Geschwader seit einem Viertel unsichtbar ist«, antwortete der Kommandant der *Eagle*.

»Und die Schiffe der Föderation?«

»Eins von ihnen hat Kurs auf die Neutrale Zone genommen, wurde jedoch von den anderen abgedrängt. Sie fuhren mit aktivierten Schilden.«

»Sehr, sehr ungewöhnlich. Schalten Sie das Tarnsystem ab und geben Sie entsprechenden Befehl an die anderen. Es ist noch nicht an der Zeit, den Feind anzugreifen. Wir sind die Rückendeckung des Praetors. Das ist etwas, das wir niemals vergessen dürfen. Wir müssen jederzeit bereit sein, wenn er uns brauchen sollte.«

»Ich gehorche.«

Tiercellus verzog das Gesicht vor Schmerzen, als er seine Uniformjacke anzog. Er nahm eine Flasche, eine Phiole und ein Glas aus einem Wandschrank und goß sich eine großzügige Dosis blauen Biers ein. Das vermochte den widerlichen Geschmack der Medizin ein wenig zu überdekken. Er ließ vorsichtig drei Tropfen einer blutroten Flüssigkeit in das Bier fallen, hob das Glas und vermischte den Inhalt durch Kreisbewegungen der Hand. Jetzt hatte die Flüssigkeit eine tiefviolette Farbe angenommen. Er kippte sie mit einem Zug hinunter und machte sich auf den Weg zur Brücke.

Seine Bewegungen waren sicherer, entschlossener, als sie es vorher gewesen waren. Seine Schritte federten, als wäre er um Jahre jünger geworden. Er würde diese Begegnung nicht überleben. Er hatte sich mit seinem Schicksal abgefunden. Trotzdem aber würde er den Zeitpunkt seines Todes selbst bestimmen.

Als er auf die Brücke trat, beeilte sich der Kommandant der *Eagle,* ihm den Sessel freizumachen. Früher hätte Tiercellus diese Höflichkeitsgeste zurückgewiesen, doch nicht jetzt. Er nickte dem Kommandanten dankbar zu, als er sich in den bequemen Sessel sinken ließ.

»Rufen Sie Waffenmeister Hexce auf die Brücke!« sagte er zu dem Kommunikations-Ingenieur. »Und ich möchte mit dem Captain der *Potemkin* sprechen. Ich will versuchen herauszufinden, warum er seine eigenen Schiffe angegriffen hat.«

Hexce erschien auf der Brücke. Ein Blick reichte, um ihm den Zustand Tiercellus' zu verraten. Schweigend trat er hinter den Kommandantensessel.

»Föderations-Starship *Potemkin*. Der Oberkommandierende der Flotte, Tiercellus, möchte mit Ihrem Captain sprechen. Antworten Sie!«

Der Befehl des Romulaners wurde fast augenblicklich befolgt.

»Nun, Tiercellus, haben Sie sich entschlossen, wieder aus der Versenkung aufzutauchen?«

Die Anspielung auf Feigheit ließ den Romulaner unberührt.

»Wenn ich an Ihrer Stelle wäre, Captain«, konterte er, »würde ich mit einem überlegenen Gegner höflicher sprechen.«

»Ich kann keinerlei Anzeichen von Überlegenheit erkennen, Sir. Lediglich ein gewisses Flair für Betrug und faule Tricks.«

»Ich zumindest habe meine Leute in der Gewalt.«

»Ich etwa nicht?« fragte Garson erstaunt. Der Bluff, den er versuchte, war beachtlich.

»Ist es bei der Föderation normal, daß eins ihrer Schiffe ein anderes angreift? Ich hatte immer angenommen, Meuterei läge außerhalb der üblichen Praktiken. Aber vielleicht ist das romulanische Voreingenommenheit.«

Garson lachte amüsiert auf.

»Damit habe ich Sie aber wieder ins Freie gelockt, stimmt's?«

»Ihre Aktionen haben keinerlei Auswirkung auf die meinen«, erwiderte Tiercellus.

Garson lachte wieder.

»Ich schlage vor, daß Sie und Ihre Schiffe sich von hier entfernen – und diesmal nicht nur durch Tarnung. Ihre Anwesenheit ist für uns beide nur Zeitvergeudung.«

»Dem mag so sein, Captain, doch das Romulanische Imperium richtet sich nicht danach, was die Föderation für zweckmäßig hält. Sie werden nachgeben, Sir, entweder jetzt – oder Sie werden später auf eine sehr viel weniger…« Er machte eine Pause, und in seinen Augen stand ein amüsierter Glanz, »… humane Weise dazu gezwungen werden. Sie haben die Wahl, Sir.«

Tiercellus unterbrach die Verbindung und ließ sich in seinen Sessel zurückfallen. Er versuchte sich zu entspannen, doch Hexce sah den rasenden Puls in den hervortretenden Blutgefäßen der alten Hände.

»Sie werden bald gebraucht werden, Hexce«, sagte Tiercellus leise. »Sehr bald…«

Garson stieß den Atem mit einem erleichterten Pfeifen aus.

»Das war verdammt nahe, Sir.«

Arvielas Bemerkung wurde mit einem zustimmenden Nicken quittiert.

»Zu nahe. Wir müssen diesen Verrückten aus der Hilfsbrücke holen.«

»Ich bin alle Möglichkeiten durchgegangen, womit man ihn dort heraushebeln könnte, Sir, und habe nur Nieten gezogen. Er könnte sich für immer dort verbarrikadieren. Nichts kann ihm etwas anhaben, mit Ausnahme der Vernichtung des Schiffes«, sagte der Wissenschaftsoffizier der *Potemkin*.

»Könnten wir den Raum nicht mit einem Betäubungsgas fluten oder irgend etwas in dieser Richtung tun?«

»Nicht, ohne daß er dessen gewahr würde. Alles was wir dort tun, kann von ihm wahrgenommen werden.«

Garson dachte über das Risiko nach und fand es zu hoch. Ganz egal, was sie verwenden mochten, Iota wäre immer in der Lage, irgend etwas zu tun, bevor er das Bewußtsein verlor. Und das konnte einen Krieg provozieren. Tief in seinem Herzen wußte Garson, daß er die *Potemkin* opfern würde, um das zu verhindern.

»Dann bleibt uns also nichts weiter als der menschliche Faktor.«

Garsons Stimme klang nicht sehr vertrauensvoll. Die wenigen Reste von Vernunft in den gewundenen Korridoren von Iotas Verstand zu erreichen, mochte sich als äußerst schwierig erweisen. Er glaubte nicht, daß das Verständnis komplizierter menschlicher Beziehungen seine Stärke war. Im normalen Geisteszustand war Iota eine eingegrenzte Persönlichkeit; in seinem jetzigen Zustand war er eine Bombe, die jeden Moment hochgehen konnte. Sie mochte bereits entsichert sein und unaufhaltsam auf eine Katastrophe zusteuern. Doch Poppaelia schien eine Möglichkeit zu sehen, an ihn heranzukommen.

»Da wäre noch etws, Sir«, sagte Arvelia.

»Ja, Lieutenant?«

»Er will nicht sterben. Er hat gekniffen, als die anderen Schiffe ihn konfrontierten. Vielleicht... wenn er eine gute Entschuldigung für ein Nachgeben fände...«

»Ich verstehe, was Sie sagen wollen.«

»Verbindung mit Star Fleet Command, Admiral Poppaelia«, unterbrach Commander Yellowhorse, der an der Kommunikations-Konsole saß.

»Auf den Bildschirm.«

Poppaelias ledriges Gesicht war zu einem breiten Grinsen verzogen, und Garson spürte zum ersten Mal seit vielen Stunden Erleichterung. Poppaelia kam ohne jede Einleitung sofort zur Sache.

»Garson, wir haben von Kirk gehört! Er hat Verhandlungen eingeleitet, durch die die Föderation und das Romulanische Imperium ihre Meinungsverschiedenheiten lösen können. Kein Krieg. Das sollte Sie aus der Klemme ziehen.«

»Das ist wirklich eine gute Nachricht, Admiral. Eine sehr gute. Doch was ist mit der Situation hier?«

»Was Ihnen gegenübersteht, Garson, ist die Rückendekkung der Romulaner.«

»Ich glaube nicht, daß die Verhandlungen ihre Position ändern.«

»Könnten Sie sie nicht auffordern, sich zurückzuziehen?«

»Das haben wir bereits versucht. Ohne Erfolg. Der Praetor läßt nicht mit sich reden. Und da zumindest dieser Verband nicht gegen Bestimmungen des Abkommens verstoßen hat, können wir kaum etwas tun.«

»Ich verstehe, Admiral.«

»Machen Sie sich keine Sorgen mehr, Garson. Wir haben den Krieg verhindert.«

»Vielleicht«, murmelte Garson unhörbar. Laut sagte er: »Ich werde die Lage hier beruhigen. Abgesehen von unseren... persönlichen Schwierigkeiten... ist alles ruhig.«

»Sehr gut. Lassen Sie es mich wissen, wenn Sie Hilfe brauchen. Melden Sie sofort jede Veränderung der Situation. Ende.«

Garson nickte Yellowhorse zu. »Admiral Iota, bitte.«

Yellowhorse schaltete die Verbindung.

»Gute Neuigkeiten, Admiral.« Garson versuchte, jedes Gramm Selbstvertrauen, das er mobilisieren konnte, in seine Stimme zu legen. »Die romulanische Krise ist beigelegt. Der Friede ist erklärt worden.«

»Ich habe es gehört.«

»Dann wissen Sie auch, daß es keinen Grund für Feindseligkeiten gegen die Romulaner mehr gibt.«

»Davon weiß ich nichts. Ich sehe vier romulanische Schiffe. Sie sind nicht zurückgezogen worden. Also gibt es keinen Frieden.«

»Sie werden doch Admiral Poppaelias Worte nicht anzweifeln, Sir?«

»Pah! Diese Heulsuse? Der würde doch hundert Lügen auftischen, nur um nicht ehrlich kämpfen zu müssen. Und er hat auch gelogen.«

»Was meinen Sie damit, Admiral?«

»Geben Sie auf, solange Sie noch in der Vorhand sind, Garson. Sie wissen genausogut wie ich, daß Kirk tot ist. Sie überraschen mich, Garson. Mich kann man nicht so leicht hinters Licht führen.«

Garson sprach langsam, versuchte jedes Wort einzeln in Iotas verbohrten Schädel zu hämmern.

»James Kirk ist nicht tot. Er hat die Friedensverhandlung

zwischen der Föderation und dem Romulanischen Imperium geleitet. Es gibt keinen Grund für Feindseligkeiten!«

»Machen Sie sich doch nicht lächerlich! Aber mich legen Sie mit solchen kindischen Tricks nicht herein. Und Sie werden mich auch nicht um den Lohn meines Handelns bringen. Sie haben noch zwei Stunden Frist. Ich möchte Ihnen raten, sie zu nutzen. Ende.«

Garson stützte sich schwer auf die Ruder-Konsole. Irgendwo mußte es doch einen Schlüssel geben, der Iotas vernagelten Verstand aufschloß. Das Vertrauen in sein Urteilsvermögen mußte erschüttert werden, so hart erschüttert werden, daß ihm das Rückgrat gebrochen wurde. Es war ihm klar, daß er Beweise für jede Behauptung wollte, ganz gleich, aus welcher Quelle sie kommen mochten. Garson nannte sich einen Narren, daß er das nicht schon eher erkannt hatte. Er hatte tatsächlich erwartet, die Nachricht von Kirks Erfolg würde Iotas Einstellung ändern. Doch das war nicht der Fall gewesen. Keine Information aus zweiter Hand würde es jemals zuwege bringen. Iota mußte sich selbst überzeugen können, bevor er irgend etwas glauben würde. Als Chef des Nachrichtendienstes wurde er sicher täglich mit falschen und widersprüchlichen Gerüchten überschwemmt und hatte gelernt, nichts als harten Tatsachen zu vertrauen. Garson hatte das Gefühl, seine letzte Karte ausgespielt zu haben. Die Zerstörung der *Potemkin* begann sich als unausweichlich abzuzeichnen.

S'Talon betrachtete den bequemen, doch steril wirkenden Raum, in dem er wohnte, mit einer an Empörung grenzenden Mißbilligung. Er hatte keinerlei Grund für solche Gefühle, soweit es seine Behandlung betraf. Man trat ihm überall mit Höflichkeit und Respekt entgegen.

Er und seine Crew waren nach wie vor theoretisch Gefangene der Föderation; doch mußte er zugeben, daß dieser Status sowohl einen Schutz für ihn als auch einen Hebel gegen das Imperium darstellte. Auf Schritt und Tritt wurde er zwar von Wachen begleitet, doch daran war er gewöhnt.

Er blickte sich wieder in dem Raum um. Er enthielt alles, was er benötigte, doch nicht ein einziges persönliches Element.

Der Raum war leer, bis auf einen starken Subraum-Kommunikator, der auf die Wellenlänge des Praetors eingestellt und versiegelt war und ein tragbares Bildschirmgerät mit einer Sammlung von Videobändern, die Spock ihm freundlicherweise geliehen hatte. Und doch gab es ihm das Gefühl eines Zuhauses. Und das war es! Das war es, was ihn so aufregte.

S'Talon isolierte seine Reaktion und studierte sie. Diese leblose Atmosphäre, unberührt von seiner Persönlichkeit, war wohltuend. Hatte er immer in einer solchen Anonymität gelebt? War sie von ihm selbst geschaffen worden? Er wußte es nicht. Er wußte nur, daß sie ihm erst jetzt auffiel. S'Tarleyas Liebe, auch wenn er nur sehr kurze Zeit um sie gewußt hatte, war der Anstoß gewesen, ihm die Enge und Eingleisigkeit seines Daseins vor Augen zu führen. Zum ersten Mal in seinem Leben spürte er, daß seine Karriere ihn nicht ausfüllen konnte. Zum ersten Mal in seinem Leben war seine Pflichterfüllung nichts weiter als eine unzureichende Verteidigung gegen die Einsamkeit.

»Ich habe das Gefühl zu stören, Commander.«

Der vulkanische Erste Offizier stand in der offenen Tür und hielt etwas in seinen Händen. S'Talon war überrascht, doch froh über die Unterbrechung. Seine Gedanken führten zu einer dunklen Tür, die ihm verschlossen war.

»Im Gegenteil, ich bin froh, daß Sie gekommen sind. Ich finde meine Gedanken sehr beunruhigend.«

»Das ist sehr schlimm, da sie Ihre untrennbaren Gefährten sind.«

»Meine schlechte Laune läßt mich jede Höflichkeit vergessen. Ich danke Ihnen für Ihre Aufmerksamkeit«, sagte S'Talon und deutete auf den Stapel von Videobändern.

»Ich kenne die Auswirkungen von Langeweile nur zu gut. Sie ist ein Zustand, der bei Menschen besonders verheerende Folgen hat.«

»Sie sind eine unberechenbare Rasse, wenn Ihr Captain und Ihr Arzt für sie repräsentativ sein sollten.«

»Sie sind eine ständige Quelle des Interesses«, stimmte Spock zu. »Doch ich bin nicht gekommen, um mit Ihnen über Captain Kirk zu diskutieren.«

S'Talon mußte fast lächeln über die höfliche Zurechtweisung und über seinen unbezähmbaren Wunsch, Informationen über einen mächtigen Gegner zu sammeln.

»Was ist dann der Zweck Ihres Besuches? Ich dachte, es sei zu einer Übereinkunft zwischen meinem Volk und dem Ihren gekommen?«

»Ich bin nicht in meiner Eigenschaft als Offizier von Star Fleet hier, sondern als entfernter Verwandter.«

Mit diesen Worten stellte er eine wunderbare Schnitzerei vor S'Talon auf den Tisch. Der stilisierte Raubvogel übte eine große Wirkung auf den Romulaner aus. Spock sah, wie S'Talons Augen zu bodenlos tiefen schwarzen Seen wurden, und bemerkte den Ausdruck unüberwindbarer Trauer, der in ihnen stand.

»Er wurde unter den persönlichen Dingen der Centurion gefunden, Commander.«

Ein momentanes Aufflammen von Wut war die Reaktion auf seine Empörung über das Eindringen Fremder in S'Tarleyas Privatsphäre, doch dann erkannte er die militärische Notwendigkeit, die Habe von Gefangenen zu überprüfen. Er wußte, daß er weniger großzügig gewesen wäre und allen persönlichen Besitz beschlagnahmt hätte. Ohne Zweifel war das T'Liss gründlich auf seine mögliche Verwendung als Instrument der Sabotage oder der Flucht überprüft worden. Daß S'Tarleya daran gedacht hatte, diesen Gegenstand zu retten, an dem er hing, rührte den Romulaner zutiefst. Es war ein passendes Geschenk von ihr, weil es das herbe Ideal des Kriegers versinnbildlichte.

Spock fuhr mit einem Finger über das seidenweich polierte Holz mit einem Ausdruck von Würdigung, den S'Talon nicht vermutet hatte.

»Es ist ein Stück von großer Schönheit, Commander.«

»Ja, und von einer Bedeutung, die ich bisher nicht erkannt habe.«

Der Romulaner sprach von etwas, das weitaus wertvoller war als ein Kunstwerk, und Spock bedauerte, daß politische und ideologische Barrieren zwischen ihnen standen. Doch für ein paar kurze Stunden war es Romulanern, Vulkaniern und Menschen gelungen, ihre Unterschiedlichkeiten zu akzeptieren und ihre Energien zu vereinen, um einen Krieg zu verhindern und eine Krankheit zu besiegen. Vielleicht war das ein Anfang.

Der romulanische Kommunikations-Offizier fuhr in seinem Sessel herum, einen Ausdruck ungläubigen Staunens im Gesicht.

»Sir! Eine Nachricht vom Praetor! Sie haben... den Frieden erklärt!«

Tiercellus richtete sich mühsam auf und beugte sich vor.

»Einzelheiten!« befahl er.

»Seine erhabene Exzellenz...«

Tiercellus verzog das Gesicht.

»... hat den Frieden zwischen dem Romulanischen Imperium und der Vereinigten Föderation von Planeten erklärt. Wir haben ausreichende Mengen Grundstoffe bekommen, um der Seuche Herr werden zu können.«

»Es sieht aus, als ob wir nun doch nicht in der Schlacht sterben werden, mein Freund«, sagte Tiercellus.

Hexce lächelte.

»Selbst darum werden wir betrogen«, stimmte er zu.

»Unser Befehl lautet, uns nicht zurückzuziehen, sondern unsere Position hier an der Grenze der Neutralen Zone zu halten. Die Flotte des Praetors wird sich mit uns vereinigen, wenn die Verhandlungen abgeschlossen sind.«

Tiercellus sank in seinen Sessel zurück. Er fühlte sich plötzlich ausgelaugt, und Hexce sah, mit welcher Willenskraft der alte Mann seinen Körper aufrecht hielt. Von Schmerzen zerrissen, nahm er seine letzten Kräfte zusammen, um sie zu unterdrücken.

»Die Krise ist vorbei – und mein Leben ebenfalls«, sagte Tiercellus leise. Seine Hände umklammerten die Armlehnen des Sessels, und sein Atem kam in kurzen, harten Stößen.

»Nein!«

Hexces Stimme, leise und erstickt, überraschte Tiercellus. Ihre Freundschaft war tiefer, als er angenommen hatte. Die Trauer, der Protest in der Stimme des Ingenieurs wärmte Tiercellus, als er spürte, wie der kalte Mantel des Todes seinen Körper zu umschließen begann.

»Denken Sie an Ihr Versprechen, Hexce!«

Hexce nickte.

»Ich werde meinen Eid bis in den Tod halten«, antwortete er.

Tiercellus hob eine Hand und umfaßte Hexces kräftigen Unterarm in einem letzten Gruß.

»Wir werden uns wiedersehen, Hexce, auf jener Insel, die für alle alten Freunde und geachteten Feinde reserviert ist. Ich werde auf Sie warten, mein treuer Freund«, flüsterte Tiercellus.

Dies waren seine letzten Worte.

Der Adler des Romulanischen Imperiums starb. Hexce fühlte, wie der Griff Tiercellus' sich löste. Sein Gesicht wurde zu einer steinernen Maske der Trauer, doch er machte sich sofort an die Aufgabe, die Tiercellus ihm übertragen hatte. Er erhob sich langsam. Die Brücke war totenstill. Hexces Augen blickten den Commander und die Crew an. Sie waren wie betäubt.

»Ich dachte, er würde ewig leben«, murmelte der Commander.

Hexce, der die Leere im eigenen Herzen spürte, erkannte sie sofort in dem eines anderen. Tiercellus hatte recht gehabt. Er wurde gebraucht.

»Commander, wenn Sie die versiegelten Order überprüfen, werden Sie erfahren, daß jetzt ich Führer dieses Verbandes bin. Ich weiß, daß meine Ernennung etwas ungewöhnlich ist, doch ist sie durch den Oberkommandierenden Tiercellus selbst erfolgt, wie Sie sehen werden. Bitte veranlassen Sie, daß sein Körper für die Bestattung vorbereitet wird.«

Der Commander gab die entsprechenden Befehle, und Hexce sah zu, wie Tiercellus' Körper fortgetragen wurde. Seine scharfen Augen funkelten, als er bemerkte, mit welcher Respektlosigkeit einer der Männer diese Aufgabe erledigte, und er nahm sich vor, ihm Achtung vor den Toten beizubringen. Die Methoden, die ihm dabei vorschwebten, waren nicht gerade sanft.

Der romulanische Commander trat vom Computer zurück und salutierte Hexce. Obwohl die Form korrekt war, merkte man ihm doch an, daß es ihm gar nicht paßte, einem Ingenieur untergeordnet zu sein, der bis zu diesem Zeitpunkt einen erheblich niedrigeren Dienstgrad gehabt hatte. Doch war ihm durchaus klar, daß Tiercellus' Order nicht umgestoßen oder disputiert werden konnte. Hexce ignorierte die Arroganz dieses Mannes. Genau wie sein ehemaliger Kommandant hatte er nur wenig zu verlieren.

»Unsere Order sind klar«, erklärte er. »Wir werden den Praetor hier erwarten. Ich gehe jetzt in den Maschinenraum. Man braucht mich dort.« Hexce machte eine Pause, als er merkte, daß der Commander ihm nicht zuhörte. Seine Stimme wurde zu einer Peitsche, die mit tödlicher Sicherheit traf.

»Denken Sie daran, Commander, daß wir Waffenstillstand haben. Obwohl Tiercellus einen Tod in der Schlacht ersehnte, erkannte er doch, daß persönliche Wünsche zurückzustehen hatten, wenn es um die Erhaltung des Imperiums ging. Er soll Ihnen Vorbild sein... Sie werden meine Befehle erwarten.«

Die Unaufmerksamkeit des Commanders war verflogen.

»Ich höre und gehorche«, antwortete er. In seiner Stimme lag eine Aufrichtigkeit, die Hexce innerlich lächeln ließ. Er ließ nicht mit sich spaßen, und der Commander wußte das jetzt.

KAPITEL 15

Admiral Iota überblickte die Instrumente der Hilfsbrücke mit Besitzerstolz. Er genoß die kompakte Macht, die hier unter seinen Fingerspitzen lag. Alles war so sorgfältig entworfen, daß es den Eindruck vermittelte, das Schiff könnte von einem einzigen Mann geführt werden. Er blickte nacheinander auf die lebenswichtigen Stationen des Schiffes: Kommunikation, Ruder, Navigation, Maschine, ein Mini-Wissenschafts-Computer... Waffen.

Waffen. Sie stellten die wirkliche Macht des Schiffes dar. Nicht seine Maschinen für Warp-Geschwindigkeit, sondern seine Werkzeuge zur Vernichtung des Feindes. Mit ihren Phasern und Photonen-Torpedos verfügte die *Potemkin* über ein ungeheures Vernichtungspotential. Es gab kaum etwas, das ihr widerstehen konnte. Iotas Finger fuhren über die Bedienungsknöpfe der Phaser, und er dachte an vergangene Eroberungen und die lange heroische Tradition. Er war Teil dieser Tradition. Männer wie Garson und Kirk konnten das nicht erkennen. Sie glaubten immer, daß sie ihre Kommandostellung irgendeiner geistigen Überlegenheit verdankten. Was hatte Poppaelia gesagt? Daß sein besonderes Talent immer auf dem Gebiet der ›inneren Angelegenheiten‹ gelegen habe? Er würde es ihnen allen zeigen. Die großen Götter von Star Fleet waren blind gegenüber der romulanischen Bedrohung. Ohne Zweifel würden sie sogar noch in ihren Sesseln hocken, wenn das Hauptquartier selbst zerstört wurde. Aber nicht er. Er würde ihnen jetzt zeigen, wer ein echter Mann der Tat war.

Er saß über die Waffenstation gebeugt, den Blick auf die Skalen der Einstellungswerte der Photonen-Torpedos gerichtet. Ein Finger lag auf einem Knopf mit der Beschriftung ›Feuer‹. In wenigen Sekunden war die Gnadenfrist von einem Tag abgelaufen, die er Garson eingeräumt hatte. Iota blickte auf die Zeituhr, und er zählte lautlos die Sekunden ab. Seine Erregung stieg.

»Fünf – vier – drei – zwei – eins – null«, murmelte er, und seine Augen glühten auf, als er auf den Knopf drückte.

Das matte Licht in der Kabine sollte Nacht simulieren. Es malte dunkle, samtene Schatten auf die Wände und verbreitete eine Atmosphäre von Frieden. Ein gitterartiger Raumteiler warf ein geometrisches Muster auf das Bett, auf dem James Kirk sich ausgestreckt hatte. Er hatte eine Menge Schlaf nachzuholen. Die Hände waren über dem Bauch gefaltet, und er hatte ein Bein angezogen. Jeder Zentimeter des muskulösen Körpers strahlte Ruhe aus. Die Augen waren geschlossen, der Atem kam in regelmäßigen, tiefen Zügen, doch er schlief nicht. Seine Sinne waren überaus aktiv. In diesem Zustand tiefer geistiger Ruhe, aus konzentrierter Entspannung geboren, fand er eine grüne Oase, frei von Verantwortung.

Er nahm Geräusche wahr. Das Schiff dröhnte, und die leichten Vibrationen wurden durch seine Empfindsamkeit noch verstärkt. Sie pulsierten durch Knochen und Muskeln, der Puls des Schiffes war der seine. Er dachte kurz an die Erklärung des Computers, er und das Schiff seien eins, und er mußte zugeben, daß es in gewisser Weise durchaus zutraf, obwohl dieses Einssein auf einer anderen Ebene lag . mehr seine Liebe zu einer Idee betraf.

Gedanken wanderten durch seinen Kopf wie ein Kind durch einen Garten, jederzeit ablenkbar. Er betrachtete sie mit träger Neugier und wunderte sich über sie, doch die scharfe Wahrnehmung seines bewußten Denkens war unterdrückt. Wie ein zeitloser Sommernachmittag war sie voller sonnendurchtränkter Faulheit. Er griff nach ihrer warmen Weite des Friedens, fand sie und ließ sich in sie hineinfallen.

»Captain Kirk!«

Der Klang seines Namens berührte die Ränder seines Bewußtseins, und er war sofort hellwach. Er riß die Augen auf, rollte sich mit einer fließenden Bewegung auf die Füße und griff nach dem Intercom.

»Hier Kirk.«

»Captain, Admiral Poppaelia möchte mit Ihnen sprechen«, sagte Uhura. »Er bittet Sie, dazu auf die Brücke zu kommen.«

»Bin unterwegs.«

Ein eisiges Prickeln lief über die Schulterblätter des Captains. Er schüttelte es ab. Was konnte schon passieren, nachdem man sich zu friedlichen Verhandlungen zusammengesetzt hatte und die Interessen aller gewahrt worden waren?

»Brücke«, sagte er im Turbolift.

Seine Gedanken beschleunigten sich mit der Aufwärtsbewegung. Als er die Brücke betrat, fand er sie normal und ruhig, doch Lieutenant Uhuras Augen wirkten verstört. Kirk nickte ihr zu.

»Auf den Bildschirm, Lieutenant.«

»Jawohl, Sir.«

»Admiral.«

»Ich bin der Überbringer katastrophaler Nachrichten, Captain. Die *Potemkin* hat auf die romulanischen Schiffe an der Grenze der Neutralen Zone gefeuert.«

»Was?!«

»Sie haben richtig gehört.«

»Was hat sich Garson dabei gedacht? Ist er provoziert worden?«

»Es war nicht Captain Garsons Schuld. Admiral Iota hat die Hilfsbrücke übernommen und das Feuer auf den Gegner eröffnet. Ihre Situation ist dadurch äußerst prekär geworden. Ich rate Ihnen, sich bei der ersten Gelegenheit zurückzuziehen.«

»Admiral, warum ist die romulanische Flotte dann nicht in Gefechtsbereitschaft? Bis jetzt hat sich dort nichts gerührt.«

»Bis jetzt hat auch keiner der Schüsse getroffen. Garson hat die anderen Schiffe seines Verbandes als Deckung vor die Romulaner gelegt und Iotas Feuer abgefangen. Bis jetzt hat es geklappt, aber es ist verdammt riskant, und früher oder später wird einer der Schüsse durchgehen. Iota hat bisher nur Photonen-Torpedos gefeuert. Wenn er die Phaser einsetzt, kann nichts ihn aufhalten.«

»Captain! Captain Garson will Sie sprechen. Er sagt, es sei dringend!«

Kirk wandte sich halb zu Uhura um, und Poppaelia bemerkte, daß er abgelenkt wurde.

»Sie müssen den Tatsachen ins Gesicht sehen, Jim. Versuchen Sie nicht, Alternativlösungen zu entdecken. Verschwinden Sie aus der Gegend, solange Sie das noch können!« sagte er.

»Captain, acht romulanische Schiffe haben neue Positionen eingenommen«, unterbrach Sulu. »Sie haben uns umzingelt!«

»Jetzt haben wir den Salat! Es sieht aus, als ob die romulanische Flotte alarmiert worden sei. Wir müssen jetzt sehen, daß wir hier wegkommen oder...«

»Viel Glück, Captain«, sagte Poppaelia freundlich. Der Bildschirm flackerte, und der Admiral war verschwunden.

»Geben Sie mir Garson.«

»Sofort, Sir.«

»Jim!«

»Ja, Mikel. Gibt es irgendeinen Ausweg aus diesem Dilemma?«

»Ich weiß es nicht. Vielleicht. Bis jetzt hat keiner seiner Schüsse getroffen, und die Romulaner haben überhaupt nicht reagiert. Eine ungewöhnlich geduldige Haltung. Ich war nahe daran, die Zerstörung des Schiffs zu befehlen. Ich habe Iota ein Ultimatum gestellt. Er hat eine Stunde Zeit, die Hilfsbrücke aufzugeben. Wenn er es nicht tut, bleibt mir keine andere Wahl. Und ich habe nicht viel Hoffnung... er hat nie Vertrauen zu mir gehabt. Ich dachte, wenn Sie mit ihm reden – von Mann zu Mann –, könnte er vielleicht zur Vernunft kommen.«

»Glauben Sie, daß er auf mich hören wird?«

»Das weiß ich nicht. Er ist völlig besessen von der romulanischen Gefahr. Er weigert sich zu glauben, daß wir zu einer friedlichen Übereinkunft mit ihnen gekommen sind. Er hält uns alle für Narren.«

»Wem würde er glauben?«

»Sie meinen, wer ihm nahesteht? Er hat niemals von Freunden oder Familie gesprochen, sondern immer nur von seiner Treue zur Föderation.«

»Hat er nicht mit Nachrichtenbeschaffung und Spionageabwehr zu tun?«

»Ja.«

»So spricht er auch«, murmelte Yellowhorse.

»Admiral Iota ist der nominelle Diktator des Nachrichtendienstes der Föderation«, sagte Spock. »Er ist maßgebend an der Entwicklung zahlreicher nachrichtendienstlichen Geräte beteiligt gewesen.«

Kirks Augen verengten sich.

»Wie dieses Sensorgerät, das Sie entdeckten?«

»Richtig, Captain.«

»Hören Sie zu, Garson, es könnte eine Möglichkeit geben. Wissen Sie, ob Iota mit seinen Leuten in Verbindung steht?«

»Er trägt einen speziellen Armband-Kommunikator. Ich habe ihn noch nie ohne das Ding gesehen.«

»Dann haben wir vielleicht eine kleine Chance. Uhura, rufen Sie S'Talon her. Spock, aktivieren Sie das Sensorgerät… und lassen Sie uns dafür sorgen, daß alle geistigen Vorstellungen, die es auffängt, friedliche Zusammenarbeit betreffen.«

»Jawohl, Captain.«

Spock griff über die Kante seiner Computer-Konsole und schob seine feindgliedrigen Finger unter die Abdeckung. Ein leises Surren, in einer so hohen Tonlage, daß es nur für vulkanische Ohren hörbar war, zeigte an, daß das Gerät aktiviert worden war. Spock blickte auf und nickte.

»Gut.« Kirk atmete tief durch. »Ist S'Talon schon da?«

»Nein, noch nicht. Ich werde gleich… da kommt er gerade.«

»Commander S'Talon«, begrüßte ihn Kirk.

»Captain, was hat dies zu bedeuten? Ich habe eben gehört, daß ein Schiff der Föderation das Feuer auf vier unserer Schiffe eröffnet hat! Ich dachte, wir hätten ein Übereinkommen... oder sind Menschen wirklich unzuverlässige Lügner? Antworten Sie mir, Captain!«

Kirk blickte den Romulaner an, beherrschte jedoch seine Wut. Wenn die Situation umgekehrt wäre, hätte er genauso gehandelt wie S'Talon – möglicherweise sogar weniger zurückhaltend.

»Commander, trifft es zu, daß keiner der Schüsse getroffen hat?«

»Ja«, antwortete der Romulaner.

»Wurden die Torpedos nicht von unseren eigenen Schiffen abgeschossen?«

S'Talon senkte den Kopf.

»Und haben die Schiffe sich nicht vor die Ihren gelegt und schützen sie?«

»Ja«, sagte er.

»Dann hören Sie mich an, Commander. Die Föderation ist Opfer einer Meuterei. Die *Potemkin* ist von einem Meuterer in seine Gewalt gebracht worden. Ihr Kommandant hat die Vernichtung des Schiffes befohlen, falls der Mann sich nicht ergibt. Wenn nur ein einziger Schuß treffen sollte, haben wir Krieg. Den will keiner von uns. Und ich will auch nicht, daß die *Potemkin* vernichtet wird.«

»Was kann man dann tun?«

»Sprechen Sie mit Ihren Vorgesetzten. Bringen Sie sie dazu, uns Zeit zu geben. Wir haben Grund zu der Annahme, daß dieses Gespräch abgehört wird – von der Dienststelle des Mannes, der für den Angriff verantwortlich ist. Er weigert sich zu glauben, daß die Föderation und das Romulanische Imperium friedlich zusammenarbeiten können. Wenn es uns gelingt, ihn von der Wahrheit zu überzeugen, wäre es vielleicht möglich, mit ihm zu reden. Werden Sie uns dabei helfen, Commander?«

»Selbstverständlich. Das liegt doch auch in meinem und dem Interesse des Imperiums. Ohne das Korn der Canaraner muß mein Volk sterben. Wir brauchen die Zusammenarbeit mit Ihnen, Captain, und mit der Föderation. Wir werden nicht angreifen, solange keins unserer Schiffe getroffen wird, und wir garantieren Ihre Sicherheit, solange kein Krieg erklärt worden ist. Ich stehe dafür gerade.«

»Danke, Commander. Mehr kann ich nicht verlangen.«

»Viel Glück, Captain.«

»Für uns alle, Commander«, antwortete Kirk, als der Romulaner die Brücke verließ. »Nun, Mister Spock?«

»Das dürfte recht wirkungsvoll sein, Captain. Falls Ihr Gespräch mitgehört wurde.«

»Ja, wenn...« Kirk rieb seine Hände aneinander. »Und jetzt können wir nur noch warten.«

S'Talon ging den Korridor entlang, kochend vor Wut, daß es dem Praetor immer wieder gelang, ihn zu reizen. Der Mann war ein aufgeblasener, arroganter Egoist, dem mal jemand sagen sollte, wie unwichtig die Rolle war, die er in dieser Sache spielte. Wenn er nur nicht so gefährlich wäre... erstaunlich, wie Position und Macht Respekt erzwingen, selbst da, wo er nicht angebracht ist. Er hatte diesen aufgeblasenen Windbeutel geradezu anbetteln müssen, und der hatte es genossen! Er hatte sein fettes Lächeln aufgesetzt und sich in seiner Macht gesuhlt. Diese Gedanken beschleunigten das Tempo von S'Talons Schritten. Hoffentlich ist alles die Erniedrigung wert, die ich durchgemacht habe! dachte er wütend. ›Frieden um jeden Preis‹ hatte er dem terranischen Captain versichert, doch mancher Preis war zu hoch: Selbstachtung, Würde. Die Leere mochte Kirk holen!

Eine Welle des Ärgers rollte über den Romulaner, als er an seinen terranischen Gegenspieler dachte. Kirk hatte ihn zu allen diesen Dingen überredet. Kirk wußte, daß er es allein nicht schaffen konnte. Aber er hatte ja die Wahl gehabt. Er hätte die Zusammenarbeit ablehnen können. Doch das hätte nichts gelöst. Er hatte sich mit Kirks Plan einverstanden erklärt, weil er der einzige gangbare Weg zu sein schien. Und Kirk war zumindest ein Mann von Prinzipien. Es war seltsam, daß er besser mit Feinden zusammenarbeiten konnte als mit seinen eigenen Leuten. S'Talon knurrte leise. Wieder einmal hatte er den zerrissenen Faden der Verständigung neu geknüpft. Er hatte keine Erfahrung in der Diplomatie, und doch wurde er immer wieder in ihrem klebrigen Netz gefangen. Er zuckte die Achseln und warf im Geist Ausflucht und Betrug ab. Ihn verlangte nach Aktion.

Sowie die Seuche eingedämmt war, würde er einen Antrag auf Versetzung zu den gefährlichen Erforschungsexpeditionen an den äußersten Grenzen des romulanischen Raumes stellen. Er war sicher, daß der Praetor ihn genehmigen würde.

Mikel Garson stand auf der Brücke der *Potemkin.* Das Gesicht war bleich und angespannt, der Mund ein schmaler Strich. Er preßte die hinter dem Rücken verschränkten Hände zusammen. Er wußte, daß ihm keine andere Möglichkeit mehr blieb, als das Schiff zu vernichten. Die *Potemkin* war zu einem Gefängnis geworden, in dem vierhundertdreißig Menschen eingesperrt waren. Iota hatte inzwischen die Energieversorgung von ›unnötigen Systemen‹ gestoppt – Systemen wie dem Transporter –, damit er mehr Energie in seine Waffensysteme kanalisieren konnte. Garson wollte nicht sterben, und noch mehr widerstand es ihm, seine Crew zu ermorden. Sie hatten die Möglichkeit ihres Todes einkalkuliert, als sie sich zur Star Fleet gemeldet hatten, doch dies wäre ihre willkürliche Vernichtung. Es war Mord, und dieser Gedanke war ihm unerträglich.

»Geben Sie mir den Admiral!« sagte er knapp. »Und ich möchte dieses Mal über den Bildschirm mit ihm sprechen.«

Er wollte noch einmal versuchen, diesen Schwachkopf zur Vernunft zu bringen... bis zum letzten Augenblick würde er es versuchen.

»Admiral Iota!«

»Belästigen Sie mich nicht, Garson!«

Iotas selbstgefällige Stimme brachte den Captain in Wut.

»Iota, Sie sind ein Narr. Sie werfen eine Chance fort, die der Beginn eines langen Friedens sein könnte!«

»Garson, Sie ermüden mich. Und Sie sind ungehorsam. Ich werde das nicht vergessen, wenn diese Sache vorüber ist.«

»Sie dürften kaum Gelegenheit haben, sich daran zu erinnern! Dieses Schiff wird zerstört werden – in zwölf Komma vier-zwei Minuten.«

»Bah! Sie bluffen. Dazu haben Sie nicht den Mut. Und jetzt lassen Sie mich allein, bevor ich...«

Die Stimme des Admirals erstarb, als ein durchdringender Pfeifton erklang. Er drückte einen Knopf an seinem Armband-Kommunikator.

»Was gibt es?« fragte Iota.

»Admiral, ich denke, Sie sollten dies hören... ich fürchte, wir haben uns geirrt«, sagte eine entfernte Stimme.

»Schalten Sie durch!«

Iota beugte sich vor, um die überspielte Bandaufnahme zu hören, und Captain Garson spürte einen Stich im Herzen. Kirk! Er betete um ein Wunder. Die Zeit stand still. Weiße Lichter spielten auf dem silbernen Haar des Admirals; das Gesicht war unbeweglich, und die breiten Schultern sanken vor Ermüdung herab. Tiefer und tiefer neigte sich sein Kopf. Der Captain erkannte die Geste der Niederlage, und neue Hoffnung keimte in ihm auf. Iota hob den Kopf und wandte sich ab.

»Sie haben gewonnen, Captain«, sagte er mit leiser Stimme. »Es scheint, ich hatte mich geirrt.«

»Admiral, Sie werden gestatten, daß eine Eskorte Sie zu Ihrer Kabine begleitet.«

Iota antwortete nicht, gab jedoch durch ein Nicken seine Zustimmung. Garson wandte sich vom Bildschirm ab, und seine grauen Augen glänzten vor Freude.

»Fähnrich Heery. Selbstzerstörungsorder ist aufgehoben.«

»Jawohl, Sir!«

Das Lächeln in Heerys Stimme glich der Erleichterung, die in der Brücke einkehrte.

»Commander Yellowhorse, geben Sie mir Tiercellus.«

Yellowhorse blickte von der Kommunikations-Konsole auf.

»Sir, die Romulaner sagen, ihr Verband werde jetzt von einem Commander Hexce geführt. Er ist dran, Sir.«

»Dies ist die *Potemkin*. Unsere Notsituation ist behoben. Wir haben wieder volle Kontrolle.«

»Das freut mich zu hören, Captain. Nur der ausdrückliche Befehl des Praetors hat Sie gerettet«, antwortete Hexce.

»Ihre Disziplin ist beachtet worden, Sir«, erwiderte Garson.

»Sie war ziemlich erschöpft.«

»Sie wird nicht länger auf die Probe gestellt werden. Obwohl ich zugebe, daß ich in Ihrer Schuld stehe, möchte ich Sie doch darauf hinweisen: Die Geduld der Föderation war Ihr Bundesgenosse.«

»Ich gestehe ein, daß dies zutrifft – wenn auch nur widerwillig. Wir werden den Waffenstillstand halten«, antwortete Hexce.

»Wir ebenfalls«, sagte Garson.

Hexce erwies dem Terraner die romulanische Ehrenbezeigung und gab damit zu verstehen, daß er das Gespräch als beendet betrachtete. Auf dem Bildschirm verschwand das Gesicht des Romulaners.

Captain Garson ließ sich in den Kommandantensessel fallen.

»Halten Sie Position«, sagte er.

»Jawohl, Sir.«

Garson schloß die Augen. Wenn dies nicht das Ende der Geschichte ist, so will ich es nicht wissen, dachte er. Er ließ die Gedanken davongleiten – zu einem idealen Ziel seines nächsten Urlaubs.

›Journal: der fünfte Tag des Esaan‹

Romm Joramms Stylus zog mit geübter Leichtigkeit die

geschwungenen Linien der canaranischen Schrift über das Papier.

›Canara befand sich in einem Krisenzustand. Er ist vorbei. Die Gefahr war groß; es ging um unser Überleben. Doch wenn wir aus dem Erlittenen etwas gelernt haben, dann kann ich behaupten, daß der Gewinn die Gefahr mehr als aufwiegt. Zum ersten Mal wurde Canara mit Außenstehenden konfrontiert – mit Feinden – und hat es überlebt. Wir hatten Hilfe und sahen Beispiele, sowohl gute als auch schlechte.

Was mich betrifft, so fällt es mir schwer, den romulanischen Vertreter S'Talon als Feind zu betrachten. Im Gegensatz zu seinem Praetor ist er auf das Wohlergehen anderer bedacht, und es war für mich schon immer schwierig, ein Etikett zu sehen und nicht das Individuum. Vielleicht ist das auf meinen Mangel an Erfahrung und Weltgewandtheit zurückzuführen. Doch das spielt keine Rolle. Ich bin ein alter Mann.

Wenn jüngere, flexiblere Köpfe die Bürde der Führung auf sich nehmen, werden sie Antworten auf Fragen finden, die zu stellen ich niemals gewagt hätte.

Die Ernte ist fast abgeschlossen, und die Herstellung des Vakzins in dem von Doktor McCoy errichteten Laboratorium hat begonnen. Dies ist eine sehr interessante Entwicklung. Bei unserem Überschuß an Korn wäre es günstig, mehr und größere Laboratorien zu errichten, um Medikamente hier auf Canara herzustellen. Doktor McCoy und ich haben uns eingehend über diese Frage unterhalten, und er meint, daß auch das Korn selbst gründlich untersucht werden sollte. Er hat sich von mir eine kleine Menge davon für seine eigene Forschung geben lassen, ist jedoch der Ansicht, daß es verdient, in einem vollständig ausgestatteten Laboratorium über einen Zeitraum von mindestens fünf Jahren untersucht zu werden. Wenn man sich das vorstellt: Wir kennen nur ein Zehntel der Wirkstoffe unseres Korns!‹

Die Schrift wurde unleserlich, weil die Hand des alten Mannes vor Begeisterung zitterte.

›Eine gewaltige neue Welt eröffnet sich uns, voller Vielfalt, Herausforderung und Möglichkeiten. Doch um sie zu nutzen, müssen wir unsere eigenwilligen Impulse im Zaum halten. Ich hätte durch meine selbstsüchtige Empfindlichkeit Canara beinahe zerstört. Dieser überaus gewinnende junge Captain, James Kirk, hat mich einen Blick in Canaras Zukunft werfen lassen. Durch seine Augen habe ich die grenzenlosen Möglichkeiten gesehen, die unseren jungen Leuten jetzt offenstehen. Wir haben viel zu lernen, doch bin ich sicher, daß wir es schaffen werden. Es gibt soviel zu tun.‹

Joramm zeichnete die Eintragung ab und schloß das Journal. Er lehnte sich zurück und blickte zum Himmel empor, obwohl er wußte, daß weder die *Enterprise* noch die romulanische Flotte dem bloßen Auge sichtbar waren. Diese jungen Männer hatten ihn begeistert: so energisch, so ihrer Aufgabe hingegeben. Er war einst auch so gewesen. Er lachte leise auf, als er erkannte, daß er noch immer so war. Nun, mochte der Frieden ihnen allen folgen! Er mußte sich jetzt um die Ernte kümmern.

›Captains Logbuch: Sterndatum drei-eins, drei-null Komma vier.

Die romulanische Krise ist überstanden. Commander S'Talon hat mit den Canaranern eine Übereinkunft getroffen, und das Romulanische Imperium hat sich bereit erklärt, ihre gesamte Kornernte aufzukaufen. Doktor McCoy ist sicher, daß sie, zu dem neuentwickelten Vakzin verarbeitet, ausreicht, um die Myrruthesie-Seuche einzudämmen...‹

»Captain«, unterbrach Uhura, »Commander S'Talon möchte mit Ihnen sprechen.«

»Danke, Lieutenant«, antwortete Kirk. »Auf den Hauptbildschirm.«

S'Talons Gesicht erschien auf dem Bildschirm, sein Profil bildete eine klare Linie vor dem umschatteten Rot seiner

Kabine. Er war allein und schien in Gedanken versunken, doch dann wandte er den Kopf, und sein Blick traf den Kirks.

»Doktor McCoy, Mister Spock, Captain«, sagte er.

»Commander«, erwiderte Kirk.

»Unsere Arbeit hier ist fast abgeschlossen. Bald werden wir nach Hause zurückkehren, und die Zusammenarbeit, die wir hier erleben durften, geht zu Ende. Wir werden wieder Feinde sein, mit einer Neutralen Zone als Mauer zwischen uns, und es wird sich kaum wieder Gelegenheit zu persönlichen Kontakten ergeben. James Kirk, Sie und Ihre Crew haben es nicht nur geschafft, einen Krieg zu verhindern und eine Zivilisation vor ihrem Auslöschen durch eine Seuche zu retten, sondern Sie haben auch meine Position gestärkt.«

Kirk wollte etwas antworten, doch S'Talon fuhr fort: »Ich glaube, Captain, daß Sie als Freund so wertvoll sein können, wie Sie als Feind gefährlich sind. Wie immer auch meine Zukunft aussehen mag, ich bleibe in Ihrer Schuld – und daran werde ich stets denken, Captain.«

»Leben Sie wohl, S'Talon, mein Freund«, sagte Kirk. In den Augen des Romulaners stand tiefes Bedauern, als sein Gesicht vom Bildschirm verschwand.

»Ein großartiger Mann«, sagte McCoy mit Respekt. »Seine medizinischen Kenntnisse sind phänomenal.«

»Es ist bedauerlich, daß wir auf verschiedenen Seiten stehen«, erklärte Spock. »Commander S'Talon ist eine höchst bemerkenswerte Persönlichkeit. Als ich ihn nach dem Verbleib seines Schiffes fragte, sagte er mir nur, daß er selbst unmittelbar vor dem Verlassen eine verzögerte Energieüberlastungs-Sequenz ausgelöst habe, damit die Föderation nichts anderes finden könne als mikroskopischen Staub.«

»Sein Hauptanliegen ist das Wohlergehen seines Volkes«, murmelte Kirk, »genauso wie unser Anliegen das Glück unseres Volkes ist. Und dennoch sind wir Feinde. Darin liegt keine Logik, finden Sie nicht auch, Spock?«

»Krieg, in allen seinen Formen, ist kein logischer Prozeß«, antwortete Spock ernst.

»Nein«, sagte Kirk. Er drückte auf eine Computertaste, um die Logbucheintragung zu Ende zu bringen, die S'Talon unterbrochen hatte.

»Unser Auftrag ist erfolgreich durchgeführt worden. Die *Enterprise* wird Canara in etwa vier Komma zwei-drei Stunden verlassen und die nächstgelegene Starbase anlaufen, um den Computer reparieren zu lassen. Ende.«

»Aufgezeichnet, mein Liebling, mein Liebster«, antwortete der Computer in verführerischstem Tonfall. »Und wieder ein strahlender Erfolg für meinen tapferen, treuen, warmherzigen...«

Der Computer setzte seine Liste liebevoller Adjektive fort, und Kirks Gesicht wurde immer länger.

»Spock...«, sagte er mit verzweifelter, leiser Stimme.

Spocks Lippen zuckten.

»Tut mir leid, Captain«, sagte Spock tröstend, »aber Logbucheintragungen gehen direkt in den Bibliotheks-Computer, und ich kann nichts machen, bis er reprogrammiert ist...«

Kirk ließ den Kopf sinken und stützte das Kinn in die Hand. Er bot ein Bild hilfloser Niedergeschlagenheit.

»... edlen, liebevollen, tüchtigen...«, setzte der Computer seine Lobeshymne fort.

Kirks Körper sackte zusammen.

»Versuch es noch einmal so zu sehen, Jim: Sie mag zwar nur eine Maschine sein, doch ist sie ganz dein.« McCoy lachte amüsiert.

»Sie haben ihr gesagt, daß Sie sie lieben, Captain.«

Spocks Stimme klang sehr unschuldig.

Uhura wandte sich rasch ab und beugte sich über ihre Kommunikations-Konsole, von lautlosem Lachen geschüttelt. Sulus Schultern zuckten, und Chekov mußte die Lippen zusammenpressen. Die Brücke lag in gespannter Stille, als plötzlich unterdrücktes Lachen aus dem Kommandantensessel ertönte. Es explodierte in schallendes Gelachter, und dann dröhnte die ganze Brücke vor Lachen. Natürlich bildete Spock eine Ausnahme. Er beobachtete die Szene mit milder Überraschung – seine Art von Humor.

»... reinen, gütigen, großzügigen James Kirk, meine große Liebe«, schloß der Computer mit vibrierender Stimme, ohne zu merken, welche Reaktion seine Worte hervorriefen.

Die *Enterprise* schüttelte sich vor Lachen.